Joan Hill

Heisse Gute-Nacht-Geschichten

Erotische Geschichten

Blue Panther Books

BLUE PANTHER BOOKS TASCHENBUCH
BAND 2235
1. AUFLAGE: SEPTEMBER 2017
2. AUFLAGE: FEBRUAR 2018
3. AUFLAGE: NOVEMBER 2019

VOLLSTÄNDIGE TASCHENBUCHAUSGABE
ORIGINALAUSGABE

LEKTORAT: MARIE GERLICH

COVER:
FRAU: © PH.OK @ BIGSTOCKPHOTO.COM
HINTERGRUND: © DEMIAN @ BIGSTOCKPHOTO.COM

UMSCHLAGGESTALTUNG: MT DESIGN
GESETZT IN DER TRAJAN PRO UND ADOBE GARAMOND PRO

PRINTED IN GERMANY
ISBN 978-3-86277-640-5
WWW.BLUE-PANTHER-BOOKS.DE

INHALT

Vernachlässige nie deine Ehefrau!

Sie lächelt mich geheimnisvoll an. »Hast du Lust, mich ein bisschen zu verwöhnen? Ich bin so schrecklich scharf und mein Mann hat nichts anderes im Kopf als seine Geschäfte.« Sie zieht einen entzückenden Schmollmund, während ihre grünen Augen abschätzend auf mir ruhen.

Ich lasse mich selbstverständlich nicht zweimal bitten. Ich knie mich neben ihrer Liege ins Gras. Sie lehnt sich mit einem Seufzen zurück und schließt die Augen. Ich beginne mit hauchzarten Küssen an ihrem Hals. Mit der Zunge fahre ich die Konturen ihres Schlüsselbeins nach, verharre einen Moment in ihrer Halsbeuge und atme den zarten Duft des Kokosöls ein. Meine Hand findet ihre wohlgerundete Brust und knetet sie sanft. Sie reckt sich mir entgegen und ich liebkose ihre Brustwarzen mit der Zunge. Meine Hände gehen auf Wanderschaft: Die schmale Taille entlang zu den Rundungen ihrer Hüften bis zu ihrem Schamhügel, den sie sorgfältig bis auf einen schmalen dunklen Streifen, der an ihren Schamlippen endet, rasiert hat. Sie hat ihre Beine ein wenig gespreizt, sodass meine Hand mühelos den Weg zwischen ihre Schamlippen zum Kitzler findet. Er ragt hervor wie eine reife, rosa glänzende Knospe. Bei meiner zärtlichen Berührung zuckt sie zusammen.

Ich unterbreche kurz und richte mich auf. »Darf ich?«, frage ich höflich, woraufhin sie einladend die Beine öffnet. »Aber immer doch«, sagt sie mit vor Erregung rauer Stimme.

Ich spreize ihre Schamlippen und nehme ihre Knospe in den Mund. Sanft sauge ich an ihr, umspiele sie mit meiner Zunge. Ihre wohligen Seufzer sagen mir, dass ich es genau richtig mache. Ich wage den Vorstoß und führe einen Finger in ihre Muschi, sie ist so wunderbar warm und feucht. Während ich ihren Kitzler fester mit der Zunge bearbeite, bewege ich meinen Finger leicht in ihr und führe gleich darauf einen zweiten Finger ein. Mein Schwanz pocht vor Lust, er kann es kaum erwarten, in diese feuchte Möse hineinzustoßen.

Die heiße Fremde windet sich unter meinen Liebkosungen. Sie wölbt sich mir entgegen und fordert mehr.

»Ich will deinen Schwanz in mir spüren«, flüstert sie.

Ich setze mich zwischen ihre angewinkelten Beine, hebe ihr Becken ein wenig an und ziehe dann ihre Schamlippen auseinander, sodass ich ihre offene Pforte vor mir sehe. Ich umfasse meinen harten Schwengel, der inzwischen auch ganz feucht ist, mit der Hand und setze die Eichel an den Eingang ihrer Möse. Sie keucht kurz auf, als ich ein bisschen in sie eindringe. Sie ist eng und feucht und am liebsten würde ich ihr meinen Schwanz einfach bis zum Anschlag hineinrammen. Aber ich beherrsche mich, ich weiß schließlich, wie man Frauen höchste Lust beschert. Fast von allein, nur mit leichtem Druck, gleite ich in sie hinein. Ich stoße nicht zu, überlasse ihr die Entscheidung, wie weit sie ihn in sich haben möchte. Ich bewege mich nur ein wenig in ihr und reize sie damit bis aufs Äußerste. Sie biegt ihren Oberkörper durch, drängt mir ihre Hüften entgegen. Die Schöne wird ganz ungeduldig, will mehr von mir haben. Ich lege ihre Beine auf meine Schultern, so kann ich ganz tief in sie eindringen. Ganz langsam und immer weiter bohre ich ihr meinen Schwanz in die Muschi. Dann entziehe ich mich ihr wieder fast vollständig. Nur meine Eichel ruht noch in ihr. Das Ziehen in meinen Lenden wird fast schmerzhaft, doch ich schaffe es, mich noch zurückzuhalten. Mit beiden Händen umfasse ich ihre Hüften und ziehe sie näher an mich heran. Ihre Finger spielen mit ihrem Kitzler und als ihr Stöhnen zu spitzen Schreien wird, weiß ich, dass sie gleich kommen wird.

»Tiefer!«, schreit sie. »Gib ihn mir ganz, oh Gott ... du machst mich wahnsinnig ...«

Ich bearbeite sie nun heftig und mit starken Stößen. Ich spüre, wie sich ihr Innerstes zusammenzieht, sie wird ganz eng, während der Saft aus ihr herausrinnt. Der Anblick, wie ich immer wieder mit kräftigen Stößen meinen Schwanz in ihr versenke, bringt mich fast um den Verstand. Ich verliere die Kontrolle. Ich strecke den Rücken durch, meine Pomuskeln ziehen sich hart zusammen und das Pochen in meinem Schwanz entlädt sich in einem mächtigen Erguss in ihre Möse. Ich stoße noch ein paarmal zu, dann ziehe ich den Schwanz heraus und lasse ihn zuckend auf ihrem Schamhügel ruhen. Mein Saft strömt noch aus mir heraus. Sie nimmt meinen Schwengel in die Hand und wichst den letzten Rest aus mir heraus. Dann nimmt sie mit einem eleganten Schwung ihre langen Beine von meiner Schulter, beugt sich nach vorn und saugt meinen Schwanz vollständig aus. Sie leckt genießerisch den Samen ab.

»Wow!«, ist das Einzige, das ich sagen kann.

Sie grinst. »Ja, wow! Das war der Hammer! Mann, du ahnst gar nicht, wie scharf ich war. Wie gut, dass du ganz zufällig jetzt grad vorbeigekommen bist!«

»Zufällig?«

»Na ja ... ich wusste ja, dass jemand das Auto vorbeibringen würde. Und ich hatte gehofft, dass derjenige genauso geil wäre wie ich«, gibt sie schließlich frei heraus zu. »Ich hätte ja nicht übel Lust, eine zweite Runde mit dir zu drehen, aber es könnte passieren, dass mein Mann in der nächsten halben Stunde nach Hause kommt ...«

Ein Blick auf die Uhr verrät mir, dass es höchste Zeit wird, hier zu verschwinden. Ich schlüpfe schnell in meine Jeans und ziehe mir mein Shirt über den Kopf.

»Leg den Schlüssel einfach auf das Tischchen da drüben. Vielleicht sehen wir uns ja mal wieder«, sagt sie schläfrig und reckt sich genüsslich und zutiefst befriedigt.

Mit einem Lächeln auf den Lippen mache ich mich zu Fuß auf den Rückweg. Irgendjemand wird unterwegs schon anhalten, um mich ein Stück weit mitzunehmen ...

Ein heißer Nachmittagsfick

Ich bin mittlerweile seit sechs Jahren mit Benny verheiratet. Nach der Geburt unserer Tochter vor drei Jahren war unser Liebesleben ein wenig eingeschlafen, deshalb beschlossen wir, etwas dagegen zu tun. Wir besuchten einen Erotikshop und ich hielt zum ersten Mal in meinem Leben einen Dildo in der Hand. Ich war so begeistert und neugierig, dass ich sofort einen kaufte. Seitdem gehe ich in unregelmäßigen Abständen dort einkaufen. Kürzlich kaufte ich mir einen Dildo, den man gleichzeitig anal benutzen kann. Der größere Teil hat die Größe eines ordentlichen Schwengels und das kleinere Teil ist in etwa nur daumendick. Eigentlich wollte ich mein neues Spielzeug abends zusammen mit Benny ausprobieren, aber ich war so gespannt darauf, dass sich das Kribbeln in meinem Unterleib immer mehr verstärkte.

Ich hielt den violetten Schwengel in der Hand, streichelte über das glänzende, glatte Material und überlegte, wie es sich wohl anfühlte, wenn der Dildo in mich hineinglitt. Mit der rechten Hand griff ich unter meinen Rock in mein Höschen und befingerte meinen geschwollenen Kitzler. Meine Spalte war schon nass vor Erregung. Die Kleine war noch im Kindergarten, ich war also völlig ungestört und konnte meiner Lust freien Lauf lassen.

Schnell schlüpfte ich aus meinem Spitzenhöschen und legte mich auf die Ledercouch. Das kühle Leder an meinem Po stachelte meine Lust nur noch mehr an. Ich rieb mit den Fingern über meinen Kitzler, während ich den Dildo an meiner Pforte ansetzte und ihn durch leichten Druck in meine Möse einführte. Ich keuchte leise auf, das Teil füllte mich ganz aus, es war sogar fast noch dicker als Bennys Schwanz, wenn er voll erigiert ist.

Als der Dildo bis zur Hälfte in meiner Muschi steckte, spürte ich den analen Teil an meinem Anus. Ich befeuchtete meine Rosette mit dem Liebessaft, der aus meiner Muschi herauslief, und drückte sachte den Dildo weiter in mich hinein. Mein Anus weitete sich und nahm den Analdildo in sich auf. Ganz langsam glitt der Dildo vorn und hinten in mich hinein. Gott, war das ein geiles Gefühl! Meine Muschi pochte vor Lust und hätte ich nicht von meinem Kitzler abgelassen, wäre ich sofort gekommen.

Ich begann mich langsam mit dem Dildo zu ficken und genoss das Gefühl, wenn er gleichzeitig vorn und hinten in mich eintauchte. Ich war so in mein Liebesspiel vertieft, dass ich nicht hörte, wie sich der Schlüssel im Schloss drehte und Benny hereinkam. Er fand mich auf der Couch vor, unten entblößt, wie ich mit geschlossenen Augen den Dildo in mich hineinstieß.

»Wow ... ist das eine Begrüßung«, sagte Benny mit rauer Stimme. Ich erschrak und fühlte mich ertappt, doch als ich die Begierde in seinen Augen sah und wie lüstern er mir bei der Selbstbefriedigung zusah und dabei durch die Hose seinen Schwanz knetete, lud ich ihn zu einem Nachmittagsfick ein.

»Zieh dich aus und komm her«, sagte ich. »Besorg es mir so richtig, ich bin so heiß, dass es mir jeden Moment kommt ...«

Benny knöpfte seine Hose auf, öffnete den Reißverschluss und schon schnellte sein voll erigierter Schwengel heraus. Auf der Eichel glänzten die ersten Tröpfchen. Ich ließ den Dildo aus mir herausgleiten, setzte mich auf und kümmerte mich erst einmal um Bennys steifen Schaft. Ich liebkoste die Eichel mit meiner Zunge, kraulte währenddessen seine Hoden und schließlich umschloss ich seinen Schaft mit den Lippen und saugte fest daran. Soweit es ging, nahm ich ihn in mir auf. Ich spürte das Pulsieren seines Schwanzes tief in meinem Mund. Am liebsten hätte ich weitergemacht, bis er sich in meinem Mund ergoss, doch Benny schob mich sachte von sich.

»Langsam ... sonst komme ich gleich, und das wollen wir doch nicht, oder?«, meinte er süffisant. »Leg dich über die Lehne hier, die hat genau die richtige Höhe, dann kann ich dich von hinten ficken. Dein neues Spielzeug soll auch zum Einsatz kommen ...« Er rieb seinen Schwanz mit der Hand, damit er schön steif blieb.

Ich legte mich mit dem Oberkörper über die Lehne und schon kurz darauf spürte ich Bennys Schwanz an meiner Pforte. Ich spreizte die Beine, um ihm Platz zu machen. Anfangs noch sachte, stieß er nach wenigen vorsichtigen Stößen seinen Schaft tief in mich hinein. Ich keuchte und wand mich, es war so unglaublich geil, wie tief er in dieser Position in mich eindringen konnte. Plötzlich entzog er mir seinen Schwanz.

Gerade als ich protestieren wollte, spürte ich, wie er den Dildo ansetzte und ihn in mich stieß. Der schmale Teil glitt widerstandslos in meinen Anus und entlockte mir einen Schrei.

»Gott, sieht das geil aus, ich kann mich nicht daran sattsehen, wie der Dildo in deiner Möse und in deinem Arsch verschwindet«, keuchte Benny. »Aber jetzt kriegst du die volle Dröhnung. Pass auf, jetzt kommt der dicke Teil des Dildos in den Arsch. Keine Sorge, ich bin vorsichtig ...«

Benny leckte meine Rosette, um sie geschmeidig zu machen, dann setzte er den Dildo an meinen Anus. Ich rieb meinen geschwollenen Kitzler und platzte fast vor Geilheit, als ich spürte, wie der Dildo ganz langsam in meinen Anus glitt.

Benny ließ mir kurz Zeit, mich an den Dildo zu gewöhnen, und stieß dann seinen Schwanz in meine Muschi. Ich streckte ihm Po und Muschi entgegen und er führte den Dildo noch tiefer in meinen Arsch ein. Nun spürte ich beides tief in mir: Seinen zuckenden Schwanz in meiner Möse und den Dildo im Arsch. Wow!

Ganz sanft fickte Benny mich nun abwechselnd mit seinem Schwanz und dem Dildo. Mein Kitzler zuckte und mein Unterleib krampfte sich zusammen, als der Orgasmus über mich hereinbrach. »Tiefer«, keuchte ich, »fick mich noch tiefer ... o Gott ...«

Als mein Orgasmus langsam verebbte, entzog ich mich Benny. Ich drehte mich um und ging in die Knie. »Jetzt wirst du noch mal ordentlich verwöhnt. Und diesmal will ich deinen Saft spüren und schmecken!«

Ich umschloss mit den Lippen seine pralle Eichel, leckte seinen Saft auf und nahm den dicken Schaft ganz tief in meinen Mund auf. Mit der Hand knetete ich zärtlich seine Hoden. An Bennys Stöhnen merkte ich, dass er gleich kommen würde. Ein paar kräftige Stöße seines zuckenden Schwanzes in meinen Mund und sein Samen ergoss sich warm in mir. Gehorsam schluckte ich alles hinunter und saugte auch noch den letzten Rest aus ihm heraus.

»Du warst mal wieder der Hammer, meine Liebe«, sagte Benny, als er wieder zu Atem gekommen war.

Ich musste grinsen. »So ein scharfer Nachmittagsfick hat schon was. Sollten wir bald mal wiederholen ...«

Timo im Dominastudio

Mein Arbeitskollege Hendrik erzählte mir kürzlich hinter vorgehaltener Hand von seinem Besuch bei einer Domina. Ich war völlig verblüfft, denn ich hätte Hendrik niemals zugetraut, die Dienste einer Domina in Anspruch zu nehmen. Als Hendrik mir dann offenbarte, dass er zusammen mit seiner Frau dort gewesen war, stand mir der Mund erst recht offen. Ich kenne Bianca flüchtig und die Frau ist wirklich ein Sahneschnittchen. Ihr gertenschlanker, biegsamer Körper, die langen Haare und der sinnliche Mund bringen mich regelmäßig zum Träumen. Diese Frau in den Händen einer Domina zu wissen und die Dinge, die Hendrik mir erzählte, verursachten eine dicke Beule in meiner Hose. Mein Schwanz pochte vor Erregung, als ich mir Bianca gefesselt und zur Regungslosigkeit verdammt in den Seilen hängend vorstellte.

Dass auch Hendrik gefesselt und von Bianca nach Anweisungen der Domina gequält wurde, sprengte meine Vorstellungskraft. Aber irgendwie haben diese Erzählungen auch meine Neugier geweckt. Als ich eines Abends allein auf meiner Couch einen Pornofilm schaue, gleiten meine Gedanken immer wieder zu Bianca und Hendrik ab. Im Film wird eben eine dralle Blondine von zwei Männern gleichzeitig gefickt. Einer der Männer dringt nach ein paar vorsichtigen Stößen in den Hintern der Frau ein, während der andere in ihrer Muschi stillhält. Ich knete meinen Schwanz heftiger. Wie es sich wohl anfühlt, einen Schwanz anal zu spüren? Irgendwie törnt mich die Vorstellung unglaublich an und es kommt mir schneller als beabsichtigt.

Am Morgen spreche ich Hendrik auf die Domina an. Ich beschließe, es einfach auszuprobieren, und Chantal gibt mir gleich für den nächsten Tag einen Termin.

Die Adresse, die Hendrik mir gegeben hat, ist leicht zu finden. Ich fahre mit dem Aufzug in die oberste Etage des unscheinbaren Appartementhauses, drücke die Klingel und fahre mir nervös mit den Händen durch die Haare. Es dauert eine gefühlte Ewigkeit, bis das Klackern von hohen Absätzen zu hören ist und sich die Tür öffnet ... Wow!

Chantal ist eine Wucht. Die schwarzen langen Haare fallen ihr glänzend über die Schultern. Die langen Beine stecken in schwarzen Schnürstiefeln, die ihr bis über die Knie reichen. Das Latexkleid schmiegt sich an ihren schlanken Körper wie eine zweite Haut und ist so kurz, dass es gerade mal ihren Schamhügel verdeckt. Ich vermute, sie trägt nichts darunter. Augenblicklich spüre ich, wie sich mein Schwanz regt. Ich würde alles dafür geben, diese Frau ficken zu dürfen! Ich male mir aus, was ich alles mit ihr anstellen würde, als sie mich kalt anschnauzt.

»Bezahlst du fürs Rumstehen? Komm rein, geradeaus durch, freimachen.« Sie lässt mich stehen wie ein Hündchen. Irritiert folge ich Chantal in den düsteren Raum. In der Mitte hängen Haken von der Decke, an der Wand ist ein Andreaskreuz angebracht. Zwischen dem Andreaskreuz und einem thronähnlichen Stuhl, auf dem Chantal nun Platz genommen hat, sehe ich auf einem Regal unzählige Dildos. Ein gynäkologischer Stuhl sticht mir ins Auge.

Chantal schlägt die langen Beine übereinander. Gerade so langsam, dass mein Blick auf ihre freigelegte Möse fällt. Am Telefon haben wir bereits vereinbart, dass ich nicht auf die harte Schiene stehe, dass ich mich aber Chantals Anweisungen fügen werde. Ich ziehe meine Kleidung aus und schlüpfe in die Hotpants, auf die Chantal zeigt. Sie hat hinten eine Öffnung und ist vorn durch einen Reißverschluss geschlossen.

»Knie dich vor mich«, befiehlt Chantal und ich gehe auf die Knie. Obwohl ich diesen Befehlston eigentlich gar nicht mag, bin ich doch aufgeregt und ein angenehmes Prickeln durchzieht meinen Körper. Ich weiß nicht, was mich erwartet. Ich spüre den leichten Klaps einer Gerte auf meinen Pobacken. »Beine auseinander!« Ich spreize die Beine ein wenig und die Gerte wird zwischen meinen Pobacken durchgezogen und verweilt kurz an meinem Anus. Gleich darauf verschwindet die Gerte wieder. Die kurze Berührung hat einen stromstoßartigen Impuls in mir ausgelöst. Ich bedauere, dass sie mir die Gerte entzieht.

»Dreh dich zu mir um«, befiehlt Chantal. In der Hand hält sie zwei Klemmen, die durch eine Kette miteinander verbunden sind. Sie befestigt die Klemmen an meinen Brustwarzen. Der kurze Schmerz ist scharf, süß und bitter zugleich. Als Entschädigung zeigt sie mir ihre Möse. Sie glänzt feucht und der Kitzler ragt zwischen den Schamlippen hervor. Mit der rechten Hand hält sie die Schamlippen auseinander. »Du darfst meine Muschi befeuchten.« Auf den Knien rutsche ich ein Stück näher. Der leichte Duft ihrer Möse bringt mich fast um den Verstand. Mein Schwanz ist prall, dick und pocht vor Lust. Mit der Zunge umkreise ich ihren Kitzler, lecke durch ihre Spalte und befeuchte ihr Loch. Chantal gibt keinen Laut von sich. »Genug«, sagt sie und stößt mich von sich. Sie steigt von ihrem Thron und zieht mich zu sich hoch. Mit der Hand greift sie prüfend in meinen Schritt. »Wäre schade, wenn du jetzt schon kämst, wir haben doch noch gar nicht angefangen ...« Sie öffnet den Reißverschluss der Hotpants und mein Schwanz schnellt ihr entgegen. Chantal streift einen Penisring über meinen Schwanz und zurrt ihn fest. Dann setzt sie sich wieder auf ihren Thron. Sie zeigt auf das Regal. »Diese Liebeskugeln dort, führe sie in mich ein.«

Es handelt sich um zwei gleich große und eine kleinere Kugel, die durch Schnüre miteinander verbunden sind. Mein Schwanz ist trotz des Ringes kurz davor zu platzen, als ich die beiden größeren Kugeln in Chantals Muschi stecke. Die kleinere befiehlt sie mir, in ihren Arsch zu schieben. Ihr Anus gibt unter meinem sanften Druck schnell nach. Nun habe ich ihr doch ein kurzes Keuchen entlockt.

»Jetzt bist du dran«, sagt Chantal und steht leichtfüßig auf. »Leg dich auf den gynäkologischen Stuhl.« Mit klopfendem Herzen und immer noch prallem Schwanz klettere ich auf den Stuhl und lege meine Beine in die Vorrichtung. Nun bekomme ich eine vage Vorstellung davon, wie sich Frauen fühlen.

Chantal nimmt ein Fläschchen Massageöl und träufelt etwas davon in ihre Hand. Zuerst verreibt sie das Öl auf meinem zuckenden Schwanz, doch als sie sieht, dass sich erste Tröpfchen von meiner Eichel lösen, träufelt sie weiteres Öl zwischen meine Pobacken. Es fühlt sich merkwürdig, aber sehr erotisch an, die warme Flüssigkeit zwischen meinen Arschbacken zu spüren. Chantal führt die Gerte, die sie immer noch in der Hand hält, zwischen meine Pobacken, verharrt an meinem Anus und führt sie unter leichtem Druck ein kleines Stück in meinen Arsch ein. Chantal wackelt ein bisschen daran herum. Ein leises Stöhnen entringt sich mir. Sie entzieht mir die Gerte, legt sie zur Seite und nimmt einen schmalen Dildo vom Regal. Ich spüre einen leichten Druck an meinem Anus und versuche mich zu entspannen. Chantals fachkundige Hände streicheln meine Hoden und kneten sie sanft. Währenddessen verstärkt sie den Druck auf den Fremdkörper, der nun langsam in mich eindringt. Als Chantal den Dildo tief genug in meinen Anus eingeführt hat, lässt sie ihn langsam wieder herausgleiten. Kurz bevor er mir entgleitet, schiebt sie ihn unter leichtem Druck wieder in mich hinein. Ganz langsam und gefühlvoll werde ich mit dem Dildo gefickt. Mein Schwanz ist so prall ... was würde ich darum geben, ihn in Chantal zu rammen, sie bis zur Besinnungslosigkeit damit zu ficken ... Plötzlich entzieht sie mir den Dildo und bedeutet mir aufzustehen.

Sie nimmt zwei Dildos aus dem Regal und reicht sie mir. »Fick mich mit den Dildos. Den großen für die Möse und den kleinen für den Arsch. Aber wehe, du spritzt ab, bevor ich es dir erlaube«, sagt sie.

Ich entferne langsam und vorsichtig die Liebeskugeln. Chantal reicht mir das Massageöl, mit dem ich ihre Möse und ihren Anus einreibe, bis alles glänzt. Der große schwarze Dildo rutscht fast von allein in Chantals Muschi, so geil ist sie bereits. Ihre rosa Knospe ist geschwollen und am liebsten würde ich darüberlecken und ihren Saft in mich aufsaugen. Der Analdildo ist schmaler und wellenförmig. Ich setze ihn an ihren Anus und schiebe ihn mit sanftem Druck in ihren Arsch. Chantal stöhnt heftig. »Gib sie mir abwechselnd ... ja, tiefer ... oh, fester!« Ich ficke sie mit den Dildos und nun lecke ich doch über ihren Kitzler, der vor Wonne zuckt.

Ich werfe alle Vorsätze über Bord, lege den großen Dildo zur Seite und zeige Chantal meinen geschwollenen Schwanz. Nachdem ich mir ein Kondom übergestülpt habe, stoße ich meinen Schwengel tief in ihre Möse. Sie seufzt, stöhnt laut und wölbt sich mir entgegen. Ihr Orgasmus kommt in großen Wellen über sie. Heftig und immer tiefer stoße ich meinen Schaft in ihre heiße Muschi. Bald bin auch ich soweit. Ich spüre, wie sich meine Lenden zusammenziehen. Ich kann nicht mehr anders. Schnell ziehe ich meinen Schwanz aus ihr heraus und streife das Kondom ab. Mein Samen ergießt sich in einem Schwall über Chantals Schenkel. Mit der Hand pumpe ich auch noch die letzten Tropfen aus meinem Schwengel.

Als wäre nichts gewesen, steigt Chantal kurz darauf von ihrem Thron und befreit mich von Penisring und Klemmen. »Und? Haben sich deine Erwartungen erfüllt oder bist du enttäuscht?«, will sie von mir wissen.

»Es war ... sensationell, ganz anders, als ich mir vorgestellt hatte«, sage ich noch etwas atemlos. »Ich weiß von Hendrik, dass du auch Paare annimmst. Wenn die beiden einverstanden sind, würde ich gern mal zu einer Sitzung mitkommen. Ein bisschen als Voyeur, vielleicht auch zum Mitmischen ... wäre das für dich okay?« Chantal nickt. »Klar, wenn es die beiden wünschen, warum nicht? Das eröffnet mir schon wieder völlig neue Perspektiven«, sagt sie lächelnd und schon allein bei der Vorstellung wird mir ganz heiß ...

Heisser Sex in der Umkleidekabine

Ich habe meine Muschi ein bisschen mit Gleitgel eingerieben und setze nun den Vibrator an. Nachdem ich meinen Kitzler ein wenig massiert habe, halte ich das Kribbeln in meinem Unterleib einfach nicht mehr aus. Ich schließe die Augen, spüre die kühlenden, seidigen Laken unter mir und das einzige Geräusch, das nun noch zu hören ist, ist das leise Brummen des Vibrators. Er gleitet mit Leichtigkeit in meine feuchte Spalte und füllt mich schon bald ganz aus. Das Vibrieren des Dildos breitet sich in mir aus und bereitet mir unsägliche Lust. Ich lasse mit geschlossenen Augen noch einmal den heutigen Tag Revue passieren. Die Erinnerung an das, was ich heute erlebt habe, zaubert mir ein Lächeln ins Gesicht. Ich glaube, ich habe den Mann fürs Leben gefunden. Ein Mann, der meine heimliche Leidenschaft für Liebe an außergewöhnlichen Orten teilt ...

Tim, mit dem ich seit einem halben Jahr zusammen bin, rief mich am Morgen an. Er sei zufällig über Mittag in der Stadt. Ob ich Lust hätte, einen Einkaufsbummel zu machen? Da ich meine Mittagspause zeitlich flexibel gestalten kann, sagte ich zu. Wir trafen uns also gegen dreizehn Uhr in einem belebten Einkaufscenter in der Stadt.

Als ich mit Tim Hand in Hand an einem Dessousgeschäft vorbeischlenderte, blieben wir stehen und betrachteten die hübschen Dessous in der Auslage.

»Eigentlich würde ich mir gern mal wieder etwas Hübsches gönnen«, sagte ich. Tim deutete auf eine fliederfarbene, hauchzarte Garnitur mit viel Spitze. »Das könnte ich mir gut an dir vorstellen. Würde gut zu deiner gebräunten Haut passen!« Er strich mir zart über den freiliegenden Nacken, denn ich hatte meine langen braunen Haare hochgesteckt. Wie immer, wenn Tim mich auf diese Art und Weise berührte, lief mir ein Schauder über die Haut. Es war wie zu Anfang unserer Beziehung: Tim musterte mich intensiv mit seinen grünen Augen, eine kurze Berührung, und mein Körper stand in Flammen.

»Komm, ich probier's mal an«, sagte ich.

Ich suchte die passende Größe aus und nahm noch einen schwarzen, durchsichtigen Einteiler sowie ein weiteres Outfit in Zartrosa mit in die Umkleidekabine.

Schnell entledigte ich mich bis auf meinen String meiner Klamotten, streifte mir das fliederfarbene Spitzenhöschen über den Po und hakte den Büstenhalter am Rücken zu. Ich betrachtete mich zufrieden im Spiegel. Meine schmale Taille, die gebräunte Haut, die ich mit regelmäßigem Einölen samtweich halte, und die straffen Oberschenkel, die in den wohlgeformten Po übergingen. Ich bin mit meinem Aussehen zufrieden und Tim sagt mir immer wieder, wie sehr er meine apfelrunden Brüste liebt.

Der Vorhang teilte sich und Tim streckte den Kopf herein. »Wow!«, war alles, was er sagte. Seine Augen glitzerten begehrlich und ich wusste, dass er nun nur noch eines im Kopf hatte: mich so schnell wie möglich zu vernaschen. Am besten an Ort und Stelle. An Ort und Stelle? Was für eine geniale Idee ...

»Komm doch rein«, wisperte ich aufgeregt.

Tim riss die Augen auf. »Du meinst ... hier?!«

»Warum nicht?«, fragte ich ihn neckisch. »Gelegenheit macht Liebe oder so ähnlich ...«

Tim zog den Kopf zurück und blickte sich um. Weit und breit war keine Verkäuferin zu sehen. Drei Umkleidekabinen weiter quälte sich eine beleibte Dame in ein Korsett der Größe XXL. Die Ärmste ...

Tim schlüpfte schnell zu mir in die Kabine. »Wir müssen leise sein, nicht dass die Frau noch mitmischen will«, flüsterte er. Ich musste kichern bei der Vorstellung, wie wir uns zu dritt in die enge Kabine zwängten.

Das Kichern verging mir jedoch schnell, als Tim mich leidenschaftlich küsste. Seine Zunge spielte mit meiner und seine Hände befanden sich plötzlich überall auf meinem Körper. Eine Gänsehaut kroch mir den Rücken hinunter, als er mir zärtlich mit den Daumen über meine harten Nippel rieb und mit den Handflächen meine Brüste knetete. Ich streckte den Rücken durch und drängte mich mit dem Unterleib gegen Tims harte Männlichkeit, die sich mir durch die Jeans entgegenwölbte.

Tim sog scharf die Luft ein. »Du machst mich unendlich scharf, Schatz«, raunte er. Seine Hand glitt unter den Büstenhalter, hakte ihn mit geübter Bewegung auf und ließ ihn zu Boden fallen. Dann kniete er sich vor mich hin und beschäftigte sich mit der heißen Stelle zwischen meinen Beinen. Durch den seidigen dünnen Stoff konnte ich seinen heißen Atem auf meinem Venushügel spüren. Ich wurde feucht. Tim streichelte meine schmalen Fesseln, strich mir über die glatten Waden und fasste bei den Oberschenkeln fester zu. Er wusste ganz genau, wo ich seine Berührungen am meisten liebte. Er streifte die beiden Höschen ein kleines Stück nach unten, sodass meine Muschi frei lag. Seine Zunge fuhr in meine heiße Spalte, tauchte ein Stück weit in mich ein. Dann spreizte er mit der rechten Hand meine Schamlippen etwas und umkreiste mit der Zunge meinen Kitzler. Ich konnte ein leises Stöhnen nicht unterdrücken.

»Stell einen Fuß auf die Ablage«, sagte er. Ich tat, wie mir geheißen. Auf diese Weise öffnete sich ihm meine Muschi, die nun nicht mehr nur feucht, sondern nass war. Bereit, ihn aufzunehmen.

Vorerst jedoch verwöhnte er mich weiter mit der Zunge. Hin und wieder führte er einen Finger ein und ließ ihn in mir kreisen. Ich fühlte mich ganz schwach, musste mich an den Wänden der engen Kabine festhalten. Meine Beine zitterten bereits vor Lust. Tim machte mich halb wahnsinnig.

»Lass mich auch mal«, sagte ich leise und schob seinen Kopf von mir. Tim stand mit einer beachtlichen Beule in der Hose vor mir. Ich öffnete den Reißverschluss. Ein Griff und sein Schwanz schnellte mir entgegen. Ich ging in die Hocke und umspielte mit der Zunge seine Eichel. Gleichzeitig knetete meine Hand sanft seine Eier. Als ich seinen Schwengel in meinen Mund aufnahm und fest daran saugte, stöhnte Tim leise auf.

»Schsch ...«, mahnte ich, saugte aber unbeirrt weiter. Das war ja der Reiz an dem Ganzen. Wir konnten jederzeit entdeckt werden. Trotzdem ließen wir uns die Zeit, die wir brauchten, um so richtig heiß zu werden.

Ein Zucken von Tims Schwanz zeigte mir, dass ich vorsichtig sein musste. Er sollte nicht zu früh kommen, denn ich wollte ja auch noch zu meinem Recht kommen.

Als Tim sich leicht zusammenkrümmte und sich ein paar Lusttröpfchen von seiner Eichel lösten, hörte ich abrupt auf.

»Nicht zu schnell«, sagte ich. »Ich will dich in mir spüren. Ganz tief!«

Ich drehte ihm den Rücken zu und stellte wieder ein Bein auf die Ablage. So bot ich mich ihm von hinten an. Tim nahm seinen Schwengel in die Hand und tastete nach meinem Eingang. Ich spürte seine Eichel an meiner Möse und drückte mich ihm entgegen. Während er langsam in mich eindrang, bearbeitete ich meinen Kitzler, der prall hervorstand. Nach einigen vorsichtigen Stößen drang er ohne Vorwarnung bis zum Anschlag in mich ein. Ich war so heiß, dass ich auf der Stelle hätte kommen können.

Doch plötzlich klang von draußen eine Stimme. »Kann ich Ihnen helfen?« Mist, die Verkäuferin! Ich bedeutete Tim, leise zu sein, und hoffte, dass meine Stimme normal klang: »Danke, ich komme zurecht. Ich glaube, das Fliederfarbene passt ganz gut.«

Gott sei Dank eilte mir die korpulente Dame unwissentlich zu Hilfe. »Haben Sie das noch eine Nummer größer?«, rief sie.

Die Verkäuferin eilte geschäftig los, um das Gewünschte zu suchen. Ich unterdrückte ein Kichern. Tim hatte sich kein bisschen geregt. Nun ließ er die Hüften kreisen und bewegte sich etwas in mir. »Wenn du so weitermachst, komme ich bald«, keuchte ich, denn ich hatte die ganze Zeit über den Atem angehalten.

Tim zog seinen Schwanz fast ganz aus mir heraus, glitt dann wieder bis zur Hälfte in mich hinein. Als er ganz in mich hineinstieß, spürte ich, wie sich mein Unterleib zusammenzog und mein Kitzler anfing, heftig zu kribbeln. Die Stöße wurden nun hektischer. Auch Tim war kurz davor zu kommen. Er stieß fester und immer schneller in mich. Ich biss die Zähne zusammen, um nicht laut loszuschreien. Ein gewaltiger Orgasmus brach über mich herein und verkrampfte meine Muskeln. Tims Schwanz zuckte in mir. Ich spürte, wie die warme Flüssigkeit in mich hineinschoss, und spannte die Muskulatur an, um ihm auch noch das letzte Tröpfchen zu entlocken. Als Tim sich kurz darauf entspannte und auch bei mir die Wellen der Lust verebbten, ließ ich ihn aus mir hinausgleiten. Sein Schwanz stand noch halb steif ab und ich leckte ihn sauber. Als ich fertig war, wischte ich mir den Mund ab und grinste. Es bedurfte keiner Worte.

Nachdem er die Jeans wieder hochgezogen und das Hemd in den Hosenbund gestopft hatte, drückte ich Tim eines der Dessous in die Hand. Er blinzelte nach draußen und als die Luft rein war, schlüpfte er schnell hinaus. Gerade noch rechtzeitig, bevor die Verkäuferin mit einem Riesenteil zu der Dame zurückkam.

»Passt wie angegossen«, sagte Tim zu der Frau, die ihn kurz irritiert anschaute. Wahrscheinlich überlegte sie kurz, woher Tim so schnell gekommen war. Doch das sollte sein Geheimnis bleiben.

An der Kasse bezahlte ich den fliederfarbenen Slip und den dazugehörigen Büstenhalter. Dann aßen wir noch einen Salat zusammen und gingen dann wieder getrennt ins Büro. Was für eine heiße Mittagspause!

Der Dildo vibriert sanft in meiner Möse. Ich schiebe ihn Stück für Stück ein bisschen weiter in mich hinein, lasse ihn langsam wieder aus mir herausgleiten, nur um ihn dann wieder ganz in mir aufzunehmen. Währenddessen bearbeite ich immer hektischer meinen Kitzler. Ein Kribbeln, das meinen ganzen Körper überfällt, kündigt meinen Orgasmus an. Meine Arme und meine Beine krampfen, mein Bauch zieht sich zusammen. Ich klemme die Beine fest zusammen und behalte so den Vibrator in mir, als es mir kommt. Ich schließe die Augen und lasse mich treiben, bis mein Atem schließlich ruhiger wird.

Nun bin ich so müde, dass ich nur noch eines will: schlafen, bis mich der Wecker aus meinen süßen Träumen reißt ...

Scharfer Sex im Büro

Vor einiger Zeit hatte ich die Nase gestrichen voll. Mein ewig grantiger Chef, die nörgelnden Kollegen – es wurde Zeit, mich beruflich zu verändern.

Eines meiner Vorstellungsgespräche verlief allerdings so ganz anders als gedacht ...

Ich betrat das elegant eingerichtete Besprechungszimmer und hatte noch ein paar Minuten, um meine Nervosität in den Griff zu bekommen. Als dann aber der Chef den Raum betrat, traf mich fast der Schlag. Ich war ja vieles gewohnt. Von fetten Schmerbäuchen bis hin zu Glatzen war schon alles vertreten gewesen. Aber hier stand ein Typ vor mir, der mich schlicht und ergreifend umhaute. Er trug einen schwarzen Anzug, darunter ein weißes Hemd, an dem die obersten zwei Knöpfe geöffnet waren. Mindestens eins neunzig war der Mann groß, schlank und trotzdem muskulös, soweit ich dies beurteilen konnte. Seine blonden, etwas längeren Haare waren von hellen Strähnen durchzogen. Ich hätte nicht verblüffter sein können, wäre Brad Pitt persönlich hereingekommen. Seine kantigen Gesichtszüge verhinderten, dass das Gesicht zu weich erschien. Die irisierenden blauen Augen musterten mich neugierig. Was er sah, schien ihm zu gefallen.

Lässig setzte er sich auf einen der Tische und griff zum Telefon.

»Sorry, ich muss noch eben schnell ein Telefonat erledigen.« Er wies auf die Kaffeekanne, die auf dem polierten Mahagonitisch stand. »Bitte bedienen Sie sich.«

Keine Frage, dass ich diesen Job haben musste! Bei so einem Chef musste doch die tägliche Arbeit das reine Vergnügen sein.

Das Gespräch lief super und, um es kurz zu machen: Ich bekam den Job!

Als ich an diesem Abend im Bett lag und über meinen zukünftigen Chef nachdachte, kreisten meine Gedanken eigentlich nur um das eine: Würde ich es schaffen, ihn zu verführen? Meine Hand wanderte unter die Bettdecke und ich begann mich zu streicheln. Ich stellte mir vor, es wären seine Hände, die mich an meinen empfindlichsten Stellen berührten, seine Finger, die in meine feuchte Spalte eintauchten. Schon bald keuchte ich vor Erregung und rieb meinen Kitzler fester. Das Kribbeln in meiner Muschi verstärkte sich. Ich führte zwei Finger ein, rieb mit der feuchten Nässe an meiner Hand über meinen Anus und steckte die Finger in den Mund, um sie abzulecken, während ich mit der anderen Hand meinen Kitzler weitermassierte. Als meine Finger nicht mehr ausreichten, griff ich schnell zu meinem Vibrator, den ich immer in meiner Nachttischschublade griffbereit liegen habe. Ich schob ihn langsam in meine Muschi. Als ich ihn ganz eingeführt hatte, ließ ich ihn sanft vibrieren. Nach einer Weile zog ich ihn heraus und genoss die Vibrationen nun an meinem Kitzler und an meinen Schamlippen. Dann führte ich den Vibrator wieder ein. Ich genoss jeden Zentimeter, den der vibrierende Luststab in mich hineinglitt. Schon bald wand ich mich in Zuckungen. Der Orgasmus wogte über mich hinweg und ich hörte erst auf, als das Kribbeln in meinem Innern gänzlich verebbt war.

Mein Chef, mit dem ich eng zusammenarbeitete, bot mir recht schnell das Du an, dies sei in seinem Betrieb so üblich.

Bald waren Niklas und ich ein eingespieltes Team, wir ergänzten uns hervorragend. Ein bisschen enttäuscht war ich, als er mir erzählte, dass er seit Jahren glücklich verheiratet sei. Trotzdem legte ich großen Wert darauf, gut gekleidet zur Arbeit zu erscheinen und ihm immer wieder durch den Ausschnitt meiner Bluse tiefe Einblicke auf meine Nippel zu gewähren. Die Gratwanderung zwischen aufreizend und billig glückte mir. Meine Röcke waren zwar kurz, aber dennoch lang genug, um die anderen Kolleginnen, die mich mit Argusaugen beobachteten, nicht argwöhnisch zu machen.

Ich spürte Niklas´ Blicke, die immer wieder an mir herabglitten. Oft blieben seine Augen ein klein wenig zu lange an meiner üppigen Oberweite, die ich durch enge Blusen betonte, hängen. Allein dies törnte mich schon so an, dass meine Nippel hart und durch meine weiße Bluse sichtbar wurden.

Eines Tages passierte dann das Unvermeidliche und die Erinnerung an diesen Tag lässt mich heute noch scharf werden. Wir arbeiteten an einem Projekt und es wurde spät. Alle Kollegen waren schon gegangen, nur Niklas und ich saßen noch über irgendwelche Pläne gebeugt am Besprechungstisch in seinem Büro. Eine Schreibtischlampe spendete uns weiches Licht. Als Niklas´ Finger zufällig meine Hand berührten, zog ich sie nicht weg. Er fuhr sanft mit den Fingern meine Hand entlang und ruhte kurz in meiner Handfläche. Mir wurde heiß und kalt gleichzeitig und mein Herz pochte so laut, dass ich befürchtete, er könnte es hören. Er warf mir einen prüfenden Blick zu. Ich sah ihn herausfordernd an. Jetzt oder nie, dachte ich mir. Er kam meinem Gesicht immer näher, dann strich er mir eine Haarsträhne hinters Ohr. Ich schloss die Augen, als seine Lippen meinen Mund berührten. Seine Zunge stieß sanft gegen meine Zähne und ich öffnete bereitwillig den Mund. Meine Zunge spielte mit seiner. Ich seufzte wohlig, als ich Niklas' rechte Hand spürte, die von meinem Hals abwärts in meinen Ausschnitt glitt. Ich drängte mich ihm entgegen und als seine Fingerkuppen über meine harten Nippel strichen, konnte ich ein Stöhnen nicht unterdrücken. Rasch öffnete er zwei weitere Knöpfe an meiner Bluse. Nur halb verdeckt von meinem weißen Spitzenbüstenhalter lagen meine Brüste nun vor ihm. Ich drängte mich gegen seine fordernden Hände. Als

Niklas kurz von mir abließ, war er völlig außer Atem.

Wortlos begann ich, sein Hemd aufzuknöpfen. Ich strich mit den Händen zärtlich über seine glatte, muskulöse Brust, verharrte kurz bei den Brustwarzen und küsste sie dann. Als ich begann, sanft an ihnen zu saugen, stöhnte Niklas auf.

Meine Hände glitten tiefer. An der Vorderseite seiner Hose hatte sich schon eine beachtliche Beule gebildet. Ich knetete durch den weichen Stoff Niklas' Schwanz, der anschwoll und härter wurde. Gott, war ich scharf! Meine Muschi war heiß und pochte vor Erwartung.

Niklas schob mich sanft von sich. Als würde ich nichts wiegen, hob er mich hoch und setzte mich vor sich auf den Tisch. Seine Hände glitten über meine halterlosen Strümpfe, schoben meinen Rock ein Stück hoch. Als seine Hand zwischen meine Beine glitt, merkte ich, wie er kurz zögerte. Er war wohl überrascht, dass ich darunter nichts trug!

Doch dann drängte sich seine Hand in meine feuchte Spalte. Sein Finger glitt in mich hinein und ich wurde fast verrückt vor Geilheit. Ich wollte seinen Schwanz in mir spüren und machte die Beine breit. Niklas ging in die Knie und spreizte meine Schamlippen. Sein Mund fühlte sich so heiß an meiner Muschi an! Seine Zunge schnellte über meinen Kitzler und tauchte in meine heiße Spalte ein. Dann schob er zwei seiner kräftigen Finger in meine Muschi.

»Gott, du machst mich wahnsinnig«, keuchte ich. »Gib mir deinen Schwanz, ich will ihn tief in mir spüren!«

Das ließ er sich nicht zweimal sagen. Er stand auf, öffnete mit einem Ruck den Reißverschluss seiner Hose und nahm seinen steifen Schwengel in die Hand. Die Eichel war schon nass und glänzte im diffusen Licht. Wow! Niklas stieß mit seinem Schaft ein paarmal gegen meine Pforte. Er spreizte meine Schamlippen weit ließ seinen Schwanz langsam in mich hineingleiten. Er war groß und heiß und ich drängte mich ihm entgegen. Zentimeter für Zentimeter nahm ich ihn ganz in mir auf. Dann stieß er mit sanften Stößen in mich hinein. Zwischendurch entzog er mir seinen Schwanz kurz, kniete sich nieder und verwöhnte mich wieder mit der Zunge. Ich biss mir auf die Lippen, um nicht vor Lust laut zu schreien. Als Niklas wieder mit seinem steifen Schwanz in meine Möse hineinstieß, kam es mir schon nach wenigen Stößen. Mein Orgasmus war heftig, ich spürte, wie sich meine Muskulatur fest zusammenzog. Als ich um Gnade flehte, zog Niklas seinen Schwanz aus mir heraus. Er stand steif nach oben und glänzte vor Feuchtigkeit.

Ich glitt vom Tisch und kniete mich vor ihn hin. Sein Schwengel, der vor Lust vibrierte, war direkt vor meinem Gesicht. Ich umschloss die Eichel mit den Lippen und begann, sanft daran zu saugen. Mit der Zunge umkreiste ich zuerst die Eichel, dann saugte ich an dem harten, pochenden Schaft. Ich nahm ihn in voller Größe in meinen Mund auf und saugte daran. Während ich alles gab und an ihm lutschte, umschloss ich mit der Hand seine Eier. Ich knetete sie sanft, während ich den Kopf vor und zurück bewegte.

An seinem Stöhnen merkte ich, dass er kurz davor war. Ich saugte noch einmal kräftig und als Niklas sich über mir verkrampfte, nahm ich seinen Schwanz in die Hand. Ich streichelte und wichste ihn, bis er sich auf mir ergoss. Sein warmer Samen strömte über mein Gesicht, tropfte meinen Hals hinunter und sammelte sich zwischen meinen Brüsten. Ich holte auch noch den letzten Tropfen aus ihm heraus und verrieb die warme Flüssigkeit genüsslich auf meinen Brüsten. Niklas sah mir zu, wie ich genießerisch meine Finger ableckte.

»Wow«, sagte er mit rauer Stimme, nachdem er wieder zu Atem gekommen war. »Das war ja eine irre Vorstellung ...«

Ich lächelte und sagte: »Ich hoffe doch sehr, dass das nicht das einzige Mal bleiben wird – schon der Gedanke an deinen heißen Schwanz macht mich rasend vor Lust.«

Niklas lachte. »Es fällt mir schwer, beim Anblick deiner engen Bluse und deiner harten Nippel, die sich darunter abzeichnen, an Arbeit zu denken. Ich wäre nicht abgeneigt, das fortzusetzen.«

»Aber immer gern doch«, sagte ich süffisant. »Du brauchst auch keine Angst zu haben, dass ich dich wegen sexueller Belästigung am Arbeitsplatz anzeige.«

Seit diesem Tag legen wir mindestens einmal in der Woche einen langen Arbeitstag ein. Die Spannung, bis auch die letzten Kollegen nach Hause gehen, ist manchmal nur schwer zu ertragen und nicht nur einmal ist es passiert, dass ich mal kurz unter den Schreibtisch abgetaucht bin und mich an seinem harten Schwanz bedient habe ...

Die Anhalterin

So beschissen auch dieser ganze Tag kürzlich gelaufen war, so gigantisch und geil hörte er auf.

Nichts an diesem Tag deutete darauf hin, dass ich die Überraschung meines Lebens erleben würde ...

Morgens hatte ich total verpennt und ich wusste ganz genau, dass mein Chef toben würde, weil ich zu spät zu einer wichtigen Besprechung kam. Die Kinder waren gereizt, meine Frau genervt und ich hatte schon um halb neun die Nase gestrichen voll. Am liebsten hätte ich mich in irgendeine Kneipe gesetzt und mich volllaufen lassen. Irgendwie überstand ich diesen Tag dann doch. Das Gezeter meiner Frau am Telefon, als sie sich über die Kinder beschwerte, hörte ich schon gar nicht mehr. Auf der Fahrt vom Büro nach Hause hatte der Himmel aufgeklart und die Sonne schien vom Himmel. Ich hatte das Verdeck meines Cabrios geöffnet, die Musik laut aufgedreht und so langsam kehrten meine Lebensgeister und meine gute Laune wieder zurück.

Ich fuhr eine kerzengerade Bundesstraße entlang und als eben ACDCs »Hells Bells« aus den Lautsprechern dröhnte, sah ich eine schmale Gestalt am Straßenrand stehen, die den Daumen hochhob. Mein Kennerblick scannte das Mädchen im Bruchteil einer Sekunde, was zu einer Vollbremsung führte. Wow!

Ich setzte zurück und beobachtete im Rückspiegel, wie sie ihren Rucksack vom Boden hochhob und die letzten paar Meter zu meinem Wagen rannte. Sie beugte sich ein Stück vor. Zuerst sah ich ihr zart gebräuntes Dekolleté und die Ansätze zweier wohlgeformter Brüste, deren Knospen leider vom Spitzensaum ihres geblümten Sommerkleides verdeckt wurden.

»Nimmst du mich ein Stück mit?«, fragte sie atemlos und enthüllte beim Lächeln eine Reihe gleichmäßiger, perlweißer Zähne. Das lange blonde Haar hatte sie hinter die Ohren gesteckt.

Ich musste mich zusammenreißen, um nicht wie ein absoluter Vollidiot dazustehen, dem der Sabber aus dem Mund läuft. Auf mein Nicken hin öffnete sie die Tür, warf ihren Rucksack auf den Rücksitz und schwang ihre langen Beine in mein Auto. Ihr kurzes Kleid rutschte dabei ein Stück hoch und entblößte ihre glatten, seidig schimmernden Oberschenkel. Als ich sie beim Schalten kurz mit der Hand berührte, schreckte sie nicht zurück. Im Gegenteil, sie schien die kurze Berührung zu genießen. Für mich war es wie ein Stromstoß, der mich durchfuhr, als ich ihre seidige Haut berührte. Hin und wieder wagte ich einen schnellen Blick zur Seite. Wie sich ihre Brust hob und senkte beim Atmen, der leichte Duft, den sie verströmte, ihre schimmernden Haare ...

Sie verriet mir, dass sie fünfundzwanzig sei, und fragte mich nach meinem Alter. Ich schämte mich fast, zugeben zu müssen, dass ich die Vierzig schon überschritten hatte, wenngleich ich auch stolz darauf war, für mein Alter noch ganz passabel auszusehen. Durch regelmäßige Besuche im Fitnessstudio sorgte ich für einen muskulösen Body und es gibt schließlich genügend Frauen, die Männer mit silbernen Fäden an den Schläfen durchaus attraktiv finden. Vielleicht gehörte diese junge Frau ja auch dazu?

Kurz dachte ich an das verkniffene Gesicht meiner Frau am Morgen, doch dieser Gedanke verflog schnell, als ich plötzlich eine schmale Hand an meinem Nacken spürte, die mich zärtlich kraulte. Ich warf dem Mädchen, von dem ich nicht einmal den Namen wusste, einen überraschten Blick zu.

»Was ist? Gefalle ich dir nicht?«, fragte sie frech.

»Doch ... ich ... ja, doch natürlich ...«, stotterte ich. So etwas war mir noch nie passiert und ich hatte keine Ahnung, wie ich reagieren sollte.

Ich erstarrte vor Schreck, als sie mir ihre Hand auf den Oberschenkel legte. Konzentriert blickte ich auf die Straße. Plötzlich spürte ich, wie ihre Fingernägel leicht über den Stoff meiner Hose kratzten. Sie wanderten höher und verharrten in der Leistengegend. Ich spürte ein Ziehen in den Lenden und befürchtete, dass man mir meine Erregung gleich ansehen würde. Als die Ausbuchtung in meiner Hose unübersehbar war, legte sie ihre Hand darauf. Großer Gott!

Sie drückte leicht zu und als mein Schwanz größer und größer wurde, knetete sie ihn durch die Hose. Sie tastete, fand die Eichel, strich mit den Fingernägeln darüber und ich musste ein Keuchen unterdrücken. Herrje ... ich konnte doch schlecht mit einem Fleck im Schritt nach Hause kommen! Wie zur Hölle sollte ich das meiner Frau erklären?

Kaum hatte ich den Gedanken zu Ende gedacht, nestelte sie an meinem Gürtel herum. Ich half ein wenig nach, auch beim Reißverschluss. Ich wollte es ihr nicht unnötig schwer machen, daher rutschte ich ein wenig auf meinem Sitz hin und her, bis sie meinen Schwanz aus seinem engen Gefängnis befreit hatte. Sie befeuchtete ihre Finger, rieb ein wenig über die Eichel, wo sich bereits ein Tröpfchen gelöst hatte. Sie leckte es sich vom Finger. Ich wurde halb wahnsinnig vor Lust. Ich wollte dieses Mädchen ficken. Auf der Stelle!

»Hast du was dagegen, wenn ich ein ruhiges Plätzchen ansteuere?«, fragte ich.

»Ich hätte was dagegen, wenn du´s nicht tun würdest!«, sagte sie mit einem süffisanten Grinsen.

Selten hatte ich so schnell einen kleinen Waldweg entdeckt, wo wir vor Blicken von der Straße aus geschützt waren. Der Wagen rollte auf dem holprigen Untergrund aus, ich zog die Handbremse und bevor ich irgendetwas unternehmen konnte, hatte sich das Mädchen schon den Slip abgestreift und kletterte zu mir herüber. Um mehr Spielraum zu haben, stellte ich meinen Sitz so weit wie möglich zurück. Ich zog meine Hose noch ein Stück nach unten, damit sie sich nach Herzenslust an meinem steifen Schwanz bedienen konnte.

Sie raffte den Rock hoch, spreizte mit der einen Hand ein wenig ihre Schamlippen, griff mit der anderen nach meinem harten Schaft und setzte ihn an ihrer feuchten Pforte an. Ich schob ihr das Kleid von den Schultern, um an die Knospen ihrer Brüste zu kommen. Ich saugte sie abwechselnd in den Mund und umspielte sie mit meiner Zunge.

Während sie sich langsam auf mir niederließ, warf das Mädchen den Kopf in den Nacken. Unglaublich, wie eng und wie heiß sie war! Sie ließ sich Zeit, machte langsam, gönnte mir nur wenige Zentimeter ihrer feuchten Enge. Dann setzte sie sich auf und ließ ihn fast ganz aus sich herausgleiten. Als ich protestieren wollte, ließ sie sich wieder auf mir nieder und nahm mich ganz in sich auf. Sie spannte die Muskeln an, ließ ihr Becken kreisen. Ich hatte das Gefühl, gleich zu platzen, doch kurz darauf entzog sie sich mir wieder.

Sie nahm meinen Schwanz in die Hand, umschloss ihn fest, spielte mit meiner Eichel an ihrem Kitzler und trieb mich fast in den Wahnsinn. Dann ritt sie mich wieder bis zur Ekstase.

Das Ziehen in meinen Lenden wurde zur Qual, ich spürte den Druck, spürte die Hitze ihrer Möse und die Zuckungen ihrer Muskeln, als ein gewaltiger Orgasmus über sie hereinbrach. Und dann explodierte auch ich. Meine Pomuskeln verkrampften sich und ich ergoss mich in sie. Als alles vorüber war, verharrten wir für einige Minuten regungslos, bis wir wieder zu Atem kamen.

Die Kleine stieg von mir herunter, ordnete ihr Kleidchen und zog ihren Slip an, als wäre das, was wir eben getan hatten, das Normalste der Welt.

»Kannst mich da vorn rauslassen«, meinte sie, kurz nachdem wir wieder losgefahren waren.

Ich hielt an, sie schnappte sich ihren Rucksack und wandte sich zum Gehen.

»Hey!«, rief ich. »Wie heißt du eigentlich?«

Sie drehte sich noch einmal um, warf mir eine Kusshand zu und verschwand leichtfüßig hinter der nächsten Biegung.

Als ich an diesem Tag nach Hause kam, war ich blendender Laune und fand meine Frau und meine Kinder gar nicht mehr so nervtötend ...

Mein erstes Mal

Ich war schon seit über einem halben Jahr in Nico verknallt. Nico war einfach der bestaussehende Typ an unserer Schule. Wir gingen beide aufs Gymnasium und er war in meiner Parallelklasse. Alle Mädchen verrenkten sich die Hälse nach ihm. Egal, wo er auftauchte, sofort steckten sie die Köpfe zusammen und tuschelten. Sprach er mit einer von ihnen, wurden ihre Wangen rot und sie verhaspelten sich vor Aufregung beim Sprechen. Dass ausgerechnet ich irgendwann mit ihm zusammen sein sollte, hätte ich mir niemals träumen lassen.

Er war nicht der erste Junge, der mir gefiel. Immer wieder schwärmte ich für einen Typen, doch sobald mich einer von ihnen einlud und ich mich ihm nicht gleich am ersten Abend hingab, wurde ich uninteressant für sie. Für die Jungs zählte nur, wie viele Mädchen sie schon flachgelegt hatten. Mit einer prüden Jungfrau wollte sich keiner von ihnen abgeben. Denn dass ich mit achtzehn noch Jungfrau war, davon ging niemand aus, wenn er sich mit mir verabredete.

Als Nico mich dann eines Tages ansprach und ins Kino einlud, ging für mich ein Traum in Erfüllung. Natürlich sagte ich Ja, welches Mädchen hätte das nicht getan? Und ich genoss die neidischen Blicke meiner Schulkameradinnen, die mich verfolgten, als ich mit glühendem Gesicht und voller Stolz an ihnen vorbeiging.

Natascha, eine schwarzhaarige Schönheit, zischte mir boshaft zu: »Der wird dich eh fallen lassen wie eine heiße Kartoffel, wenn er mitkriegt, dass du noch nie einen Schwanz zwischen den Beinen gehabt hast.«

Ich drehte mich um und betrachtete sie von oben bis unten. »Vielleicht steht er ja nicht auf dich, weil er es nicht mag, wenn ein Mädchen für jeden die Beine breitmacht.«

Das hatte gesessen, die Umstehenden brachen in lautes Gelächter aus.

Am Abend machte ich mich sorgfältig zurecht. Ich zog eine enge Jeans und ein türkisfarbenes Trägertop an, das meine langen, rotbraunen Haare und meine grünen Augen betonte. Bevor ich das Haus verließ, legte ich ein wenig von Mamas teurem Parfüm auf.

Der Film war ein spannender Actionstreifen, doch ich bekam nicht allzu viel davon mit. Schon bevor der Vorspann zu Ende war, legte Nico den Arm um mich. Ich kuschelte mich an ihn und schnupperte an seiner Halsbeuge. Auch er hatte Aftershave aufgelegt. Gemischt mit seinem leichten Schweißgeruch roch er unheimlich männlich und erotisch. Seine lockigen, halblangen braunen Haare kitzelten mich an der Wange. Ich genoss seine zärtlichen Streicheleinheiten, spürte seine Finger immer wieder sanft über meine Schulter gleiten. Eine leichte Gänsehaut überzog meine Haut. Seine Berührungen waren elektrisierend und ich fühlte mein Herz wild klopfen. In meinem Bauch breitete sich ein wohliges Gefühl aus und als ich zum ersten Mal seine Lippen sanft auf meinen fühlte, liefen mir Schauer den Rücken hinunter. Ich öffnete den Mund und tastete mit meiner Zunge nach seiner. Kurz spielten unsere Zungen miteinander, bevor wir uns heftig atmend wieder voneinander lösten.

Nico sah mir tief in die Augen, bevor er mich erneut küsste. Ich schloss die Augen und gab mich ganz dem Gefühl seiner Zärtlichkeit hin. Irgendwann wurde sein Kuss fordernder. Seine Hand löste sich von meiner Schulter und tastete sich zu meiner kleinen festen Brust vor. Er streichelte meine Nippel sanft mit den Fingern, bis sie ganz hart wurden. Das Flattern in meinem Bauch nahm zu und ich spürte, wie es mir unten herum ganz heiß wurde. Es kribbelte und ich wollte mehr.

Ich wollte so sehr, dass er mich auch da unten berührte, dass ich es kaum noch aushalten konnte. Doch ich war noch nicht bereit dazu, mit ihm zu schlafen. Meistens war es so: Wenn ich einen Typen geküsst hatte und kurz davor war, ihm alles zu schenken, verflog der Zauber dann augenblicklich. Ich hatte keine Ahnung, ob es auch dieses Mal so sein würde. Hinzu kam, dass ich mir vorgenommen hatte, erst dann mit einem Mann zu schlafen, wenn ich mir sicher war, dass er der Richtige für mich war. Nur ... wann weiß man schon, ob es der Richtige ist?

Inzwischen hatte Nicos Hand ihren Weg unter mein Top gefunden. Er fuhr die Kontur meines BHs nach, streifte das Körbchen zur Seite und legte seine warme Hand auf meine nackte Haut. Ein Prickeln durchlief meinen ganzen Körper, als er zärtlich über meine Brustwarze strich. Wir saßen in der hintersten Reihe, neben uns war keiner und so ließ ich es zu, dass er sich zu mir herüberbeugte und das Top so weit hochschob, dass er mit seinem Mund an meine Brustwarze herankam. Er leckte mit der Zunge darüber und spielte währenddessen mit der Hand an meiner anderen Brust. Ich stöhnte auf und wölbte mich ihm entgegen. Auch ich konnte meine Hände nicht mehr bei mir behalten. Ich führte meine Hand unter sein T-Shirt, spürte seine harten Bauchmuskeln, die er jetzt angespannt hatte. Ich strich zärtlich über seine breite Brust und verharrte an seinen Brustwarzen. Damit entlockte ich ihm ein heiseres Stöhnen. Wieder küsste er mich. Wild, hart und fordernd dieses Mal. Seine Hand ließ von meiner Brust ab und glitt tiefer zwischen meine Beine. Durch den rauen Stoff der Jeans fühlte ich die Hitze seiner Hand und ich spürte, wie mein Höschen vor Erregung feucht wurde.

Er streichelte meine Schenkel, glitt wieder zurück in meinen Schritt, drückte ein wenig fester, sodass ich spüren konnte, wie mein Kitzler anschwoll.

Er nestelte an meinem Reißverschluss, zog ihn ein wenig auf und drängte seine Hand zwischen den engen Jeansstoff und mein Höschen. Er fühlte sich so heiß an! Ungeduldig schob er den dünnen Stoff meines Höschens zur Seite. Zwei Finger glitten in meine Spalte zwischen meine Schamlippen und liebkosten meinen Kitzler. Weiter kam er nicht. Die Jeans war einfach zu eng.

»Kommst du nach dem Kino noch mit zu mir?«, fragte er atemlos und sah mich mit seinen braunen Augen bittend an.

Ich war an einem Punkt angelangt, an dem ich nicht mehr zurückwollte. Ich wollte endlich mehr erfahren, wollte wissen, wie es sich anfühlte, wenn er in mich eindrang. Also nickte ich stumm.

Wir sahen den Film nicht mehr zu Ende an. Irgendwann stand Nico auf und nahm mich bei der Hand. »Deine Eltern?«, fragte ich.

»Die sind heute Abend nicht zu Hause. Wir haben das ganze Haus für uns«, sagte Nico und gab mir einen schnellen Kuss.

Er reichte mir den Helm, den er für mich mitgebracht hatte, und stieg auf sein Moped. Nach einer kurzen Fahrt hielten wir vor einem hübschen Einfamilienhaus und Nico schloss die Haustür auf. Während ich im Flur auf ihn wartete, holte er aus der Küche einen Piccolo. »Den hab ich meiner Mutter geklaut, ich denke, sie wird es nicht merken«, sagte er grinsend.

Sein Zimmer war unaufgeräumt, überall lagen Sachen herum. Er war wohl nicht darauf vorbereitet gewesen, dass ich ihn nach Hause begleiten würde. Mit einer ausladenden Handbewegung befreite er sein Bett von herumliegenden Kleidungsstücken. Dann setzte er sich auf den Bettrand und zog mich an sich. Ich stand dicht vor ihm und schloss die Augen, als er seine Hände um meine Taille legte. Er schob mein Top hoch und küsste meinen Bauchnabel. Nach einer Weile öffnete er den Reißverschluss meiner Jeans und schob sie mir langsam über die Hüften. Er hauchte mir einen Kuss auf die Stelle zwischen den Beinen, wo mein Venushügel endete. Es fühlte sich so heiß an!

Er hielt meine Hand, als ich aus der Jeans stieg, und schob mein Höschen ebenfalls nach unten. »Leg dich aufs Bett, ich verwöhne dich ein bisschen«, sagte er mit rauer Stimme. Ich legte mich hin, spürte die seidigen Laken auf meiner nackten Haut und seine streichelnden Hände. Er zog mir mit einer geübten Bewegung das Top über den Kopf, den BH zog ich selbst aus. Nico reichte mir die geöffnete Sektflasche. »Tut mir leid, ich hab das Glas vergessen.«

Ich lächelte. »Macht nichts, schmeckt aus der Flasche genauso gut«, sagte ich und nahm einen kräftigen Schluck. Nico nahm mir das Fläschchen aus der Hand. Als ich mich wieder hingelegt hatte, goss er mir ein klein wenig von der prickelnden Flüssigkeit in die kleine Mulde meines Bauchnabels. Mit dem Mund und der Zunge leckte er den Sekt wieder auf. Seine Hand wanderte währenddessen über meine Hüften, streichelte die empfindliche Innenseite meiner Oberschenkel, die ich nun für ihn öffnete. Sanft fuhr er mir über den Venushügel, seine Finger spielten mit meiner zwischen den Schamlippen hervorragenden Knospe. Ich wand mich unter seinen Berührungen. Als er mit einem Finger vorsichtig und langsam in mein Innerstes eintauchte, keuchte ich auf. Ich hatte mich natürlich schon selbst befriedigt, aber es ist doch ein Unterschied, ob es der eigene Finger oder der eines so heißen Typen ist.

Nico unterbrach sein Spiel und senkte den Kopf zwischen meine Beine. Er liebkoste mit der Zunge meinen Kitzler und fuhr damit meine Spalte entlang. Ich spürte, wie seine Zunge in mich eindrang. Sie war heiß und feucht, genauso wie ich! Wieder stimulierte seine Zunge meine Knospe, während er einen Finger in mich einführte und mich dann mit einem zweiten Finger ein bisschen weitete.

»Meinst du, du bist soweit?«, fragte er irgendwann leise.

Ich konnte mich nicht erinnern, wann er seine Hose ausgezogen hatte. Sein Schaft war steif und aufgerichtet. Ein kleines Tröpfchen hatte sich von seiner Eichel gelöst. Seine Erregung zu sehen, steigerte mein Verlangen noch um ein Vielfaches.

Ich nickte stumm und beobachtete, wie Nico zwischen meine weit geöffneten Beine glitt. Er nahm seinen Schaft in die Hand und setzte ihn an meinem Eingang an. »Ich werde vorsichtig sein«, versprach er und ich vertraute ihm, wusste, dass er mir nicht wehtun würde. Er rieb seine Eichel mit etwas Speichel ein, damit sie leichter in mich eindringen konnte. Ich schloss die Augen.

Als er schließlich in mich eindrang, spürte ich einen leichten Druck. Ich schob mich ihm entgegen und empfing sein hartes Glied, das immer wieder ein Stück tiefer in mich glitt. Nico ließ sich Zeit. Viel Zeit!

Zwischendurch verharrte er kurz in einer Position und schob dann mit sanftem Druck seinen Schaft tiefer in mich hinein, bis er ganz in mir versunken war. Erst dann bewegte er sich langsam und vorsichtig in mir. Er ließ sein hartes Glied in mir kreisen, bewegte sich ein bisschen vor und zurück und erst, als ich anfing, vor Lust zu stöhnen, wurden seine Bewegungen heftiger. Ich fing an, das Gefühl, ihn tief in mir zu spüren, zu genießen. Da entzog er mir sein Glied wieder. Dann tauchte er erneut in mich hinein. Dieses Mal ging alles viel einfacher. Ich wölbte mich ihm entgegen, umklammerte seine harten Pomuskeln mit den Beinen und als mich die Lust explodieren ließ, schrie ich auf. Ein Feuerwerk tobte in meinem Innersten, meine Muskeln krampften sich zusammen und es kam mir heftig. Währenddessen stieß Nico tiefer und fester in mich.

Kurz darauf warf er den Kopf in den Nacken und auch seine Muskeln verkrampften sich. Eilig zog er sein Glied aus mir heraus und entlud sich auf meinem Bauch.

Ich nahm ihn in die Hand und genoss das Gefühl, wie er zuckte, wie er seinen Samen vergoss. Erst, als nichts mehr kam, ließ ich ihn los.

Nico ließ sich völlig außer Atem neben mir auf das Bett fallen. Er griff nach meiner Hand und küsste meine Fingerspitzen. »War schön mit dir«, sagte er leise. »Ich ... ich hatte noch nie eine Jungfrau, um ehrlich zu sein.«

Ich rollte mich auf die Seite und sah auf ihn herab. »War´s das, was du wolltest? Bist du deshalb mit mir ausgegangen?« Meine größte Angst war, dass mich ein Junge nur wollte, weil ich noch Jungfrau gewesen war.

Nico lachte und gab meiner Nase einen Stups. »Aber nein ... ich fand dich schon immer toll. Ich stehe nicht auf Frauen, die mit dem Erstbesten ins Bett gehen.«

Meine Angst, dass er mich nur ausgenützt haben könnte, war völlig unbegründet. Wir wurden ein Paar und sind es heute noch. Inzwischen haben wir alle erdenklichen Spielarten der Liebe ausprobiert und sind immer noch am Lernen. Es gibt ja schließlich so viel Neues zu entdecken ...

Aufgeheizt auf der Autobahn

»Hallo Moni! Ich muss gegen später noch den Bus bei Tom vorbeibringen, irgendetwas stimmt nicht damit. In letzter Zeit stottert er ein bisschen. Hast du Lust, mich zu begleiten?«, fragt mein Mann Marc, als ich mich am Telefon melde.

»Klar, warum nicht? Wann holst du mich ab?«

»Sagen wir gegen neunzehn Uhr? Wenn wir um halb acht bei Tom sind, kann er sich gleich um das Fahrzeug kümmern.«

Tom ist der beste Freund meines Mannes und besitzt eine Autowerkstatt. Da wir in zwei Wochen mit unserem alten umgebauten VW-Bus in den Urlaub fahren möchten und das alte Teil Zicken macht, ist es besser, Tom noch mal drüberschauen zu lassen.

Ich beschließe, Marc heute mal wieder zu überraschen, und ziehe mein schwarzes, kurzes Kleidchen an, das er so sehr an mir liebt. Der weit schwingende Rock verbirgt nicht viel von meinen schlanken, durchtrainierten Oberschenkeln. Mein Höschen lasse ich der Einfachheit halber gleich weg. Ich schlüpfe in meine schwarzen, hochhackigen Riemchensandaletten und tupfe mir ein wenig von seinem Lieblingsparfüm hinter die Ohren – fertig.

Pünktlich um sieben höre ich das bekannte Hupen unten auf der Straße. Ich begrüße Marc mit einem langen Kuss. Sein Mund öffnet sich ein wenig und unsere Zungen finden einander.

»Wenn wir jetzt keinen Termin hätten, würde ich dich an Ort und Stelle vernaschen«, sagt Marc kurz darauf außer Atem.

»Wart's ab, Süßer, der Abend ist noch nicht gelaufen«, sage ich grinsend.

Ich schlage brav und sittsam die Beine übereinander, doch Marcs Augen bleiben an meinem tiefen Ausschnitt kleben. »Nun fahr schon endlich! Je früher wir nach Hause kommen, umso eher kannst du mich vögeln ...«

»Ich kann nichts finden«, sagt Tom nach kurzer Überprüfung. Er kommt ins Stocken, als er auf dem Wägelchen liegend unter unserem Bus hervorrollt, denn ich stehe neben ihm und habe die Beine leicht gespreizt. Ich genieße seinen verblüfften Gesichtsausdruck, als er sieht, dass ich nichts darunter trage.

Da jedoch Marc an meiner Seite ist, versucht er, sich nichts anmerken zu lassen.

Schließlich findet Tom doch noch einen Wackelkontakt an einem Kabel, doch dieser ist schnell behoben. »Mögt ihr noch was trinken, bevor ihr zurückfahrt?«, fragt er. Da wir beide durstig sind, gehen wir in Toms Büro. Dieses Mal setze ich mich Marc gegenüber auf einen Stuhl. Der seidige Stoff auf meiner nackten Haut fühlt sich unheimlich erotisch an. Als Marc mich anschaut, schlage ich langsam und lasziv die Beine übereinander und gewähre Marc einen kurzen Blick auf meine nackte Muschi. Er bekommt augenblicklich einen trockenen Mund. Ich stelle mir vor, wie sein Schwanz in der Hose hart wird, und rutsche unbehaglich auf meinem Stuhl hin und her. Ich merke, wie ich feucht werde, und habe es plötzlich ich eilig, von hier wegzukommen. Ich kann förmlich spüren, wie er hart in mich eindringt, fühle seine starken Hände auf meinem Po ...

»Haben wir heute Abend nicht noch etwas vor?«, frage ich. Er nimmt den Spielball nur allzu gern auf. »Ach, stimmt ja, hätte ich fast vergessen. Sorry, Tom, wir müssen los.«

»Mann, siehst du heute scharf aus.« Ich liebe Marcs Komplimente! Das sanfte Rütteln, wenn wir über Bodenunebenheiten fahren, reizt meinen Kitzler und meine Möse. Marc steuert den Bus auf die Autobahn. »Du kannst dich auf etwas gefasst machen, wenn wir zu Hause sind, meine Liebe ...«

Ich lächle ihn an und greife mit der Hand an die Beule in seiner Hose. »Warum warten, bis wir zu Hause sind?«

Marc fasst mit seiner rechten Hand unter meinen Rock. Seine Hand streichelt meinen Venushügel und ich spreize die Beine ein wenig, damit er freie Bahn hat. Als er meinen Kitzler findet und ihn mit den Fingern stimuliert, zucke ich zusammen. Dann gleitet sein Finger in mich. »Deine Muschi ist ja schon total nass«, sagt er. Ich winde mich auf dem Sitz, es fühlt sich so herrlich an, ohne Höschen dazusitzen, seine Hand zwischen meinen Beinen und seine Finger in mir.

Ich streichle über die Ausbuchtung seiner Jeans. Marc zieht seine Hand zurück und stöhnt leicht auf. »Gott, du machst mich so scharf, lass das lieber, sonst baue ich noch einen Unfall.« Doch seine Worte spornen mich nur noch mehr an. Das Gefühl, dass uns die LKW-Fahrer, die auf der rechten Spur mit ihren Brummis fahren und durch die erhöhte Sitzposition einen guten Blick in unseren Bus haben, zuschauen könnten, törnt mich unglaublich an. Mit geübtem Griff öffne ich den Knopf von Marcs Jeans. Ich mache den Reißverschluss auf und ziehe seine Boxershorts ein Stück herunter. Schon schnellt mir Marcs harter Schwanz entgegen. »Wow«, entfährt es mir. Obwohl ich schon so lange mit Marc zusammen bin, überrascht mich die Größe seines Schwengels doch immer wieder.

Er sieht richtig einladend aus, wie er so aus der Hose heraussteht. Ich kann nicht anders ... wozu noch warten? Ich pfeife auf alles und beuge mich zu Marc hinüber. Ich lecke an seiner Eichel, nehme seinen Schwanz in den Mund und beginne, daran zu saugen. Marc stöhnt leise und rutscht auf dem Fahrersitz ein Stück nach unten, so dass ich ungehindert mit meiner Arbeit fortfahren kann.

Sein Stöhnen spornt mich an. Ich nehme seinen Schwanz noch tiefer in den Mund. Meine etwas raue Zunge drücke ich fest dagegen. Marcs Schwanz zuckt leicht in seinem engen, feuchten Gefängnis. Ich nehme ihn in die Hand und kümmere mich um seine Eier. Sanft sauge ich sie in meinen Mund, umspiele sie nacheinander mit der Zunge, während ich seinen steifen Schaft wichse.

»Oh Gott, Moni ... hör auf, sonst komme ich gleich an Ort und Stelle.«

Ich unterbreche meine Tätigkeit, lecke mir etwas von seinem Saft von den Lippen. »Wäre das so schlimm?«

»Eigentlich nicht, aber ich würde dich jetzt für mein Leben gern so richtig durchvögeln.«

Ich deute auf ein Schild, an dem wir soeben vorbeifahren. »Da vorn kommt ein Rastplatz.« Mehr brauche ich nicht zu sagen, Marc setzt den Blinker und biegt ab. In rasantem Tempo nähern wir uns den Parkplätzen, die fast alle von LKWs belegt sind, die ihre Fahrt für die Nacht unterbrochen haben. Inzwischen ist es schon dunkel geworden.

Wir quetschen uns mit dem Bus in eine enge Parklücke zwischen zwei LKWs mit Anhängern. Der Bus ist kaum zum Stehen gekommen, da dränge ich mich schon zwischen den Sitzen hindurch nach hinten. Auf der Ladefläche liegt die Doppelmatratze, die wir für unseren Urlaub organisiert haben. Marcs warmer Atem streicht über meinen Nacken, als er mich von hinten umfängt. Seine starken Hände finden meine Brüste und massieren sie kräftig. Gekonnt kneift er mir in die Brustwarzen. Ein süßer Schmerz schießt von meinen Brüsten in meinen aufgeheizten Schoß. Marcs harter Schwanz drückt sich fest von hinten gegen mich. Nur der hauchdünne Stoff meines Kleides trennt uns noch. Einer der Spaghettiträger hat sich gelöst und hängt mir über die Schulter. Marc hilft ein wenig nach und gleich darauf liegen meine Brüste frei. Ich reibe meinen Po an seinem Schaft. Die seidige Berührung mit meinem Kleid bringt ihn fast um den Verstand.

»Moment«, flüstert Marc heiser. Er schiebt das bisschen Stoff nach oben, nimmt seinen Schwanz in die Hand und tastet nach meiner nassen Möse. Mit einem heftigen Ruck, der mir fast den Atem nimmt, dringt er in mich ein. Ich greife nach den Halteschlaufen, die rechts und links von mir herunterbaumeln, und lege sie um meine Handgelenke. So habe ich den Halt, den ich brauche. Marc hält von hinten meine Brüste fest umfangen und vögelt mich keuchend. Fest und hart. Tiefer und tiefer. Ich spüre ihn so tief in mir, dass ich am liebsten gleich explodieren würde.

»Mach fester, gib ihn mir«, feuere ich ihn an. Der Schweiß rinnt mir in kleinen Sturzbächen zwischen den Brüsten und den Rücken hinunter. Er hinterlässt dünne, dunkle Rinnsale auf dem Stoff.

»Warte einen Moment«, sage ich. Marc hält inne und ich reiße mir das Kleid über den Kopf. Pfeif drauf, ob einer der vorbeilaufenden Fahrer mich sehen kann. Die Scheiben des VW-Busses sind durch unsere schwitzenden Körper bereits bis zur Hälfte angelaufen. Ich spüre Marcs glitschigen Körper an meinem, seine Hände verteilen den Schweiß, als er mich wild und hart streichelt. »Mach weiter, gib´s mir so richtig dreckig!« Ich sporne ihn an und Marc stößt wiederum heftig in mich hinein. Die Halteschlaufen umklammernd strecke ich Marc mein Hinterteil entgegen. Er umfasst meine Hüften mit eisernem Griff, sodass ich ihm nicht entkommen kann. Hart und tief stößt er seinen Schwanz in mich hinein.

»Oh Gott, ich komme gleich«, schreie ich vor Lust. Es ist unglaublich. Eben habe ich kurz jemanden mit einem verdutzten Gesicht vorbeilaufen sehen. Es ist mir egal. Von mir aus kann der ganze Parkplatz zuschauen, im Gegenteil, es steigert nur noch meine Lust, wenn ich mir vorstelle, dass derjenige, der uns zusieht, so heiß wird, dass er auf der Stelle seinen Schwanz aus der Hose nimmt und sich einen runterholt.

»Bei mir dauert´s auch nicht mehr lange«, stößt Marc mit zusammengebissenen Zähnen hervor. Ich spüre, wie seine Armmuskeln hart werden von der Anspannung. Der Schweiß läuft in Strömen an seinem Körper herunter. Ich lasse mich ein wenig nach hinten sinken, nehme seinen Schaft ganz in mir auf. Meine Muskeln spannen sich an, als es mir kommt.

»Fester«, keuche ich. »Tiefer!«

Marc gibt alles. So brutal hat er mich schon lange nicht mehr genommen. Er stößt wie besessen in mich, dann verkrampft auch er sich. Ich spüre, wie er kommt, wie er seinen Samen in mir vergießt. Trotzdem stößt er immer noch weiter. Ein Teil seines Saftes fließt aus mir heraus, tropft an meinen Schenkeln herunter.

Eine Weile verharren wir noch so, bis sich unser Herzschlag langsam wieder beruhigt. Ein stetiges Trommeln auf dem Dach verrät mir, dass draußen ein warmer Sommerregen niedergeht. Ich bin dermaßen erhitzt, dass ich etwas völlig Verrücktes mache: Ich löse mich von Marc, reiße die Heckklappe des Busses auf und klettere mit nichts weiter als meinen Riemchensandaletten am Leib ins Freie.

Draußen vermischt sich der Regen mit meinem Schweiß. Ich schließe die Augen, öffne den Mund und fange die Tropfen mit der Zunge auf. Ein Gefühl grenzenloser Freiheit durchströmt mich. Ich drehe mich zu Marc um und öffne die Augen. Ein paar Tropfen perlen an meinen Wimpern ab und ich erwidere lächelnd sein Grinsen ...

SANDWICH

Ein paar Tage zuvor hatte ich meinen neunundzwanzigsten Geburtstag gefeiert. Neben einem hübsch verpackten, lilafarbenen Dildo und goldenen Liebeskugeln lag auf meinem Gabentisch ein erotischer Brief, den mein Freund Pascal mir geschrieben hatte. Bis ins kleinste Detail hatte er aufgeschrieben, was er alles mit mir anstellen würde, und fast alles noch am selben Abend in die Tat umgesetzt. Wir hatten jede Menge und vor allem lange Spaß. Am Ende des Briefes hatte er noch geschrieben: »Du hast noch einen Wunsch frei«.

Als ich mich an den Brief erinnerte, küsste ich ihn sanft auf den Mund, spielte mit der Zungenspitze ein bisschen mit seiner Lippe und stieß meine Zunge sachte gegen seine. Ich spürte, wie er sofort auf mich reagierte, und ließ erst von ihm ab, als er zu keuchen begann. »Alles? Darf ich mir wirklich alles wünschen?«, fragte ich ein wenig außer Atem.

»Alles, was ich dir erfüllen kann«, sagte Pascal grinsend.

Ich drehte mich auf den Rücken und schloss die Augen. »Ich würde gern einmal von drei Männern auf einmal verwöhnt werden. Sie dürften mich benutzen, wie sie es möchten, auf alle erdenklichen Arten. Sie dürften mich zu zweit ficken, einer vorn und einer von hinten, der dritte dürfte mir seinen dicken Schwanz in den Mund stecken und ich würde ihm den Saft aussaugen ...« Allein der Gedanke daran ließ mich schneller atmen.

Ich spürte Pascals Hände auf mir. Sie glitten unter mein T-Shirt, zogen meinen BH zur Seite und massierten mit festem Griff meine Brüste. Mit einem entschlossenen Ruck schob er zuerst meinen Rock hoch und zerrte dann mein Höschen herunter. Meine Spalte war feucht und er hielt sich nicht mit einem langen Vorspiel auf. Er stieß seinen Finger in mich, dann einen zweiten. Als er merkte, dass meine Möse vor Erregung triefte, spielte er kurz mit meinem Kitzler, kniff ihn ein wenig mit den Fingern. Ungeduldig zerrte ich an seinem Reißverschluss und befreite seinen erigierten Schwengel aus seinem engen Gefängnis. Meine Beine auf seinen Schultern gelagert, stieß Pascal heftig in mich hinein. »Möchtest du es so haben? Hart und schnell?« Er hämmerte seinen harten Stab in mich hinein. Tiefer und immer tiefer.

»Ja«, keuchte ich. »Genauso will ich es haben.« Ich schrie

auf, als ein gewaltiger Orgasmus über mich hereinbrach.

»Dein Wunsch sei mir Befehl«, sagte Pascal und grinste geheimnisvoll, als wir hinterher völlig außer Atem nebeneinanderlagen.

Am Samstagabend überraschte mich Pascal dann, indem er mir eröffnete, dass er Besuch erwartete. Er holte eine Flasche Champagner aus dem Kühlschrank. Kurz darauf klingelte es auch schon an der Tür. Ich hörte Pascal mit jemandem sprechen, dann betrat hinter ihm ein gut gebauter, hübscher blonder Typ das Wohnzimmer. Wow! Ein knackiger Kerl ganz nach meinem Geschmack. »Das ist Norman, ein Kollege von mir«, stellte er uns vor. »Und das hier –« hinter Norman erschien ein dunkelhaariger, südländisch aussehender Typ – »ist Mirko, ein Freund von Norman. Na, habe ich dir zu viel versprochen?« Pascal grinste breit. Mir lief das Wasser im Mund zusammen, als ich die drei Männer ansah. Alle gut gebaut und so wie es aussah, alle richtig heiß auf mich. Am liebsten hätte ich mir ins Höschen und zwischen die Beine gefasst, so geil machte mich der Gedanke, was diese drei Männer wohl mit mir anstellen würden.

Zuerst stießen wir mit dem Champagner auf einen schönen Abend an und alberten ein wenig herum. Dann zauberte Pascal plötzlich ein seidenes Tuch hinter seinem Rücken hervor. »Ich würde vorschlagen, wir verbinden dir die Augen, dann weißt du nicht immer bis ins kleinste Detail, wer was mit dir macht und kannst es mit allen Sinnen genießen.«

Ich zog mich vor aller Augen aus und genoss die gierigen Blicke auf meinem nackten Körper. Pascal hatte weiche Kissen auf dem Boden verteilt, auf welchen ich mich jetzt niederließ. Er gab mir einen zärtlichen Kuss und stieß mit seiner Zunge in meinen Mund. Augenblicklich begann das Kribbeln in meinem Unterleib. Seufzend öffnete ich mich ihm, doch sofort entzog er mir seine Zunge wieder. Stattdessen verband er mir die Augen mit dem Seidentuch. Kurz darauf spürte ich tastende Hände auf meinem Körper. Ich erschrak kurz, als ich eine Flüssigkeit zwischen meinen Brüsten spürte, die über meinen Bauch bis zu meiner Spalte rann. Der Champagner war kühl und prickelte und gierige Zungen leckten die Flüssigkeit von meiner heißen Haut. Sie verharrten an meinen Brustwarzen, saugten sich kurz fest, fuhren die Konturen meiner Rundungen nach. Eine der Zungen spielte an meinem Bauchnabel, eine andere bahnte sich ihren Weg zwischen meine Beine. Ich spürte die Zungen und Hände überall an mir. Zähne knabberten zart an meinem Ohrläppchen, eine raue Zunge stieß gleich darauf sanft in meine Ohrmuschel. Eine Hand streichelte meinen Hals, ein Mund saugte sich warm in meiner Halsbeuge fest, während eine andere Hand meine Beine spreizte. Eine warme Zunge fand Platz zwischen meinen Schamlippen, umkreiste meine Lustperle und saugte an ihr, bis sie groß und prall war. Ich keuchte und wand mich vor Erregung. Es war der Wahnsinn, die vielen Hände, Münder und Zungen auf und an mir zu spüren, zu fühlen, wie ein Finger in mich glitt, ein zweiter folgte und wie plötzlich zwei Hände meine Pobacken spreizten und eine Zunge meinen Anus leckte. Ich musste mich beherrschen, um nicht sofort zu kommen.

»Gebt mir eure Schwänze«, keuchte ich.

»Schsch ... gleich ... nicht so ungeduldig«, flüsterte eine raue Stimme direkt neben meinem Ohr. Plötzlich berührte die Eichel eines steifen Gliedes meinen Mund. Ich leckte vorsichtig mit der Zunge darüber.

»Reich mir mal das Öl«, sagte eine Stimme und kurz darauf wurde glitschiges Öl auf meiner Muschi verrieben und weiteres Öl in meine Pospalte geträufelt. Mehrere Finger glitten in mich, befingerten mich, ein Finger glitt in meinen Anus, eine Zunge verwöhnte meinen Kitzler. Mehr, ich wollte mehr!

»Komm hoch und knie dich über mich«, hörte ich eine Stimme sagen. Ich vermutete, dass es Norman war, der nun unter mir lag. »Setz dich ganz langsam auf mich«, befahl er mir.

»Gott, sieht das geil aus«, sagte Pascal, dessen Stimme ich natürlich zweifelsfrei erkannte. »Ich halte deinen Schwanz und führe ihn in Nataschas Möse ein.« Ich spürte einen harten Schwanz am Eingang meiner Pforte. Ich ließ mich langsam nieder und spürte den Schwengel immer tiefer in mir. Ich wollte ihn reiten, doch Pascal befahl mir sofort, stillzuhalten. »Du wolltest doch mehr, erinnerst du dich?«, sagte er süffisant. Raue Finger spielten gefühlvoll mit meiner geschwollenen Lustperle.

»Jetzt kriegst du´s gleichzeitig von hinten ...« Die eingeölte Eichel eines Schwanzes stieß von hinten gegen meinen Anus. Ich entspannte mich, um ihm das Eindringen zu erleichtern. Der Schwanz in meiner Möse bewegte sich leicht und ganz langsam drang nun der zweite Schwanz in meinen Po ein. Am Muskel hielt er ein wenig inne, bewegte sich nur langsam und sachte, dann spürte er den Gegendruck des Schwanzes in meiner Möse. »Aaaahh ... ist das geil ...«, stöhnte der Typ. Er drang unter sanftem Druck weiter in mich ein und schon bald spürte ich beide Schwänze tief in mir.

»Gott, sieht das geil aus«, keuchte Pascal. Ich spürte seinen Schwanz an meinem Mund. Seine Eichel war schon ganz feucht von seinem Liebessaft. Ich leckte ihn eifrig ab und öffnete meinen Mund, um ihn ganz in mir aufzunehmen. Pascal stieß seinen steifen Schaft weit in meinen Mund hinein und ich saugte an seinem Schwengel, der groß und dick war.

»Wir wechseln uns ab«, sagte Norman zu Mirko. Ich spürte, wie er seinen Schwanz fast völlig aus meiner Muschi herauszog, damit Mirko tiefer in meinen Po gleiten konnte. Er stieß vorsichtig ein paarmal in mich und während er sich aus mir herauszog, stieß Norman seinen Schwanz wieder tief in meine Muschi. So fickten mich die beiden abwechselnd vorn und hinten. Wow!

Ich spürte die Wellen, die sich in meinem Unterleib ausbreiteten, doch bevor ich kommen konnte, zogen sich beide Kerle aus mir zurück. »Du kriegst jetzt beide Schwänze gleichzeitig in die Muschi, dann ficken wir dich so, wie du noch nie gefickt wurdest. Und du Pascal, fickst sie in den Mund.«

Ich stöhnte auf vor Lust, als ich den ersten Schwanz am Eingang meiner Muschi spürte. Hände spreizten meine Schamlippen weit. Eine Hand hielt den Schwanz in Position, während ein zweiter Schwanz am Eingang positioniert wurde. »Und nun zusammen. Ganz vorsichtig«, sagte Norman gepresst. »Vorsicht, sonst kommt´s mir schon jetzt.«

Pascal stöhnte laut auf, als ich heftig an seinem Schwanz saugte. Ich lutschte und saugte, wollte alles aus ihm herausholen, wenn er kam.

Die zwei Schwänze glitten langsam immer weiter in meine Möse, es war unglaublich! So ausgefüllt war ich noch nie in meinem Leben gewesen. Im wahrsten Sinne.

»Jetzt ficken wir sie gemeinsam«, keuchte eine Stimme. Pascal stieß seinen Schwanz immer hektischer in meinen Mund. Ich konnte schon seinen Saft schmecken, der aus ihm herausrann. Ein gewaltiger Orgasmus kündigte sich an. »Ich komme, fickt mich härter!«, schrie ich. Die beiden Männer stießen rhythmisch tief in mich hinein. »Ich halt das nicht mehr aus, ich komme auch!«, keuchte Mirko. Die beiden Männer verharrten kurz in mir, dann spürte ich, wie ihre Schwänze zuckten, als sie ihren Samen in mir vergossen. Eine Ladung von Pascals Saft schoss in meinen Mund. Ich schluckte und saugte heftiger an ihm. Ich wollte auch noch seinen letzten Tropfen schlucken!

Mein Unterleib verkrampfte sich immer noch. Ich rieb meinen Kitzler und fühlte mit den Händen die beiden Schwänze, die in mich stießen.

Als mein Orgasmus verebbte, zogen sich Mirko und Norman aus mir zurück. Auch Pascals Schaft war nur noch halb steif. Ich streifte mir das Tuch ab. »Wow, Jungs ... das war der absolute Hammer!«, sagte ich grinsend. Und zu Pascal: »Dass du meinen Geburtstagswunsch so wörtlich nimmst, hätte ich nicht gedacht. Aber das war die geilste Erfahrung meines Lebens!«

Ich nahm mir vor, mich bei Pascal zu revanchieren. Ich hatte da eine Freundin, die sicherlich sofort mit von der Partie sein würde, wenn ich ihr vorschlug, Pascal zu zweit zu verwöhnen ...

HEISS: EIN MANN – ZWEI FRAUEN!

Kürzlich ist mir etwas passiert, woran ich nicht im Traum gedacht hätte. An diesem Tag kam ich früher als geplant nach Hause. Ich hatte unseren Hochzeitstag vergessen und um das wiedergutzumachen, fuhr ich beim Blumenladen vorbei, kaufte einen großen Strauß Rosen für Diana und wollte sie damit überraschen. Nun – die Überraschung gelang. Allerdings anders, als ich geplant hatte ...

Ich schloss die Haustür auf und rief nach Diana, bekam aber keine Antwort. Aus dem Schlafzimmer drang Musik und plötzlich schlug mein Herz schneller. Betrog sie mich etwa? Genau in diesem Moment? Ließ sie sich von einem anderen Mann beglücken, während ich bei der Arbeit war? Ich stürmte wutentbrannt zum Schlafzimmer und riss die Tür auf. Doch auf den Anblick, der sich mir bot, war ich nicht vorbereitet gewesen.

Diana lag auf dem Bett. Sie war nackt, zwischen ihren weit gespreizten Beinen kniete Bettina, ihre beste Freundin, und leckte ausgiebig die feuchte Spalte meiner Frau.

In diesem Moment schob sie zwei Finger in Dianas Möse, was meiner Frau ein lautes Stöhnen entlockte. Auch Bettina war nackt. Sie streckte mir ihren knackigen Po entgegen und ich konnte ein Bändchen sehen, das aus ihrer Muschi heraushing. So wie sie ihren Po kreisen ließ, steckten Liebeskugeln in ihr.

Mein Schwanz regte sich in meiner Hose. Jeden Kerl hätte ich umgebracht. Doch diese Szene war anregender als jeder Pornofilm. Diana hatte mich entdeckt, wie ich da an der Tür stand und meinen Schwanz mit der Hand durch die Hose rieb. Zuerst erschrak sie über mein unerwartetes Auftauchen, doch Bettina hatte nichts gemerkt und widmete sich nun Dianas Kitzler, der schon geschwollen war vor Lust.

Diana schob Bettina sanft von sich. »Wir haben Besuch bekommen«, sagte sie und grinste. Bettina war weniger schockiert, im Gegenteil. Sie grinste lüstern und sagte: »Du kommst gerade zur rechten Zeit. Ein dicker Schwanz ist es, was wir jetzt brauchen. Oder?« Sie sah Diana fragend an. Meine Frau nickte und winkte mich zu sich.

Sie fühlte die Beule in meiner Hose. »Schon ganz schön groß, der Kleine«, meinte sie und befreite meinen Schwanz aus seinem engen Gefängnis. Sie leckte über die Eichel und saugte sanft daran, während sie mit einer Hand meine Eier kraulte.

Bettina sah uns zu und befingerte sich selbst. Was sie sah, schien ihr zu gefallen.

»Mach ruhig da weiter, wo du eben aufgehört hast«, sagte Diana zu Bettina. Das ließ sie sich nicht zweimal sagen und kniete sich wieder zwischen Dianas Beine. Die Möse meiner Frau war nass, sie war so geil! Bettina tauchte ihre Finger in die enge Muschi, dann schob sie einen Finger ganz langsam in

Dianas Po. Dies alles konnte ich beobachten, während Diana mir einen blies. Sie nahm meinen Schwanz tief in ihren Mund, kratzte mit ihren Zähnen ganz sanft an meinem Schaft und ließ ihre Zunge um meine Eichel kreisen. Meine Lusttröpfchen sog sie gierig auf.

»Magst du Bettina ficken?«, fragte Diana.

Ich sah sie erstaunt an. »Würde es dir denn nichts ausmachen?«

Sie grinste und sagte: »Nein, im Gegenteil! Ich möchte zusehen, wie du es ihr besorgst. Aber vorher musst du die Liebeskugeln entfernen.«

Während ich mich hinter Bettina kniete und an dem Bändchen zog, das mit den Kugeln verbunden war, tastete Diana nach ihrem Vibrator, den sie immer in der Schublade neben dem Bett bereithält.

Sie schob Bettina von sich und setzte sich breitbeinig neben uns, um genau sehen zu können, wie ich ihre Freundin fickte. Die nass glänzende Möse vor mir törnte mich an ohne Ende. Mein Schwanz war prall und dick. Ich stieß ein paarmal an Bettinas Pforte, was sie mit einem Stöhnen quittierte. Dann erhöhte ich den Druck und mein Schwanz verschwand langsam in ihrer Möse. Ich schob ihn ganz hinein, bis meine Hoden an ihren Po stießen.

Diana sah mir lüstern zu und liebkoste ihre Liebesperle, während sie sich langsam den Vibrator einführte. Als das leise Summen ertönte und sich das Ding in Diana bewegte und vibrierte, stöhnte sie laut auf vor Lust.

»Gib´s ihr hart!«, verlangte sie. Ich zog meinen Schwanz zurück und stieß ihn dann heftig in Bettinas Loch. Mit einem Klatschen schlugen meine Eier gegen ihren Po. Immer wieder stieß ich hart zu. Ich hatte die Augen geschlossen, weil mich der Anblick so scharfmachte, dass ich schon bald kommen würde.

»Warte, du darfst uns beide abwechselnd ficken«, sagte Diana und entfernte den Vibrator. Dann kniete sie sich neben Bettina und hielt mir auffordernd ihren Po hin. Wow! Zwei knackige Frauenärsche vor mir und ich durfte in beide hineinstoßen! Ich entzog Bettina meinen Schwanz und stieß ihn hart in Dianas klatschnasse Spalte. Während ich Diana fickte, fingerte ich am Anus von Bettina herum. Ganz leicht passierte mein Finger den Schließmuskel. Meine Stöße wurden heftiger. Bevor es mir jedoch kommen konnte, zog ich meinen Schwanz heraus. Ich ging zur Schublade, in der wir unser Sexspielzeug aufbewahren, und entnahm ihr zwei etwas schmalere Analdildos.

Während ich meinen Schwanz nun wieder in Bettina hineinstieß, setzte ich den Dildo an ihrem Schließmuskel an. Bei jedem Stoß gab ich etwas mehr Druck auf den Dildo, bis er fast ganz in Bettinas Po steckte. Dann entzog ich ihr meinen Schwanz und wiederholte beides bei Diana. Auch in ihrem Po steckte nun ein Dildo.

Abwechselnd fickte ich beide Frauen mit meinem Schwanz und stieß auch die Dildos immer wieder in ihre Ärsche. Die beiden schrien vor Lust, kamen fast gemeinsam zum Höhepunkt und ich spürte bereits, wie sich meine Lenden zusammenzogen. Lange würde ich das nicht mehr durchhalten.

Ich stieß zu. Wieder und wieder. Härter und härter. Meine Eier klatschten gegen ihre Pobacken. Als ich spürte, dass es mir kam, befahl ich den beiden Frauen, sich zu mir umzudrehen. Während eine an meiner Eichel saugte, nahm die andere meine Eier in den Mund und saugte daran. Dann konnte ich es nicht mehr aufhalten. Ein heißer Strahl schoss aus meinem Schwanz. Mein Sperma lief über ihre Gesichter und sie leckten jeden Tropfen auf, saugten alles aus meinem Schwanz, bis nichts mehr kam.

»Wow!«, sagte ich außer Atem. Ich war völlig fertig und

ausgelaugt im wahrsten Sinne des Wortes.

Wir lagen eine Weile erschöpft nebeneinander, dann gingen wir zu dritt unter die Dusche. Als wir uns gegenseitig einseiften, erwachte unsere Lust wieder. Ein zweites Mal besorgte ich es beiden Frauen, während das heiße Wasser auf unsere Körper prasselte.

»Also ich hätte gegen eine Wiederholung nichts einzuwenden«, sagte ich danach grinsend. Diana und Bettina sahen sich an und meinten unisono: »Also von mir aus gern!«

»Aber irgendwann möchte ich auch mal von zwei Männern verwöhnt werden«, fügte Diana hinzu.

Das allerdings muss ich mir noch gut überlegen. Ob ich meine Frau mit einem anderen Mann teile ...

Die Domina – Geschichte 1

Mein Name ist Chantal. Das ist natürlich nicht mein richtiger Name, sondern der, den ich mir für meinen »Beruf« ausgesucht habe. Ich habe lange darüber nachgedacht, wie ich meine sexuellen Neigungen ausleben könnte, denn nicht jeder Mann steht darauf, von mir erniedrigt zu werden. Aber ich habe festgestellt, dass es durchaus nicht wenige Menschen gibt, die mir mehr als bereitwillig blind gehorchen und mit denen ich jede Menge Spaß haben kann.

Also habe ich mir irgendwann eine größere Wohnung gesucht und in dem wunderschönen Penthouse ein ganz besonderes Zimmer eingerichtet. Ein Zimmer, das nicht jeder zu sehen bekommt. Die Wände sind schwarz gestrichen, eine Wand ist voll verspiegelt. Neben dem schwarz lackierten Andreaskreuz, an das ich meine Opfer fessele, sind an der Wand mittelalterliche Kerzenleuchter angebracht. Natürlich sind auch die Kerzen schwarz. Alles hat einen düsteren Charakter. Selbst der gynäkologische Stuhl, den ich vor einiger Zeit günstig erstanden habe, wurde mit schwarzem Leder überzogen. An der Wand neben dem Andreaskreuz habe ich Regale angebracht, in denen Dildos in allen möglichen Farben und Variationen stehen. Alles griffbereit für meine Kunden.

Ich bin aber keine herkömmliche Domina. Dominas herrschen normalerweise über ihre Kunden, haben aber meist selbst keinen Sex. Bei mir ist das anders. Ich gebe meinen Kunden Befehle, lasse sie winseln und wenn ich selbst so scharf bin, dass ich es nicht mehr aushalte, müssen sie mich so befriedigen, wie ich es ihnen befehle. Auf diese Art und Weise lebe ich den Sex so aus, wie ich es mir vorstelle, und verdiene damit auch noch Geld. Und das nicht zu knapp ...

In wenigen Minuten erwarte ich einen Kunden, der mich für die nächste Stunde gebucht hat. Er ist ein gut betuchter Geschäftsmann, der einen athletischen Körper hat und dem man niemals zutrauen würde, dass er bei mir als Sklave seine Geilheit befriedigt, wenn man ihn auf der Straße treffen würde.

Heute habe ich mich für mein schwarzes, eng anliegendes Latexkleid entschieden, das so kurz ist, dass es gerade so eben meine Möse verdeckt. Dazu schwarze, halterlose Strümpfe und High Heels. Mein Make-up ist streng, die Augen stark mit Kajal umrandet. Der Lippenstift hingegen ist von einem knalligen Rot.

Es klingelt. Ich schaue auf die Uhr und lächle zufrieden. Marc ist wie immer überpünktlich. In Seelenruhe bürste ich noch einmal mein langes, glattes schwarzes Haar durch. Ein bisschen warten schadet meinem Sklaven nicht.

Dann öffne ich die Tür und bitte ihn herein. Seine Augen glitzern bereits in freudiger Erwartung. »Geh schon mal vor. Das Geld legst du wie üblich auf die kleine Kommode. Dann ziehst du dich aus, ich komme gleich.«

Marc tut, was ich sage, und als ich fünf Minuten später den Raum betrete, steht er nackt vor mir. Sein Schwanz steht schon prall und steif nach oben gerichtet. Ich beachte ihn nicht, zähle mit geübtem Blick die Scheine, die er hingelegt hat. Ich sehe, dass er – ohne, dass ich es verlangt habe – einen Fünfziger draufgelegt hat. Sehr schön!

Ich nehme einen Latexanzug vom Haken und werfe ihn ihm zu. »Anziehen!«, befehle ich knapp. Er zwängt sich in den engen Latexanzug und zieht den Reißverschluss hoch. Einzig sein knackiger Arsch und das erigierte Glied ragen noch heraus. Ich spüre, wie meine Möse anfängt zu kribbeln, denn heute habe ich mir für ihn eine kleine Sonderbehandlung ausgedacht, wovon er noch nichts ahnt. Aber erst kriegt er das übliche Programm ...

»Hinknien«, befehle ich. Er geht sofort auf alle viere und winselt schon in freudiger Erwartung. Ich nehme die Reitgerte aus dem Regal und lasse sie über seinen Rücken und dann über seinen Po pfeifen. Schon bald ist sein Arsch mit roten Riemen übersät. Als ich das nächste Mal ein wenig härter zuschlage, schreit er kurz und richtet sich auf. Sofort bohre ich ihm den spitzen Absatz meiner High Heels zwischen die Arschbacken. »Unten bleiben!« Er gehorcht, stöhnt aber kurz auf. Sein Schwanz ragt immer noch steil hervor. Auf seiner Eichel haben sich Tröpfchen gebildet. Dieser Anblick macht mich total scharf, am liebsten würde ich sie ihm ablecken, verkneife mir das aber. Ich betrachte die Dildos, die im Regal stehen, und nehme einen der schmäleren, der leicht gebogen ist. Abwägend halte ich ihn in der Hand. Für den Anfang reicht er, ich will Marc ja nicht überfordern. Bestimmt hat er keine Erfahrungen mit so etwas. Ich träufle mir etwas Massageöl in die Hand und reibe den Dildo damit ein, damit er geschmeidiger wird. Dann trete ich hinter Marc. »Zeig mir deinen Arsch«, sage ich. Er streckt ihn mir entgegen und als ich ein paar Tropfen des Massageöls zwischen seine Arschbacken rinnen lasse, stöhnt er leise auf. Mit der Hand verteile ich das Massageöl, taste mich bis zu seinem Anus vor. Dann spreize ich mit der anderen Hand seine Pobacken und setze den Dildo an. Das Kribbeln in meiner Muschi macht mich schier verrückt. Am liebsten hätte ich jetzt auch einen Dildo in der Möse. Aber das muss noch warten ...

Ganz langsam übe ich ein wenig Druck auf den Dildo aus und er gleitet sanft in Marcs Anus. Erst einen Zentimeter, dann einen zweiten. Marc stöhnt auf, verkrampft ein wenig. Ich nehme seinen Schwanz in die linke Hand und wichse ihm ein wenig den harten Schaft, sodass er sich wieder entspannt. Gleichzeitig schiebe ich den Dildo ein wenig weiter in seinen Anus. Sein Schwanz beginnt zu zittern und zu zucken. Ich höre auf, ihn zu wichsen, damit er nicht zu schnell kommt. Nun habe ich den Dildo bereits zur Hälfte in seinem Arsch versenkt. Der Anblick macht mich unbeschreiblich geil. Ich reibe kurz meinen Kitzler, der zwischen meinen Schamlippen hervorragt. Ich schiebe den Dildo fast bis zum Anschlag in Marc hinein. »Behalte ihn in dir«, befehle ich. »Kneif die Arschbacken zusammen. Wehe, du verlierst ihn!« Dann nehme ich einen großen Dildo vom Regal und setze mich auf meinen schwarzen Thron. »Komm zu mir«, sage ich. Meine Hand ist glitschig vom Öl und ich reibe mir die Möse damit ein. Als Marc bei mir ist – der Dildo steckt noch in seinem Arsch –, reiche ich ihm den großen Dildo, der aus dunkelviolettem Glas ist. »Steck ihn mir rein, aber ganz langsam.« Ich spreize meine Schamlippen und bearbeite währenddessen meinen Kitzler. Ich starre wie gebannt auf den Dildo, der in Marcs Arsch steckt und leicht hin und her zuckt. Ich spüre die kühle, glatte Spitze des Glasdildos, als Marc ihn am Eingang meiner Möse ansetzt. Die Kälte des Teils kühlt ein wenig meine heiße Muschi. Es ist unglaublich, wie geil es sich anfühlt, als der Dildo immer weiter in mir verschwindet. Ich winde mich hin und her und stöhne. Es ist einfach zu geil. Doch ich will noch nicht kommen. »Hör auf«, keuche ich. Marc zieht den Dildo langsam aus mir heraus. »Leck mich!«, fordere ich ihn auf. Gehorsam leckt er genüsslich meine Möse aus, steckt seine Zunge in mich und spielt dann mit meinem Kitzler. Ich bearbeite meine Brüste. Zwicke leicht in meine Brustwarzen und knete sie.

»Dreh dich um«, sage ich. Marc streckt mir seinen Po hin. Er stöhnt, als ich den Dildo langsam aus ihm herausziehe. Doch kurz bevor er ganz draußen ist, schiebe ich ihn wieder hinein. Marc stöhnt laut auf. Ich ziehe den Dildo wieder heraus und stoße ihn wieder tief hinein. Ich ficke ihn mit dem Dildo, bis er kurz vor dem Explodieren ist. Dann nehme ich ihm das Spielzeug weg. »Lass deine Hände vor dir«, fahre ich ihn an, denn er hat begonnen, seinen Schwanz zu wichsen.

Ich lehne mich in meinen Stuhl zurück. »Gib mir wieder den Glasdildo.« Er führt ihn wieder ein. Ich spüre, wie das glatte, kühle Material in mich gleitet. Bis zum Anschlag. »Und jetzt nimm den schmalen Dildo da oben rechts. Steck ihn dir in den Mund. Ja, gut so!« Während Marc an dem schmalen Dildo, der an den Seiten wellenförmig geformt ist, lutscht, reibe ich meinen Kitzler und stoße den Glasdildo immer wieder in meine Möse.

»Jetzt steckst du ihn mir hinten rein. Ganz langsam!« Marc setzt den feuchten Dildo an und führt ihn unter leichtem Druck in meinen Arsch. Gott, fühlt sich das geil an! Ich zittere vor Lust und merke, dass ich bald explodieren werde. Ich erlaube Marc, dass er sich mit einer Hand den Schwanz wichst, während er mich mit der anderen mit dem Dildo in den Arsch fickt. Ich bearbeite währenddessen meine Möse weiterhin mit dem Glasdildo.

»Stoß ihn tiefer rein«, keuche ich. Mein Innerstes zieht sich zusammen und ich merke, wie sich ein gigantischer Orgasmus ankündigt. Auch Marc ist gleich soweit – ich sehe, dass er sich nicht mehr lange beherrschen kann. Von seinem steifen Schwanz lösen sich die ersten Tropfen und er keucht und stöhnt, ergötzt sich an dem Anblick der zwei Dildos, die in mir stecken.

»Darf ... darf ich kommen?«, bettelt er. »Darf ich dich ficken?«

»Nein«, sage ich. »Wenn´s dir kommt, will ich dich abspritzen sehen. Wichs schneller! Mir kommt´s jetzt«, sage ich rau. Großer Gott ... ich explodiere! Ich sehe, wie Marc seinen Schwanz schneller und härter bearbeitet. Er stößt den Dildo in mich und steigert meinen Orgasmus ins Unermessliche. Und dann explodiert auch er. Mit einem lauten Stöhnen bäumt er sich auf, sein Samen ergießt sich über ihn, läuft an ihm herunter. Er wichst so lange, bis kein Tröpfchen mehr kommt. Er ist völlig außer Atem.

Als auch meine Zuckungen langsam nachlassen, lasse ich die beiden Dildos aus mir herausgleiten. Ein letztes Mal darf Marc meine Möse lecken. Er saugt meinen Saft in sich auf, bis ich sage: »Es ist genug jetzt ...«

Danach glätte ich das Latexkleid, das mir über die Hüften hochgerutscht ist, und erlaube Marc, den Latexanzug auszuziehen und sich zu säubern.

Als ich ihn zur Tür bringe, merke ich, dass er noch etwas auf dem Herzen hat.

»Was ist?«, frage ich.

Er druckst ein wenig herum, dann rutscht es aus ihm heraus. »Wenn ich das nächste Mal in der Stadt bin, begleitet mich meine Frau. Meinst du ... äh ... nimmst du auch Paare?«

Ich muss grinsen. »Aber selbstverständlich! Melde dich einfach und wir machen einen Termin aus. Ich freue mich schon darauf, deine Frau mal kennenzulernen.«

Als er gegangen ist, reinige und desinfiziere ich meine Utensilien. Für heute habe ich Feierabend, aber morgen ist ein neuer Tag mit einem neuen Kunden ...

DIE DOMINA – GESCHICHTE 2

Soeben habe ich meinen Kunden verabschiedet. Wow ... der Kerl hatte einen knackigen Hintern, der mich unheimlich scharfgemacht hat. Aber dieses Mal habe ich sein Flehen nicht erhört und ihm verboten, mich zu befriedigen. Denn heute wartet auf mich noch ein besonderes Schmankerl: In einer Stunde habe ich einen Termin mit Marc und seiner Frau. Ich bin so gespannt auf die beiden. Da ich seine Frau noch nicht kenne, habe ich mir noch kein Programm für sie ausgedacht. Das werde ich spontan entscheiden, wenn ich sie miteinander sehe.

Aber vorher gönne ich mir noch etwas Entspannung in meinem Whirlpool. Der Schaum knistert und verströmt einen sinnlichen Duft. Ich lasse mich in die Wanne gleiten und lege mit einem wohligen Seufzen den Kopf an das Polster. Das warme Wasser strömt um meinen verspannten Nacken und ich spüre, wie sich bereits nach ein paar Minuten die Verspannungen lösen. Ich gebe mich ganz entspannt dem herrlich warmen Wasser hin und meine Gedanken wandern zurück zu Mirko, dem Kunden von vorhin. Mirko ist Tscheche, hat pechschwarze, lockige Haare, einen muskulösen Body und einen erotischen, knackigen Hintern. Ich verspüre ein Kribbeln in meiner Muschi, als ich wieder seinen prallen Schwanz vor mir sehe, von dessen Eichel sich einige Lusttröpfchen gelöst haben. Wie gern hätte ich ihn in den Mund genommen, seine Zuckungen während des gewaltigen Orgasmus gespürt, doch heute ließ ich den armen Kerl richtig leiden. Er durfte nicht selbst Hand an sich legen, durfte nicht in mich eindringen und ich habe ihn auch nicht oral befriedigt. Allein mit meinen Worten habe ich ihn zum Höhepunkt getrieben und mich daran ergötzt, wie er schließlich zuckend kam. Endlose Minuten, bis nichts mehr kam und Mirko vor Erschöpfung fast zusammengebrochen ist.

Allein der Gedanke daran lässt meine Hand zwischen meine Beine gleiten. Ich bin so scharf, dass mein Kitzler schon prall zwischen meinen Schamlippen hervorragt. Ich streichle ihn, kneife ihn sanft und führe schließlich zwei Finger in meine Möse sein. Dann wackle ich ein bisschen mit meinen Fingern hin und her, nehme mit der anderen Hand die Handbrause und lasse den warmen, starken Strahl über meinen Kitzler prasseln. Mein Atem geht schneller, es fühlt sich besser an, als geleckt zu werden. Als sich mein Höhepunkt ankündigt, ziehe ich ihn nicht unnötig lange hinaus, sondern überlasse mich ganz dem Gefühl, tauche ein in den Orgasmus, bis ich schließlich zitternd wieder zu mir komme. Wow! Das war ein schönes Vorspiel zu dem, was gleich kommen wird.

Ich steige aus dem Whirlpool, trockne mich mit meinem flauschigen Badetuch ab und öle mich am ganzen Körper mit Massageöl ein, sodass meine Haut sanft glänzt. Danach ziehe ich nur einen Kimono über. Mehr Kleidungsstücke werde ich nachher nicht brauchen, denn ich habe mir vorgenommen, heute aktiv in das Geschehen einzugreifen.

Als ich meine Haare trockengeföhnt habe und sie mir glatt und seidig bis in den Rücken fallen, klingelt es auch schon an der Tür.

Ich öffne und vor mir steht Marc. Neben ihm, ein wenig schüchtern, seine Frau, eine hübsche, zierliche Blondine. Ich sehe mit geübtem Blick, wer in dieser Beziehung die Hosen anhat. Aber das wird sich heute ändern!

»Das ist Monique, meine Frau«, stellt uns Marc vor. Ich lächle sie freundlich an und reiche ihr die Hand, um ihr ein wenig die Hemmungen zu nehmen. »Chantal«, stelle ich mich vor und gehe voraus in mein ›Spielzimmer‹. Dort habe ich eine eisgekühlte Flasche Champagner bereitgestellt. Ich schenke drei Kelche voll und reiche Marc und Monique je eines davon. »Auf einen wunderschönen Nachmittag«, sage ich und stoße mit ihnen an. Moniques französischer Akzent ist bezaubernd. Ich werde sie heute ein wenig aus der Reserve locken, denn sie ist ziemlich befangen, was auch mit der Tatsache zu tun haben kann, dass sie hier plötzlich vor der Domina ihres Mannes steht.

»Du ziehst dir den Latexanzug vom letzten Mal an, aber ein bisschen plötzlich, wenn ich bitten darf.« Mein Ton ändert sich schlagartig. Wir sind ja nicht zum Spaß hier. Während Marc sich hastig auszieht und sich den Latexanzug überstreift, sage ich zu Monique: »Und du mach´s dir bequem. Am besten, du ziehst alles aus, was dir lästig werden könnte. Aber achte darauf, dass du dich wohlfühlst.«

Monique schält sich aus ihrem Kostümchen und darunter kommen wunderschöne, fliederfarbene Spitzendessous zum Vorschein. Ich verkneife mir gerade noch einen Pfiff. Die Dessous sind zwar etwas brav, aber sehr sexy!

»Wie willst du Marc haben?«, frage ich sie. Sie reißt die Augen auf und sieht mich etwas hilflos an. Sie ist es offensichtlich nicht gewohnt, dass Marc das tut, was sie will. Ich beschließe, ihr ein wenig auf die Sprünge zu helfen. »Knie dich hin«, befehle ich streng und Marc gehorcht augenblicklich. Er geht auf alle viere und ich reiche Monique die Neunschwänzige.

»Gib's ihm«, sage ich und dulde keine Widerworte. Zuerst lässt Monique die Peitsche nur zögerlich auf den Po ihres Mannes sausen. Als er leise stöhnt, schlägt sie ein zweites Mal zu, diesmal härter. Marc jault auf. Plötzlich hat Monique ein Glänzen in den Augen. Sie genießt es sichtlich und lässt die Peitsche ein weiteres Mal schwingen. Rote Striemen zeichnen sich auf Marcs nackter Haut ab.

»Das reicht«, sage ich und nehme Monique die Peitsche wieder ab. »Marc, leg dich auf den Stuhl.« Er sieht mich fragend an, befolgt aber meinen Befehl. Er legt sich auf den Stuhl, der normalerweise für Frauen gedacht ist.

Ich betrachte prüfend die Dildos, die auf dem Regal angeordnet sind, und entscheide mich schließlich für Liebeskugeln, die einen Durchmesser von ungefähr zwei Zentimetern haben und miteinander verbunden sind. Ich reiche Monique das Gleitgel.

»Reibe seine Rosette damit gut ein«, sage ich. Ich sehe, wie Marc bei der Berührung zusammenzuckt. Er ist noch ein wenig verkrampft, aber das wird sich gleich ändern.

»Stimuliere ihn ein wenig mit dem Finger«, rate ich ihr. Als wäre sie geübt in solchen Dingen, knetet sie mit einer Hand sanft Marcs Hoden, während sie mit einem Finger an seiner Rosette herumspielt. Sein Schwanz richtet sich schon steif auf. Als er soweit ist, gebe ich Monique die Liebeskugeln. »Lass dir Zeit«, sage ich und weide mich an dem Anblick, wie die zierliche Blondine die erste Liebeskugel in Marcs Anus verschwinden lässt. Es geilt mich unheimlich auf, zuzusehen. Mein Kitzler juckt schon wie verrückt.

»Gib ihm die zweite Kugel«, befehle ich mit rauer Stimme. Meine Hand gleitet zwischen meine Beine, ich reibe meinen Kitzler, während Monique die zweite Kugel in Marcs Arsch versenkt. Marc stöhnt und wirft den Kopf hin und her. Seine Eichel glänzt hart und prall. Monique schiebt auch noch die dritte und vierte Kugel hinein. Ihr Atem geht schneller und schneller. Ich sehe, wie ihre Augen vor Geilheit glänzen.

Ich bin inzwischen so scharf, dass auch ich verwöhnt werden will.

Ich nehme einen großen Dildo vom Regal und setze mich auf meinen Thron.

»Monique ... komm zu mir. Du auch, Marc ...« Ich spreize meine Beine und reiche Monique das Massageöl. »Knie dich vor mich hin und massiere meine Möse damit«, sage ich. »Und du Marc, du leckst deiner Frau das Loch von hinten. Die Liebeskugeln bleiben, wo sie sind.«

Ich stöhne leicht auf, als Monique meine Möse mit dem Öl einreibt. Mit ihren eingeölten Händen knetet sie unaufgefordert meine Brüste, bis die Nippel steif und hart sind. Dann verwöhnt sie meinen Kitzler mit der Zunge. Sie leckt und saugt und stößt immer wieder in mich hinein, während Marc dasselbe mit ihr macht. Sein Schwanz zuckt und ich kann das Ende der Liebeskugeln sehen, die aus seinem Arsch herausragen, wenn ich den Kopf ein wenig zur Seite drehe. Das Bild, wie er seine Frau leckt, wie sein Schwanz zuckt und wie die Kugeln aus seinem Anus heraushängen, ist unglaublich geil. In meiner Muschi kribbelt es wie verrückt. Monique ist echt ein Naturtalent! Sie saugt, sie leckt ...

»Fick mich mit dem Dildo«, sage ich. Sie nimmt den Dildo und setzt ihn an meine nasse Pforte. Ganz langsam, Zentimeter um Zentimeter schiebt sie den Dildo in mich. Ich bewege meinen Hintern stöhnend hin und her, werde fast verrückt vor Geilheit.

»Ich will auch gefickt werden«, sagt Monique.

»Hörst du, was deine Frau wünscht? Gib ihr deinen Schwanz. Aber mach langsam, hörst du?«

Das lässt Marc sich nicht zweimal sagen. Er spreizt Moniques Arschbacken, damit er genau sehen kann, wie sein Schwanz in ihr verschwindet. Er führt ihn ganz langsam ein, lässt sich viel Zeit damit und Monique ist inzwischen so scharf, dass sie mich unglaublich gut mit dem Dildo verwöhnt. In der einen Sekunde spüre ich ihn tief in mir und in der nächsten Sekunde gleitet er wieder aus mir heraus. Monique lässt mich zappeln, sie weiß, wie sie mich in den Wahnsinn treiben kann. Sie führt den Dildo wieder ein. Aber nur zur Hälfte, dann zieht sie ihn wieder heraus. Ihre Zunge leckt meine geöffnete Spalte. Ein Seufzen entfährt ihr, als Marc seinen Schwanz tief in ihr versenkt. »Mehr …«, stöhnt sie und Marc zieht seinen Schwanz wieder heraus, nur um gleich wieder in sie hineinzustoßen. Er bohrt einen Finger in ihren Arsch. Im gegenüberliegenden Spiegel kann ich alles detailliert sehen. »Fick mich«, stöhne ich und Monique stößt den Dildo in mich hinein. Raus, rein, raus und wieder rein. Tiefer und noch tiefer. Ich werde fast wahnsinnig vor Lust.

Ein spitzer Aufschrei kündigt Moniques Orgasmus an. Sie saugt an meinem Kitzler, dann komme auch ich. Ich sehe zu, wie Marc immer und immer wieder in Monique hineinstößt, während sich ihr ganzer Körper verkrampft. Er hat die Augen geschlossen, konzentriert sich ganz auf seinen Rhythmus. Dann zieht er seinen steifen, glänzenden Schaft heraus und ergießt sich auf Moniques Hintern.

Wir alle zittern vor Anstrengung. Ein letztes Aufbäumen, dann habe ich mich wieder unter Kontrolle. Ich gehe zu Marc und ziehe ihm langsam eine Liebeskugel nach der anderen aus seinem Anus. Sein Schwanz hat nur wenig seiner Größe eingebüßt. Bevor er ganz erschlafft, befehle ich Monique: »Nimm ihn in den Mund.« Sie befolgt meinen Befehl und beginnt an ihm zu saugen.

»Nein, nicht saugen. Nimm ihn nur in den Mund. Spürst du das Beben? Lecke ein klein wenig mit der Zunge über die Eichel. Nun halte still.«

Ich habe mir einen Dildo umgeschnallt, sodass ich nun in der Lage bin, Monique von hinten zu ficken. Ich reibe ihren Kitzler und stoße schnell mit dem Dildo in ihre Muschi. Ich werde schon wieder scharf und bearbeite meine Muschi mit der freien Hand. Marc zieht scharf die Luft ein, ich kann sehen, wie sein Schwanz wieder wächst und steif wird.

Ich knete Moniques Brüste, kneife ein bisschen in ihre Brustwarzen und stoße den Dildo in sie hinein. »Nun saugst du Marcs Schwanz«, sage ich. »Fester! Nimm ihn tief in deinen Mund.« Ich ficke sie fester und tiefer mit dem Dildo.

Es dauert keine zehn Minuten, da explodieren wir ein zweites Mal. Marc ergießt sich in Moniques Mund. Sie schließt die Augen und schluckt seinen Samen, als wäre es kostbarer Champagner. Irgendwann kommen wir wieder zu Atem.

Nachdem wir uns noch in meinem Whirlpool entspannt haben, verabschieden wir uns voneinander. »Ich hoffe, ich konnte euch ein paar Anregungen geben«, sage ich lächelnd. Monique küsst mich zum Abschied auf die Wange. »O ja«, sagt sie, »Das war das Geilste, das ich je erlebt habe. Wenn ich darf, komme ich gern einmal wieder zusammen mit Marc zu dir.«

Ich schließe die Tür und schenke mir ein Glas Champagner ein. Für heute habe ich Feierabend und meine Muschi braucht ja schließlich auch einmal Pause ...

Die Domina – Geschichte 3

Heute habe ich einen selbst für mich etwas ungewöhnlichen Termin. Nicht sehr oft besuchen mich Kunden mit dem Wunsch nach Bondage; doch in knapp einer halben Stunde kommen Bianca und Hendrik zu mir, die genau das von mir wollen. Ich soll Bianca fesseln, damit sie Hendrik willenlos ausgeliefert ist. Natürlich werde ich dabei das Zepter in der Hand halten und Hendrik wird meinen Anweisungen genau Folge leisten.

Rasch schaue ich in meinem speziell eingerichteten Raum nach dem Rechten: Alles in Ordnung: der schwarze gynäkologische Stuhl glänzt, die verschiedensten Dildos im schwarz lackierten Regal sind desinfiziert, Gleitgel und Massageöl stehen bereit. Von der Zimmerdecke baumeln die Ringe, an die ich meine Opfer fessle. Ich wische noch schnell etwas Staub vom Andreaskreuz, das gegenüber dem bodentiefen Spiegel an der Wand angebracht ist – fertig.

Dann wird es auch schon Zeit, mich umzuziehen. Ich schlüpfe schnell in meinen hautengen Latexanzug, der mich wie eine zweite Haut umhüllt. Nur der Schritt ist ausgespart, ebenso wie meine Brüste. Meine langen schwarzen Haare binde ich streng nach hinten und lege noch etwas Lippenstift auf. Ich werde schon richtig kribbelig, wenn ich nur daran denke, was ich mit den beiden gleich alles anstellen werde.

Als Bianca und Hendrik eintreffen, bitte ich sie in mein »Behandlungszimmer«. Wie üblich und um erst einmal locker zu werden, trinken wir ein Glas Champagner und quatschen ein bisschen. Ich frage sie, was sie sich so vorstellen.

»Ich möchte, dass Hendrik mit mir machen kann, was er will, ohne dass ich die Möglichkeit habe, aktiv mitzumachen«, meint Bianca sofort.

»Wir machen zwar zu Hause auch hin und wieder Fesselspiele, aber ich denke, es wird doch etwas anderes sein, wenn wir hier unter deiner Anleitung agieren«, fügt Hendrik mit einem lüsternen Grinsen hinzu.

Ich stelle mein halb leeres Glas auf einem Tischchen ab. »Diesen Wunsch erfülle ich euch doch gern. Dann zieh dich mal aus Bianca. Hendrik, such dir hier etwas von den Klamotten aus, wenn du möchtest.«

Doch Hendrik grinst und schlüpft schnell aus seiner Hose. Ich mache große Augen, als ich sehe, dass er darunter schon eine eng anliegende kurze Latexshorts trägt, die mit einem Reißverschluss vorn geöffnet werden kann. »Gut mitgedacht«, lobe ich ihn, denn er sieht sehr sexy aus.

Bianca hat sich unterdessen ausgezogen und steht nun völlig nackt zwischen uns. Sie hat einen traumhaften Körper. Eine schmale Taille, etwas größere Brüste und ausladende Hüften. Ich weiß schon, wie ich ihre Brüste so richtig zur Geltung bringen werde.

Ich hole zwei Seile, mehrere Haken und weitere Utensilien. Zuerst knie ich mich vor Bianca. »Spreiz die Beine ... noch etwas mehr, bitte.« Ohne zu wissen, was ich vorhabe, gehorcht mir Bianca. Ich befestige eine sogenannte Spreizstange an ihren Fußgelenken. So ist sie nicht mehr in der Lage, ihre Beine zu bewegen.

Dann führe ich die Seile, die von den Ringen an der Decke herabbaumeln, jeweils über Kreuz unter ihren Brüsten hindurch, sodass die Brüste nun prall hervorstehen. Die Seile werden auch um den Rücken und den Oberkörper gewickelt. Als ich damit zufrieden bin, fessle ich ihre Hände hinter dem Rücken zusammen und befestige die Seile schließlich mit einem Haken an der Spreizstange. Mittels einer Vorrichtung ziehe ich nun die völlig bewegungslose Bianca nach oben, sodass sie in genau der richtigen Höhe vor uns baumelt.

Ich nehme einen Seidenschal und verbinde ihr die Augen. »So kannst du die Behandlung mit allen Sinnen genießen und wirst durch nichts abgelenkt.« Meine Stimme ist schon ganz rau vor Erregung. Hendrik steht neben mir und hat das Ganze beobachtet. Sein lüsterner Blick gleitet über Biancas Brüste, von denen die Brustwarzen steif abstehen. In seinen Shorts hat sich bereits eine beachtliche Beule gebildet.

»Streichle sie«, fordere ich ihn auf. Ich setze mich auf meinen Thron, von wo aus ich alles im Blick habe.

Hendrik streichelt mit seinen großen Händen Biancas Gesicht, küsst ihren Hals und fährt die Linie bis zum Schlüsselbein mit der Zunge nach. Bei den Brüsten angekommen, kneift er sie leicht in die Brustwarzen, was Bianca ein unterdrücktes Stöhnen entlockt. Wie sie da hängt, mit der Spreizstange zwischen den Beinen, kann ich von meinem Standpunkt aus ihre rasierte Möse sehen, die schon feucht glänzt. Die äußeren Schamlippen sind geschwollen und geben den Blick auf ihre Spalte frei.

Hendrik saugt an Biancas Brustwarzen und knetet ihre Brüste. Dann streichelt er jede freie Stelle ihres Körpers. Er knetet fest ihre Pobacken, fährt mit der Hand durch ihre Ritze.

»Nimm Massageöl und reibe sie gründlich damit ein!« Hendrik gehorcht sofort. Die erotisch geladene Atmosphäre macht mich total geil, obwohl noch gar nicht viel passiert ist. Ich stehe auf und öffne den Reißverschluss an Hendriks Shorts. Sein harter Schwengel schnellt mir entgegen. Mit federleichter Hand streichle ich kurz darüber und genieße das Zucken des harten Teils. Dann nehme ich von meinem Regal zwei verschieden große Dildos und ein Gleitgel. Die Utensilien lege ich auf die Ablage meines Stuhls, ich werde sie noch brauchen.

Zurück auf meinem Platz beobachte ich, wie Bianca stöhnt, während Hendrik das Öl auf ihrem ganzen Körper verteilt. Ihre Haut glänzt matt, ihr Kitzler steht mittlerweile zwischen den Schamlippen hervor. Er sieht aus wie eine pralle, saftige Knospe.

Meine Hand findet den Weg zwischen meine Beine wie von selbst. Bei diesem Anblick muss ich mich einfach streicheln, es geht gar nicht anders. Mein Kitzler pocht bereits vor Geilheit. Ich reibe meine Muschi sorgfältig mit etwas Gleitgel ein, nun ist sie ganz schlüpfrig. Es fühlt sich einfach wunderbar an!

Hendrik wird ein bisschen forscher. Am liebsten würde er seinen Schwanz gleich in Biancas Muschi versenken, aber das verbiete ich ihm im Moment noch. Auch er soll auf eine gewisse Art auf die Folter gespannt werden. Seine Hände gleiten über Biancas Körper, verharren zwischen ihren Pobacken, gleiten über ihre geöffnete, nasse Spalte. Bianca windet sich und wimmert vor Lust. Sie fleht um Erlösung, doch darauf muss sie noch ein Weilchen warten. Hendrik geht vor ihr auf die Knie, ihr Geschlecht ist nun in Augenhöhe. Er umkreist mit der Zunge ihren Kitzler und taucht dann tief in ihre Spalte ein. Von seinem Schwanz lösen sich die ersten Tröpfchen. Sie schimmern feucht in dem dämmrigen Licht.

Ich erlaube Hendrik, sich meiner Dildos zu bedienen. Er selbst muss noch warten, bis er seine Frau ficken darf. Er wählt einen großen, schwarzen Dildo sowie einen schmaleren, fleischfarbenen mit Rillen aus. Eine gute Wahl!

Um meine eigene Qual etwas zu mindern, schiebe ich mir selbst einen großen Dildo ein Stück weit in die Möse. Meine Hand hindert ihn am Herausrutschen, doch ansonsten bewege ich ihn nicht, um den Reiz noch zu erhöhen.

Hendrik dreht Bianca so zu sich, dass er ihr Geschlecht direkt vor sich hat. Er spreizt ein wenig ihre Schamlippen und setzt den Dildo an die Öffnung. Mit unendlicher Langsamkeit schiebt er ihn Stück für Stück weiter in Biancas Möse. Als er fast ganz in Bianca verschwunden ist, kümmert er sich um ihren Kitzler. Er saugt ihn in den Mund, nimmt ihn zwischen die Zähne und zieht ganz leicht daran. Bianca stößt kleine spitze Schreie aus.

Durch sanften Druck gleitet der Dildo fast wie von selbst in meine Muschi. Das, was Bianca in ihrer gefesselten, zur Bewegungslosigkeit verdammten Position spürt, spüre auch ich am eigenen Leib. Was Hendrik mit Bianca anstellt, mache ich parallel dazu bei mir.

Nun greift Hendrik zu dem zweiten, etwas schmäleren Dildo. Mit dem Teil stößt er immer wieder leicht gegen Biancas Anus. Ich mache dasselbe mit meinem zweiten Dildo. Am liebsten würde ich auch laut aufstöhnen, so geil fühlt sich das an. Ich kann gut verstehen, dass Bianca mehr will. Auch Hendriks Schwanz zuckt ohne Unterlass. Ich befürchte, wenn ich ihm nicht bald erlaube, Bianca zu ficken, kommt er ohne weiteres Zutun. Biancas Anus zuckt und Hendrik führt den Dildo ein kleines Stück ein. Ein wohliges Seufzen entfährt mir, als auch ich den Dildo in meinem Arsch spüre. Den großen Dildo, der mir beinahe aus der Möse gleitet, hindere ich mit einer Hand daran, während ich den kleineren mit sanftem Druck immer ein Stück mehr in meinen Arsch einführe.

Auch bei Bianca ist der Dildo fast ganz im Anus verschwunden. Hendrik sieht mich mit bittendem Blick an und ich gebe ihm meine Erlaubnis. »Fick sie! Aber langsam ...«

Er legt den großen Dildo zur Seite und nimmt seinen Schwanz in die Hand. Er gleitet fast von allein in die weit geöffnete, nasse Spalte. Biancas Möse nimmt seinen steifen Schwanz ganz auf. Er schiebt ihn langsam bis zum Anschlag hinein und hält gleichzeitig den Dildo, der in ihrem Po steckt, fest, damit er nicht herausfällt.

Auch ich habe nun beide Dildos in mir stecken. In derselben Geschwindigkeit, in der Hendrik seinen Schwanz in Bianca hineinstößt, ficke ich mich mit dem Dildo. Mein Unterleib krampft sich schon zusammen, ich brauche nicht mehr lange, bis ich komme. Ich kann mein Keuchen nicht mehr unterdrücken, zu geil ist das Bild, das die beiden mir bieten.

Hendriks Stöße werden nun heftiger. Seine muskulösen Pobacken sind verkrampft. Er hält Bianca an der Hüfte fest und nützt die Schwingungen der an den Seilen hängenden Frau, um sie mit seinem harten Schaft aufzuspießen. Auch den kleineren Dildo hat er nun zur Seite gelegt, denn er entzieht Bianca seinen Schwanz, nimmt ihn in die Hand und setzt ihn an ihrem Anus an. Er stimuliert ihren Kitzler und dringt langsam hinten in sie ein. Ein kurzes Keuchen von Bianca ist zu hören, dann hat sie sich an den dicken Schwanz gewöhnt und Hendrik kann sie nun in den Arsch ficken. Er stößt ein paarmal vorsichtig zu, dann drückt er seinen Schwanz wieder tief in ihre Möse. Dann wieder ein paar kurze Stöße in ihren Anus. Als er kurz davor ist, zu explodieren, fickt er Bianca mit kräftigen Stößen in die Muschi. Immer fester und hektischer stößt er jetzt zu. Dann verkrampft er sich plötzlich, seine Pobacken ziehen sich zusammen und er zuckt in Biancas Möse, verspritzt seinen warmen Strahl in ihr.

Ich bearbeite meinen Kitzler heftiger und stoße mit dem dicken Dildo tief in mich hinein, bis auch ich explodiere. Ich keuche und höre nicht auf, meine Muschi zu bearbeiten, bis auch die letzten Zuckungen verebben.

Biancas gewaltigen Orgasmus kriege ich nur am Rande mit. Als ich wieder zu mir komme, sehe ich, wie Hendrik sich aus Bianca zurückzieht. Ein Teil seines Saftes läuft aus ihrer Öffnung und ich kann noch das Zucken ihrer Muschi sehen, bis auch das langsam nachlässt. Hendriks nass glänzender Schwanz steht noch immer und ich hätte nicht übel Lust, ihn abzulecken, aber das ist nicht meine Aufgabe. Nicht heute.

Zutiefst befriedigt befreie ich Bianca zuerst von dem Seidentuch und dann von ihren Fesseln. Als sie wieder festen Boden unter den Füßen hat, muss Hendrik sie im ersten Moment stützen, weil sie fast den Halt verliert. Doch gleich darauf hat sie sich wieder gefangen.

Wir setzen uns noch eine Weile in meine Kuschelecke, die ich mit gemütlichen, dicken Matratzen und Kissen in einer

Ecke eingerichtet habe, und trinken zur Entspannung ein Glas Champagner.

»Das war so geil heute«, sagt Bianca beim Abschied. »Vielleicht können wir beim nächsten Mal die Rollen tauschen. Oder ... vielleicht fesselst du uns beide und machst mit uns, was du willst?« Das ist ein Angebot, auf das ich unbedingt zurückkommen möchte. Denn hier eröffnen sich mir wieder alle Möglichkeiten der Welt ...

Die Domina – Geschichte 4

Bianca scheint von ihrem letzten Besuch bei mir nachhaltig beeindruckt zu sein. Vor ein paar Tagen rief sie mich an und vereinbarte für sich und ihren Mann Hendrik einen erneuten Termin. »Dieses Mal möchten wir die Rollen tauschen«, sagte sie ein wenig atemlos. »Ich will Hendrik mal so richtig zeigen, was in mir steckt.« Ich kann ihr Lächeln förmlich vor mir sehen.

Ich freue mich riesig auf dieses Treffen, denn was ich beim letzten Mal mit den beiden erlebt habe ... ich darf gar nicht daran denken, denn dabei werde ich auf der Stelle scharf und feucht zwischen den Beinen. Ich muss mich zwingen, mich auf meine Arbeit zu konzentrieren, doch es fällt mir schwer. Am liebsten würde ich mich schon mal im Voraus mit mir allein vergnügen.

Als es endlich soweit ist, weiß ich nicht, wer von uns aufgeregter ist: Bianca und Hendrik oder ich. Draußen ist es kalt, deshalb kann ich nicht ahnen, was Bianca unter ihrem Mantel trägt. In meinem Studio öffnet sie die Knöpfe und lässt den Mantel mit einer eleganten Bewegung von ihren Schultern gleiten. Wow!

Was vorhin wie eine Leggins aussah, entpuppt sich als knallenger Latexanzug, der sich an ihre Kurven schmiegt wie eine zweite Haut. Ein breiter Silbergürtel betont ihre schmale Taille und der Reißverschluss, der ein wenig offen steht, lässt ihre Brüste prall und üppig hervorstehen. Zwischen den Beinen befindet sich ein weiterer Reißverschluss, der bei Bedarf geöffnet werden kann. Ihre langen dunkelbraunen Haare trägt sie offen und die Locken fallen ihr bis tief in den Rücken. Sie hat sich gewünscht, heute das Zepter in die Hand zu nehmen, und mir fallen auf Anhieb unzählige Varianten ein, wie ich mich mit den beiden vergnügen kann.

Ich befehle Hendrik, sich nackt auszuziehen, während ich mit Bianca zusammen ein Gläschen Sekt trinke. Hendrik schlüpft schnell aus seiner Jeans und zieht sich den Pullover über den Kopf. Als er sich seiner Shorts entledigt, sehe ich, dass sein Schwanz schon erigiert ist. Er weiß nicht, was ihn heute erwartet, aber allein schon der Gedanke, uns zwei Frauen hilflos ausgeliefert zu sein, macht ihn unglaublich geil.

Bianca beobachtet genau, wie ich Hendrik mit geübten Handgriffen mit den Seilen fessele und ihn an den Ringen, die von der Decke hängen, fixiere. Die Seile, die sowohl mit den Armen als auch mit den Beinen verbunden sind, verdammen Hendrik zur absoluten Bewegungslosigkeit.

Fürs Erste steht Hendrik aufrecht und Bianca verbindet ihm mit einem schwarzen Tuch die Augen. Ich nehme aus meinem Regal eine Kombination aus drei Cockringen. Diese streife ich Hendrik über die Hoden und den Schwanz. Den Ring, der Hendriks Schwanz umgibt, zurre ich fest. »Damit du nicht zu schnell kommst, mein Lieber«, sage ich und gebe ihm einen Klaps auf den muskulösen Po. Das Kribbeln in meinem Bauch verstärkt sich.

Ohne mit Bianca zu reden, drücke ich ihr eine Reitgerte in die Hand und setze mich auf meinen Thron. Ab jetzt agiere ich im Hintergrund.

Bianca lässt die Gerte über Hendriks Po schnellen. Zaghaft zuerst, doch als sie sieht, wie Hendrik leicht zusammenzuckt, schlägt sie wieder zu. Fester diesmal. Nach wenigen Schlägen zeichnen sich auf Hendriks Po und Rücken rote Striemen ab. Dass sein Schwanz härter und größer wird, zeigt mir jedoch, dass er die »Behandlung« genießt.

Bianca geht zu dem schwarz lackierten Regal und wirft mir einen fragenden Blick zu.

Ich erlaube ihr, sich zu bedienen, worauf sie ein Fläschchen mit Massageöl herausnimmt. Sie träufelt das Öl auf Hendriks Schultern. Es läuft in kleinen Rinnsalen über seinen Oberkörper und sammelt sich zwischen den Arschbacken. Bianca verreibt das Öl nun mit den Händen an seinem ganzen Körper, bis er leicht glänzt. Bei den Brustwarzen verweilt sie, streichelt mit den Fingern darüber und leckt sie schließlich mit der Zunge, bis sie steif sind. Dann reibt sie Hendriks Schwanz mit dem Öl ein, bis auch er appetitlich glänzt.

Da ich sehe, dass Bianca unheimlich scharf ist, will ich ihr ein wenig helfen. Ich unterbreche ihr Spiel und befehle ihr, sich auf meinen gynäkologischen Stuhl zu legen. Ohne zu fragen, was ich vorhabe, folgt sie meinem Befehl. Als sie ihre Beine auf den dafür vorgesehenen Halterungen abgelegt hat, öffne ich den Reißverschluss an ihrem Latexanzug. Die Schamlippen ihrer Muschi sind vor Lust geschwollen und der Kitzler ragt dazwischen hervor. Wie zufällig berühre ich ihn kurz, doch als sie laut aufstöhnt, nehme ich meine Finger wieder weg. Ich gehe rasch zu meinem Regal und hole eines meiner Lieblingsspielzeuge: Zwei durch eine Schnur verbundene Liebeskugeln. Mit geübtem Griff spreize ich Biancas Schamlippen und reibe ihre schon feucht glänzende Möse mit Gleitgel ein. Dasselbe mache ich mit ihrem Anus. Dann schiebe ich eine der Kugeln in ihre Möse. Nachdem ich kurz ihren Kitzler stimuliert habe, drücke ich die zweite Kugel langsam in ihren Anus. Bianca windet sich vor Lust, doch bevor sie womöglich jetzt schon zum Höhepunkt kommt, lasse ich von ihr ab. Nun ist nur noch die Schnur zu sehen, die die beiden Kugeln miteinander verbindet. Ich schließe den Reißverschluss und bedeute ihr, aufzustehen.

»Nun kümmere dich wieder um Hendrik«, sage ich lächelnd.

Bianca nimmt das Gleitgel und sucht sich einen länglichen, schmalen Dildo aus. Ich kann sehen, wie sie immer wieder die Pobacken anspannt – meine Idee mit den Liebeskugeln war wohl nicht so schlecht!

Bianca knetet kurz Hendriks Schwanz, der immer noch steif hervorragt. Ich glaube, ohne die Ringe hätte er bestimmt schon abgespritzt. Dann verteilt Bianca ein wenig Gel zwischen Hendriks Pobacken. Sein Schwanz zuckt bei den Berührungen. Sie spreizt die Pobacken mit einer Hand und setzt den schmalen Dildo an Hendriks Anus an. Ein kurzes Zusammenzucken verrät, dass Hendrik solch eine Behandlung zum ersten Mal erfährt. Um ihm das Eindringen zu erleichtern, reibt Bianca Hendriks steifen Schaft, während der Dildo unter sanftem Druck immer ein kleines Stück weiter in Hendriks Arsch gleitet. Als er bis zur Hälfte im Anus steckt, lässt Bianca den Dildo wieder ein Stück herausgleiten. Doch bevor er herausfällt, drückt sie ihn erneut hinein. Ein ganzes Stück weiter diesmal. Langsam scheint Hendrik das ungewohnte Gefühl, diesen Fremdkörper in seinem Po, zu genießen, denn jedes Mal, wenn Bianca den Dildo weiter einführt, stöhnt Hendrik wohlig auf. Bianca nimmt seinen Schwanz in ihren Mund auf. Zuerst umspielt ihre Zunge seine Eichel, dann umschließt sie mit den Lippen seinen Schaft und beginnt daran zu saugen, während sie ihm gleichzeitig immer wieder den Dildo in den Arsch stößt.

Schon längst habe ich damit begonnen, meinen Kitzler zu streicheln. Zu anregend ist das Bild, das sich mir bietet. Ich halte es kaum noch aus und möchte auch endlich verwöhnt werden.

»Bianca«, sage ich. »Wenn du so weitermachst, wird Hendrik gleich kommen. Quäl ihn doch noch ein wenig. Er soll uns zuschauen, während du mich verwöhnst.«

Bianca zieht den Dildo aus Hendriks Po und nimmt ihm das Tuch ab, damit er sehen kann, was nun geschieht.

Ich rutsche auf meinem Thron ein Stück nach vorn, spreize die Beine und gebe so den Blick auf meine Muschi frei. »Ich brauche einen Dildo«, sage ich mit rauer Stimme. Bianca holt gleich zwei. Einen großen und einen etwas kleineren. Ich öffne mit der Hand meine feuchte Spalte und massiere mit der anderen Hand meinen Kitzler, während Bianca den großen Dildo langsam in meine Möse einführt. Es tut so gut, das kühle, glatte Material in mir zu spüren. Zu fühlen, wie es mich ganz ausfüllt. Gleich darauf spüre ich Biancas Zunge, die meinen Kitzler leckt und daran saugt. Gott, ich könnte jetzt schon auf der Stelle kommen. Hendrik leckt sich vor Gier über die trockenen Lippen. Ich weiß, dass er jetzt am liebsten seinen Schwanz tief in mich hineinstoßen würde. Bianca reibt meinen Anus mit Gleitgel ein und lässt gleich darauf mit leichtem Druck den schmaleren Dildo in meinen Arsch gleiten. Den großen Dildo hält sie dabei fest, damit er nicht herausrutschen kann. Nun fickt sie mich mit langsamen Stößen abwechselnd mit dem dicken Dildo in die Möse und mit dem schmalen in den Arsch. Ich bearbeite meinen Kitzler hektischer, das Kribbeln in meinem Unterleib verstärkt sich. Ich will noch nicht kommen. Jetzt noch nicht. Erst will ich meine Arbeit zur Zufriedenheit meiner Kunden erledigen. Mit sanftem Druck schiebe ich Bianca von mir und stehe auf.

Die Dildos lege ich griffbereit auf die Lehne meines Throns.

Mit wenigen Handgriffen befreie ich Hendrik von den Fesseln und Seilen. Ein paar Tropfen haben sich bereits von seiner Eichel gelöst. Auch er steht kurz davor, zu kommen.

»Bianca, leg dich hier drüber.« Ich zeige auf den Strafbock, der mitten im Raum steht. Bianca legt sich bäuchlings über den mit Leder bezogenen Strafbock und reckt Hendrik ihr Hinterteil entgegen.

»Entferne die Liebeskugeln«, befehle ich Hendrik. Er öffnet den Reißverschluss an Biancas Latexanzug und zieht vorsichtig an der Schnur, bis zuerst die Liebeskugel aus Biancas Muschi herauskommt und dann die Kugel, die in ihrem Anus steckt.

»Jetzt darfst du deine Frau verwöhnen«, sage ich. »Aber immer schön langsam!«

Das lässt Hendrik sich nicht zweimal sagen. Er nimmt seinen steifen Schaft in die Hand und setzt ihn an Biancas Muschi an. Ganz leicht gleitet sein Schwanz in Bianca hinein. Hendrik beginnt, sie in sanften, kurzen Stößen zu ficken. Dabei muss er sich beherrschen, dass er nicht gleich in ihr explodiert.

»Gott, bei mir dauert´s nicht mehr lange. Bitte ... ich will ihn auch hinten spüren.«

Hendrik entzieht ihr seinen Schwanz und stößt ein paarmal vorsichtig an ihren Anus. Dann, mit sanftem Druck, gleitet seine Eichel in Biancas Arsch. Sie stöhnt laut auf und Hendrik stößt ein klein wenig fester zu. Mit vorsichtigen Bewegungen fickt er Bianca in den Po.

Mein Kitzler ist prall geschwollen vor Geilheit. Während ich den beiden zuschaue, führe ich mir beide Dildos ein und bewege sie sachte in mir hin und her, drehe sie und ziehe sie wieder heraus. Ich reize mich bis zum Äußersten.

Doch als ich sehe, wie Hendrik Bianca nun immer wieder abwechselnd in die Möse und in den Arsch fickt, ist es um meine Beherrschung geschehen. Ich explodiere vor Lust. Ich stoße den großen Dildo immer wieder in meine Muschi. Tiefer und immer tiefer. Die Wellen der Lust tragen mich fort.

Irgendwann höre ich Hendrik aufschreien. Er explodiert in Biancas Muschi, stößt immer wieder hart in sie hinein, bis sie wimmert vor Lust. Sie hat einen gewaltigen Orgasmus und Hendrik wird nicht müde, seinen Schwanz immer wieder tief in sie hineinzustoßen.

Als er schließlich seinen Schwanz herauszieht, wichst er ihn mit der Hand, um auch noch die letzten Tropfen aus ihm herauszuholen. Aus Biancas Spalte tropft Hendriks Saft heraus.

Nur langsam beruhigt sich mein hämmerndes Herz. Mit zitternden Händen befreie ich Hendriks Schwanz und seine Hoden von den Ringen. Durch das angestaute Blut ist sein Schaft noch immer geschwollen und steif. Bianca kniet sich vor ihn und nimmt ihn in den Mund. Sie leckt und saugt an ihm. Ein Blick in Hendriks Gesicht sagt mir, dass er gleich ein zweites Mal kommen wird. Um Bianca die »Arbeit« zu versüßen, schnalle ich mir kurzerhand einen Dildo um. Ich spreize von hinten ihre Schamlippen, setze den Dildo an, dringe in sie ein und bearbeite sie mit kräftigen Stößen, während sie Hendrik mit dem Mund ein weiteres Mal zum Höhepunkt bringt. Kurz darauf stößt Bianca spitze Schreie aus. Ich reibe und streichle ihren Kitzler, während ich den Dildo immer wieder in sie hineinstoße. Als es ihr kommt, verkrampft sich Bianca. Ich lasse erst von ihr ab, als ihr Orgasmus langsam verebbt.

»Gott, war das gut«, sagt Bianca später völlig erschöpft. Wir erholen uns noch ein Weilchen bei einem Glas Sekt, plaudern über dieses und jenes, bevor die beiden sich zutiefst befriedigt von mir verabschieden.

Die Domina – Geschichte 5

Heute ist meine Zeit wirklich knapp bemessen. Eigentlich wollte ich mich in Ruhe auf Bianca und Hendrik vorbereiten. Besonders Bianca scheint süchtig nach meiner »Behandlung« zu sein. Dass sie beim letzten Besuch selbst bestimmen konnte, was mit Hendrik geschieht, hat sie so geil gemacht, dass sie dieses Mal den Wunsch geäußert hat, einen zweiten Mann mitzubringen und sich ganz nach ihren Vorstellungen von zwei Typen gleichzeitig befriedigen zu lassen. Sie sagt, was sie möchte, und ich gebe die Regieanweisungen. Heute kommt sogar meine Videokamera zum Einsatz, denn Bianca und Hendrik möchten gern einen ganz persönlichen Film für erotische Stunden mit nach Hause nehmen. Diesen Wunsch erfülle ich ihnen nur zu gern, denn auch ich behalte mir selbstverständlich eine Kopie davon, wenn ich mich mal mit mir allein vergnügen will.

Kurzfristig hat sich dann ein anderer Stammkunde angesagt, den ich angesichts des großzügigen Honorars noch dazwischengeschoben habe.

Mit Harry bin ich relativ schnell fertig und das Gute dabei ist, dass ich mich mit seiner Behandlung schon mal richtig scharfgemacht habe für das, was danach kommt.

Ich lasse Harry, der sich gern devot gibt, weil er im wahren Leben ein großes Unternehmen managt, einen knallengen Latexanzug anziehen, der nur seinen Arsch und sein Geschlechtsteil freilässt. Schon nachdem er den Anzug übergestreift hat, ist sein Schwanz hart und steht steil erigiert nach oben.

»Schämst du dich nicht«, raunze ich ihn an und ziehe ihm eine mit der Peitsche über den Schwanz. Er zuckt kurz zusammen, verkneift sich aber jeden Schmerzenslaut, weil er weiß: Wenn er jammert, ziehe ich gleich noch mal nach. Dann muss er mir seinen Po entgegenstrecken. Bereits nach den ersten Schlägen ziehen sich rote Striemen über seine weiße Haut. Ich weiß, dass er das genießt, auch wenn es ihn schmerzt. Er braucht diese Erniedrigung, umso heftiger wird es ihm dann kommen.

Ich verteile kurzerhand großzügig Gleitgel über seinen Anus und berühre ihn mit der Hand wie versehentlich an den Hoden. Jedes Mal, wenn sein Schwanz zuckt, gebe ich ihm einen Klaps mit der Rute. Dann führe ich ihm das Ende der Rute in den Anus ein. Nur ein kleines Stück. Die Rute steht wie ein zweiter Schwanz zwischen seinen Arschbacken hervor. Ich gehe zu dem schwarz lackierten Regal und nehme prüfend ein paar Dildos in die Hand und entscheide mich schließlich für zwei kleinere Liebeskugeln. Ich ziehe die Rute aus seinem Arsch und schiebe ihm die erste Liebeskugel in den Anus. Auch mit der zweiten halte ich mich nicht lange auf. Ein kurzer Blick auf die Uhr sagt mir, dass es höchste Zeit wird, die Sache zu beenden. Ich ziehe ein wenig an der Schlaufe, bis die erste Kugel zur Hälfte wieder zu sehen ist. Dann schiebe ich sie erneut mit sanftem Druck hinein. In meiner Möse kribbelt es schon heftig und es kostet mich ungeheure Anstrengung, mich nicht selbst zu berühren. Ein paar Streicheleinheiten meines Kitzlers und mir käme es sofort.

Während ich langsam eine Liebeskugel nach der anderen wieder herausziehe, wichse ich ein wenig Harrys steifen Schaft. Er stöhnt laut auf und explodiert in meiner Hand.

Ich schiebe die Kugeln noch ein letztes Mal zwischen seine Pobacken und genieße die letzten Zuckungen seines Schwanzes. Dann entferne ich die Liebeskugeln und brülle Harry an: »Sieh dir die Sauerei an, die du hinterlassen hast! Leck das auf!«

Harry wimmert und beginnt, seinen Saft vom Boden aufzulecken. Erst als alles sauber ist, gebe ich mich zufrieden. »Du darfst dich jetzt anziehen, aber beeil dich, ich hab auch noch Besseres zu tun.«

Während Harry wieder seinen Anzug anzieht, beseitige und reinige ich schnell meine Utensilien.

Harry legt mir einen Fünfziger extra in die Schale, die auf einem Tischchen steht.

»Danke, dass du mich so schnell drangenommen hast«, sagt er und verabschiedet sich. Seine Mittagspause ist beendet, er geht nun wieder zurück ins Büro und scheucht seine Angestellten durch die Gegend. Wenn die wüssten ...

Nun ist es allerhöchste Zeit, denn Bianca und Hendrik kommen gleich. Ich gehe noch schnell unter die Dusche und als ich mich einschäume, gleitet meine Hand doch immer wieder zwischen meine Beine, so scharf bin ich. Meine Muschi ist heiß und schlüpfrig. Ich streichle meinen Kitzler und schiebe meine Finger in meine Muschi. Es kommt mir schnell und heftig. Harrys Behandlung hat mich zu geil gemacht, ich muss mir einfach Erleichterung verschaffen, damit ich mich auf meine drei Protagonisten konzentrieren kann.

Da klingelt es auch schon und Bianca und Hendrik stehen vor der Tür. Bei ihnen ist ein großer, gutaussehender Mann.

»Das ist Ralf, ein guter Freund von uns. Wir haben ihm von unseren Besuchen bei dir erzählt, da wurde er neugierig und da Bianca es mal mit zwei Männern treiben wollte ...«

»Dann geht schon mal voraus«, sage ich und gehe in die Küche, um den Champagner aus dem Kühlschrank zu holen. Wir trinken vorher immer ein Glas Champagner, um locker zu werden, das hat sich so eingebürgert. Ich nehme aber auch noch eine kleine Flasche Champagner mit, die ich für diese ganz besondere Stunde gekühlt hatte, denn heute soll Bianca so richtig verwöhnt werden.

»Bist du damit einverstanden, dass ich dich bewegungsunfähig mache?«, frage ich Bianca. Sie hat sich bereits ihrer

Kleidung entledigt und trägt nichts als ihre wunderschönen langen, braunen Haare, die ihr bis tief in den Rücken fallen. Kein Gramm Fett zu viel ist an diesem perfekten Körper. Bianca nickt und ihre Augen glänzen. »Ich vertraue dir. Du weißt, was eine Frau möchte.«

Von der Zimmerdecke hängt eine Art Liebesschaukel. Ich bitte Bianca, darin Platz zu nehmen, und befestige ihre Hände mit Handschellen oben an dem Gurt, der die Schaukel mit der Decke verbindet. Bianca hängt genau in der richtigen Höhe. Ich verbinde ihre Augen mit einem Seidentuch, damit sie nicht sehen kann, wer sie verwöhnt.

»So. Entspanne dich jetzt«, sage ich zu Bianca. »Lass einfach alles geschehen und genieße, was jetzt kommt.«

Von meinem Thron aus erteile ich meine Befehle an die zwei Männer. Hendrik hat sich ganz ausgezogen und sein Glied ist beim Anblick seiner Frau schon fast vollständig erigiert. Ralf trägt eine Ledershorts, die ebenfalls schon eine beachtliche Beule aufweist.

»Ihr werdet jetzt Bianca mit dem Massageöl einölen und massieren. Vergesst keine Stelle, ich werde das kontrollieren!«

Die zwei Männer befolgen meinen Befehl. Hendrik widmet sich Biancas Oberkörper, ölt ihre harten Nippel ein und knetet ihre kleinen festen Brüste. Ralf hingegen beginnt an Biancas Zehen, arbeitet sich langsam die Beine hoch und beginnt dann damit, von der Innenseite ihrer Oberschenkel her ihre Schamlippen, ihren Kitzler und dann den Po und den Anus einzureiben. Biancas straffe Haut glänzt im gedämpften Licht.

»Spreize nun ihre Schamlippen«, sage ich zu Hendrik. Und zu Ralf: »Du nimmst dir die kleine Flasche Champagner. Führe sie ein klein wenig in Biancas Möse ein. Ja, gut so. Nur ein bisschen. Fülle ihre Muschi nun mit Champagner.«

Bianca stöhnt auf, als sie das eisgekühlte, prickelnde Getränk spürt, das in ihre Muschi, in ihr Innerstes rinnt. Als ihre Möse gefüllt ist und ein wenig von dem Champagner herausläuft, sage ich: »Ihr dürft nun beide davon trinken. Leckt alles aus ihr heraus.«

Hendrik schlürft das Getränk, das aus Biancas Möse herausfließt, und Ralfs Zunge leckt ihre Spalte und vergisst auch ihren Kitzler nicht. Ich sehe, wie Bianca immer wieder unter den Berührungen zusammenzuckt. Sie stöhnt und windet sich.

»Füllt sie noch einmal«, befehle ich. Während ich zuschaue, wie Ralf die Flasche erneut ansetzt und den Champagner in Biancas Möse hineinlaufen lässt, berühre ich immer wieder sanft meinen Kitzler und massiere meine geschwollenen Schamlippen.

Nachdem die beiden sich an dem Champagner gelabt haben, suche ich einen passenden Vibrator aus. Auch für mich selbst benötige ich einen, denn ich will natürlich nicht zu kurz kommen.

Ich gebe Hendrik den Vibrator. »Führe ihn ganz langsam ein, während ihr sie abwechselnd leckt«, sage ich zu den Männern. Hendrik nimmt den Vibrator, der sanft vibriert, und führt ihn langsam in Biancas Muschi ein. Ich mache meinen Vibrator ebenfalls an und lasse ihn um meinen Kitzler kreisen, bevor auch ich ihn in mich einführe. Das kühle Gerät fühlt sich so geil in mir an, ich spüre die Vibrationen ganz tief in mir.

Ich befehle Ralf, der seinen steifen Schaft in der Hand hält, Bianca mit seinem Schwanz zu streicheln. Er berührt sie an der Außenseite des rechten Oberschenkels und als Hendrik dies sieht, macht er dasselbe auf der anderen Seite. Bianca wird nun von zwei Schwänzen gestreichelt, während der Vibrator in ihrer Möse kreisende Bewegungen macht.

Ich nicke Hendrik zu. »Du darfst als Erster. Und du ...«, wende ich mich an Ralf, »... verwöhnst sie gleichzeitig von hinten mit dem Dildo hier.« Ich reiche ihm einen etwas kleineren Dildo. Hendrik dringt mit seinem Schwanz in Bianca ein und nach ein paar vorsichtigen Stößen lässt Ralf den Dildo unter sanftem Druck in Biancas Anus gleiten.

Ich führe mir zeitgleich, um dasselbe zu fühlen wie Bianca, den Vibrator zwischen meine Pobacken und in meinen Anus ein. Biancas raue Schreie lassen erahnen, wie gewaltig ihr Orgasmus gleich sein wird.

»Tauscht nun die Plätze und kümmere du dich um ihre Brüste, während du sie fickst«, sage ich zu Ralf.

Hendriks Schwanz glänzt von Biancas Saft, als er ihn aus ihr herauszieht. Ralf nimmt seine Stelle ein und stößt ein paarmal in Bianca hinein, während Hendrik den Dildo ein Stück weiter in ihren Anus einführt. Dann stößt auch er im gleichmäßigen Rhythmus zu. Ralf knetet währenddessen Biancas Brüste, umkreist mit den Daumenkuppen ihre harten Nippel. Ich sehe, wie seine Pobacken sich zusammenziehen, er wird gleich abspritzen.

Bianca verkrampft sich, als der Orgasmus sie überwältigt. »Spritz auf ihren Bauch«, befehle ich Ralf. Er zieht seinen Schwanz aus ihr heraus und als sein steifer Schaft den warmen Samen auf Biancas flachem Bauch verströmt, stößt Hendrik seinen Schwanz in ihre Muschi hinein. Den Dildo hält er mit einer Hand fest, damit er nicht entgleiten kann. Nach ein paar heftigen Stößen kommt es auch ihm. Er stößt immer wieder in seine Frau hinein. Bianca windet sich vor Lust, ihre Spalte ist weit geöffnet und ich kann Hendriks Eichel sehen, die immer wieder in Biancas Möse hineinstößt. Ralf verteilt die letzten Tropfen seines Saftes auf Biancas Bauch. Auch Hendriks Stöße werden nun langsamer, bedächtiger.

»Leckt sie aus«, befehle ich mit rauer Stimme. Mein Kitzler kribbelt und mein Bauch zieht sich zusammen, als es mir in heftigen Wellen kommt. Ich sehe zu, wie die beiden Männer vor Bianca knien und den Saft, der aus ihr herausläuft, auflecken. Ralf leckt über ihren zuckenden Kitzler, während Hendrik seine Zunge tief zwischen die geschwollenen Schamlippen schiebt.

Mit zitternden Beinen stehe ich schließlich auf und gebe den beiden Männern das Zeichen, aufzuhören. Bevor ich Bianca von den Fesseln befreie, berühre ich sie mit der Hand noch einmal an ihrer Muschi. Ich streichle ihren immer noch zuckenden Kitzler, bis auch die letzten Wellen verebbt sind. Dann erst nehme ich ihr das Seidentuch ab und löse ihre Fesseln.

»Wow«, sagt sie mit glänzenden Augen. Ihre Wangen haben eine rötliche Färbung angenommen und sie ist noch ganz außer Atem. »Hast du alles aufgenommen?«

»Aber sicher«, sage ich lächelnd und nehme das Band aus der Kamera. »Solange ihr euch umzieht und noch ein Glas Champagner trinkt, mache ich schnell eine Kopie für euch, damit ihr immer etwas habt, an dem ihr euch aufgeilen könnt.«

Ein Mann genügt mir nicht – Geschichte 1

Ich bin spät dran an diesem Morgen. Ich muss mich beeilen, sonst komme ich zu spät zu meinem Termin. Trotzdem nehme ich mir im Bad viel Zeit. Ich steige unter die Dusche, rasiere meine Beine und meinen Venushügel – diesen besonders sorgfältig, denn ich weiß: Tom steht auf blank rasierte Frauen. Tom ist nicht mein Mann, Tom ist mein Liebhaber, von dem Peter – noch – nichts ahnt. Vielleicht stelle ich die beiden einander irgendwann einmal vor, das wäre bestimmt spaßig. Mit Peter ist der Sex zwar auch nach drei Jahren Ehe noch super, er befriedigt mich immer noch bis zu drei Mal, wenn wir es treiben, aber er ist oft müde und abgespannt von der vielen Arbeit. Deshalb habe ich vor einem halben Jahr ein Verhältnis mit Tom begonnen. Es ist der Hammer, wenn wir uns treffen. Jedes Mal lässt er sich etwas Neues einfallen. Allein schon, wenn ich nur an seine gefühlvollen, kräftigen Hände denke und daran, wie sein Schwanz jedes Mal, wenn er mich nur ansieht, anschwillt, pocht es schon in meinem Schoß ...

Ich merke, wie ich jetzt schon wieder scharf werde, und der heiße Strahl unter der Dusche, das schlüpfrige Duschgel, mit dem ich mich einschäume, tun ihr Übriges. Ich kann nicht anders, meine Hand wandert automatisch nach unten. Wie leicht mein Finger in meine Muschi gleitet ... Ganz sanft streichle ich meinen Kitzler, während ich einen zweiten Finger einführe. Gott, ich zittere schon am ganzen Körper. Wenn ich nicht aufpasse, komme ich gleich. Dabei will ich meine Geilheit heute nur für Tom aufheben.

Ich richte den harten, heißen Strahl der Dusche voll auf meine Muschi und spüre, wie es prickelt. Immer heftiger. Ich kann es einfach nicht lassen. Aufgegeilt wie ich bin, stelle ich die Dusche ab und trockne mich ab. Nicht jetzt, ermahne ich mich. Tom will auch noch was von dir haben.

Danach creme ich mich sorgfältig ein. Von Kopf bis Fuß. Ich stelle mein Bein etwas hoch, damit ich mit der Creme auch wirklich überall rankomme und keine Stelle vergesse. An meiner empfindlichen Stelle angekommen, gleitet mein Finger schon wieder wie von selbst in mich hinein und ich unterdrücke ein Keuchen. Ein zweiter Finger folgt, dann ein dritter. Nein, Tom, sorry, ich werde hier erst mal Vorarbeit leisten. Ich taste in der Schublade im Badeschränkchen herum, bis ich gefunden habe, was ich nun brauche: meinen fleischfarbenen Vibrator, der mir schon oft Lust gespendet hat. Langsam lasse ich das glatte Teil in mich gleiten. Es geht fast wie von allein, so feucht bin ich.

Von innen und von außen. Ich verbiete mir, meinen Kitzler zu berühren, ich will es so lange wie möglich auskosten. Doch es dauert nicht lange, da übermannt mich die Geilheit. Ich stoße den Vibrator immer tiefer, immer heftiger in mich, drehe ihn in mir, bis ich vor Lust platze. Ich bearbeite meinen Kitzler, gebe mir damit den Rest und explodiere.

Als mein Atem sich wieder ein wenig beruhigt hat, schlüpfe ich schnell in mein schwarzes Höschen, ziehe die halterlosen Strümpfe an und knöpfe sittsam meine weiße Bluse bis zum vorletzten Knopf zu. Der dazu passende schwarze Minirock darf nicht zu kurz sein, immerhin muss ich bei meinen Kunden seriös wirken. Ich bin Maklerin und ich kann Ihnen sagen, diese leer stehenden Häuser und Wohnungen haben es manchmal ganz schön in sich ...

»Gut siehst du aus«, sagt Peter, als ich in der Küche auftauche. Er gibt mir einen kleinen Klaps auf den Po und flüstert mir ins Ohr: »Vielleicht könnten wir heute Abend ja mal wieder so richtig ...«

Ich grinse und antworte: »Aber gern doch!« Ich fasse ihm in den Schritt und knete leicht seinen Schwanz. Befriedigt registriere ich, dass er immer noch auf der Stelle auf mich reagiert. Peter schnaubt empört, als ich meine Hand zurückziehe. »Und so willst du mich nun stehen lassen?«

Ich lächle ihn süffisant an und sage: »Dann hast du schon was, auf das du dich bis heute Abend freuen kannst ...«

Zum Abschied kriegt er noch ein sittsames Küsschen auf die Wange, dann schwinge ich mich mit der Aktenmappe, die die Exposés der heutigen Objekte enthält, in mein Cabrio. Der laue Wind wirbelt meine langen, roten Haare durcheinander. Ich liebe es, offen zu fahren! In jeder Hinsicht ...

Ein Blick auf die Uhr verrät mir, dass ich noch gut in der Zeit liege. Die Kunden kommen erst in einer Stunde und das ist so von mir gewollt. Ich parke mein Cabrio vor der alten Villa und laufe den Rest des Weges zu Fuß. Der Kies knirscht unter meinen hohen Absätzen. Ich betrete die weitläufige Halle, will mich noch ein bisschen umsehen. Die sanft geschwungene Treppe führt nach oben. Dort befinden sich zwei Schlafzimmer, ein Kinderzimmer und ein exklusives Bad, wie ich den Unterlagen entnommen habe.

Die Tür zum Badezimmer schwingt auf, knarrt leise dabei. Mein Blick fällt auf die in den Boden eingelassene Badewanne mit den Messingarmaturen und ich stelle mir vor, wie ich es hier in einem duftenden Schaumbad treibe. Diese Vorstellung törnt mich schon wieder an. Die italienischen Fliesen haben eine wunderschöne graurosafarbene Maserung. Die zwei Waschbecken sind ein Stück in die Wand eingelassen. Ich gehe hin und fahre mit den Fingern beinah zärtlich über die polierten Armaturen.

Dass sich die Tür schließt, merke ich erst, als es bereits zu spät ist. Im Spiegel sehe ich eine Gestalt, die plötzlich und unvermittelt hinter mir steht. Bevor ich schreien kann, legt sich eine Hand von hinten auf meinen Mund und erstickt jeden Laut. Ich werde brutal gegen den Waschtisch gepresst und eine zweite Hand findet mühelos ihren Weg unter meinen Rock. Zielsicher schiebt sie sich in mein Höschen und ein kräftiger Finger stößt in mich hinein. Ich keuche erschrocken auf. Ein zweiter Finger folgt dem ersten und stöbert in meinem Innersten herum. Ob ich will oder nicht – ich werde schon wieder feucht. Abwechselnd massiert er jetzt meinen Kitzler und taucht immer wieder mit seinen Fingern in mich. Er spielt sogar mit meinem Anus! Gott ... der Kerl braucht mir gar nicht mehr den Mund zuzuhalten. Wenn ich jetzt schreie, dann nicht aus Angst, sondern vor Lust!

Er interpretiert mein Keuchen richtig und nimmt die Hand

von meinem Mund, presst mich mit seinem Körper jedoch weiterhin fest gegen den Waschtisch. Er nestelt an meinem Rock, schiebt ihn hoch und zieht mir das Höschen bis zu den Knien herunter. So stehe ich da, mit dem Rücken zu ihm und total ausgeliefert.

»Bück dich ein wenig vor«, flüstert die heisere Stimme in mein Ohr und automatisch befolge ich den Befehl. Ich höre das Ratschen eines Reißverschlusses und spüre kurz darauf, wie ein steifer Schwanz Einlass begehrt. Ich dränge mich ihm entgegen, will es ihm leichter machen, da stößt er schon tief in mich hinein. Ich kann eben noch einen spitzen Schrei unterdrücken. Er zieht ihn langsam wieder heraus und spielt am Eingang meiner Möse herum. »Gib ihn mir wieder«, bettele ich.

»Ganz ruhig, du wirst schon noch genug kriegen«, sagt er und stößt ihn wieder bis zum Anschlag hinein. Ich spüre, wie er sich in mir bewegt, während seine Hand meinen Kitzler streichelt. Schneller und schneller stößt er jetzt in mich hinein. Ich merke, dass er sich kaum noch beherrschen kann, und auch ich bin kurz davor zu kommen.

»Mach schneller«, keuche ich. Und er gibt es mir so richtig. Die Stöße kommen jetzt schneller und heftiger. Ich merke, dass er sich nicht mehr unter Kontrolle hat.

Diesen Moment nutze ich und entziehe mich ihm. Ein Ausruf der Überraschung entfährt ihm, als ich mich grinsend umdrehe. Bevor er mich erneut packen kann, gehe ich auf die Knie und vollende, was er angefangen hat.

Ich nehme seinen prallen Schwanz, von dem mein Saft tropft, in den Mund und sauge genüsslich an der Eichel. Sie ist geschwollen und ich mache mir einen Spaß daraus, sie mit meiner Zunge genießerisch zu umkreisen. Ich sauge und sauge, bis er über mir fast zusammenbricht. Er zuckt und vergießt sein Sperma in meinen Mund. Es kommt so viel, dass ich gar nicht alles schlucken kann. Den Rest verreibe ich mir auf Hals und Brüsten.

»So. Jetzt du«, sage ich und nehme das Zepter in die Hand. Ich mache die Beine breit und biete ihm meine offene, nasse Spalte an. Er kniet sich nun nieder und stößt mit seiner Zunge in mich. Dann nimmt er die Finger zu Hilfe, während seine Zunge meinen Kitzler umkreist. Es dauert keine fünf Minuten, bis ich komme. Mein Orgasmus ist eine einzige, gewaltige Explosion, die meinen ganzen Körper durchschüttelt. Und wieder und wieder stößt er in mich. Abwechselnd mit seiner Zunge und mit seinen Fingern, bis ich um Gnade flehe.

Mit zitternden Knien setze ich mich auf die kalten Fliesen. »Mein Gott, das ... das war unglaublich! Du bist echt total verrückt, weißt du das eigentlich?«

Tom grinst, während er den Reißverschluss seiner Hose zumacht und sein Hemd in den Bund der Jeans stopft. »Du warst aber auch nicht schlecht ...«, meint er.

Ein Blick auf die Uhr und ich erschrecke zu Tode. »Beeil dich, die Kunden kommen gleich.« Er legt den Zweitschlüssel, den ich ihm überlassen habe, auf den Waschtisch. »Viel Glück dann beim Hausverkauf und bis zum nächsten Mal.« Dann geht er lockeren Schrittes die Treppen hinunter.

Mein Atem wird ruhiger und mein Herzschlag beruhigt sich langsam. Ich knöpfe meine Bluse zu, streiche meinen Rock glatt und ordne meine Haare. Dann gehe ich nach unten, wo die Interessenten – ein älteres Ehepaar – schon vor der Tür auf mich warten, und setze ein geschäftsmäßiges Lächeln auf. Wenn ihr wüsstet, was ich eben in eurem künftigen Badezimmer getrieben habe, denke ich noch, doch dann muss ich mich aufs Geschäft konzentrieren. Heute Abend wartet Peter auf mich, auch er ist ausgehungert und wie ich heute Morgen gemerkt habe, freut sich sein Schwanz schon auf mich. Wer weiß, vielleicht können wir es irgendwann mal zu dritt treiben. Peter, Tom und ich …

Ein Mann genügt mir nicht – Geschichte 2

Heute war ein guter Tag. Ein richtig guter Tag! Erst der geile Sex mit Tom in dieser alten Villa und dann konnte ich dem älteren Ehepaar auch noch die Zusage für das Objekt entlocken. Schon als sie die weitläufige Eingangshalle betreten hatten, konnte ich an ihren Gesichtern sehen, dass es genau das Richtige für sie war. Im Bad angekommen musste ich schmunzeln. Immer noch konnte ich Toms Hände auf und in mir spüren und schon wieder überkam mich das Kribbeln. Immer mit der Ruhe, mahnte ich mich und grinste innerlich. Heb dir auch noch was für Peter auf, immerhin ist er dein Mann und hat ein Recht auf dich und deine Geilheit …

Nachdem ich das Ehepaar mit einem Handschlag und dem Versprechen, schnellstmöglich den Vertrag vorzubereiten, verabschiedet hatte, genoss ich die Rückfahrt in meinem offenen Cabrio bei herrlichem Sonnenschein und blauem Himmel. Wenn die Temperaturen weiterhin stiegen, könnte ich es mit Peter oder vielleicht auch mit Tom mal wieder im Freien treiben. Auf einer Parkbank vielleicht, ständig der Gefahr ausgesetzt, jemand könnte vorbeikommen. Ein geiles Gefühl!

In Vorfreude auf den heutigen Abend konnte ich es mir nicht verkneifen, während der Fahrt mit meiner Hand meine Schenkel entlangzustreichen, mein Höschen etwas zur Seite zu schieben und ganz sanft meine Muschi zu streicheln. Nur ein bisschen, in Erinnerung an Tom und seine Begierde. Doch aus dem Streicheln wurde schnell mehr. Mein Atem ging schneller und schneller und schon bald steckte ich den ersten Finger in mich. Meine Spalte war noch feucht und ein bisschen klebrig von Toms Saft und schnell glitt ein zweiter Finger hinein. Es war nicht leicht, mich auf die Straße zu konzentrieren. Ich zog meine Finger heraus, nahm sie in den Mund und saugte leicht daran. Das Kribbeln in meinem Schoß war bereits in ein loderndes Feuer übergegangen. Mein Unterleib schrie nach mehr. Ich versuchte mich jedoch noch im Zaum zu halten. Meine Finger glitten wieder in mein schon ganz nasses Höschen. Nun umkreiste ich spielerisch meinen Kitzler. Doch ich hielt es nicht lange aus und steckte mir die Finger wieder in meine heiße Muschi, die pochte ohne Ende. Ich rutschte auf dem Ledersitz ein kleines Stückchen nach vorn. Meinen inzwischen klitschnassen Mittelfinger legte ich auf meinen Anus. Gott, ich keuchte vor Wonne, als er langsam in meinen Arsch eindrang. Ganz langsam, kaum merklich immer tiefer ... während mein Zeigefinger in meiner Muschi kreiste. Die Lust überkam mich in Wellen und ich biss die Zähne zusammen, als es mir in heftigen Stößen kam. Immer abwechselnd stieß ich meine Finger nun tief in die Muschi, dann raus, tief in den Anus ...

Ich bearbeitete meinen Kitzler, bis die Wogen der Lust langsam verebbten. Dann leckte ich meine Finger sauber und fuhr zutiefst befriedigt ins Büro, um meiner Sekretärin Marita die Unterlagen zu übergeben. Auf ihre Frage: »Du siehst ja ganz erhitzt aus, geht's dir gut?« antwortete ich grinsend: »Alles bestens, meine Liebe. Es war ein anstrengender, aber sehr erfolgreicher Tag!«

Nun, zu Hause angekommen, nehme ich zuerst eine ausgiebige Dusche, um Toms Geruch abzuwaschen. Ich weiß nicht, wie Peter reagieren würde, wenn er wüsste, was ich hin und wieder mit Tom treibe. Wir haben zwar vor Jahren darüber gesprochen, eine »offene« Ehe zu führen, dem anderen auch mal etwas »Leckeres« außerhalb zu gönnen, aber ich habe keine Ahnung, ob Peter diese Vereinbarung jemals für sich genutzt hat. Deshalb habe ich die kleinen Abenteuer mit Tom bisher für mich behalten.

Ich bin in der Küche und bereite ein leichtes Abendessen zu, als Peter nach Hause kommt. Er schnuppert, sagt: »Das riecht lecker« und küsst mich zärtlich auf den Nacken. Genau auf die Stelle, an der ich es besonders mag. Er fährt leicht mit der Zungenspitze meinen Hals entlang und landet auf meiner Schulter. Doch bevor er weitermachen kann, unterbreche ich ihn lachend. »Später, mein Lieber ... zuerst wird gegessen.«

Nach dem Essen kuscheln wir ein wenig auf der Couch. »Hattest du einen anstrengenden Tag, Liebling?« Peter ist immer so aufmerksam und mitfühlend! Ich bin wieder einmal glücklich darüber, dass ich den besten Ehemann der Welt erwischt habe. »Hm ...« Ich nicke bestätigend und er krault mir den Nacken.

»Ich bin ein wenig verspannt«, sage ich. »Eine kleine Massage wäre schön ...«

Peter grinst und reicht mir die Hand. Er hilft mir hoch und flüstert mir ins Ohr: »Geh schon mal vor, ich hole das Massageöl.«

Ich gehe ins Schlafzimmer, ziehe mich aus und lege mich auf den Bauch. Ich schließe die Augen und schnurre genießerisch, als Peter das Öl mit sanften, kreisenden Bewegungen auf meinem Körper verteilt. Er widmet sich ausgiebig meinem Nacken, meinen Schultern und schließlich dem ganzen Rückgrat. Wirbel für Wirbel, Muskel für Muskel bearbeitet er mit seinen kräftigen Händen. Ich lasse mich fallen, entspanne mich vollständig. Meinem Hinterteil widmet Peter besondere Aufmerksamkeit, er knetet meine Pobacken und ich strecke mich ihm automatisch entgegen. Er fährt mit den Händen die

Rundungen entlang, lässt einen Finger die Spalte entlanggleiten und taucht kurz in meine Muschi ein. Ein wohliger Seufzer entfährt mir. Während ein anderer Finger meinen Anus umkreist, spielen zwei Finger mit meinem Inneren. Ganz kurz taucht dieser Finger in meinen Schließmuskel. Ich beginne schon zu keuchen, doch Peter entzieht mir seine Finger, knetet noch einmal meine Pobacken, dann dreht er mich auf den Rücken.

»Nicht so schnell, Liebes«, flüstert er und küsst mich. »Wir haben´s doch nicht eilig, oder?!«

Meine Zunge gibt ihm die Antwort. Ich stoße leicht gegen seine Zähne, bis er seinen Mund öffnet und unsere Zungen sich ineinander verschlingen. Auch Peter beginnt jetzt heftiger zu atmen. Er löst sich von mir und beginnt, meine Halsbeuge zu küssen und zu lecken. Seine Hände, die noch glitschig vom Massageöl sind, umfangen meine Brüste. Meine Brustwarzen sind schon steif und ich stöhne auf, als er sie abwechselnd in den Mund nimmt und mit seinen Lippen sanft daran zieht. Ich muss mich beherrschen, dass ich nicht jetzt schon komme, deshalb unterbreche ich ihn und ziehe ihn zu mir hoch.

»Setz dich auf mich«, sage ich mit rauer Stimme und er leistet meiner Aufforderung Folge. Sein steifer Schwanz wippt leicht vor meinem Gesicht auf und ab. Ich nehme ihn zärtlich in den Mund, lasse meine Zunge um die nasse Eichel kreisen. Er bewegt sich etwas in meinem Mund und ich beginne zu saugen. Erst leicht, dann fester und fester.

»Gott, ist das herrlich«, raunt er. »Mach weiter so!« Ich gebe mein Bestes. Lasse seinem Schwanz die beste Behandlung zuteilwerden. Ich lecke die ersten Tröpfchen ab, nehme ihn dann wieder ganz in meinem Mund auf, bearbeite ihn mit der Zunge und sauge und sauge ...

»Stopp!«, ruft Peter. »Du machst mich jetzt schon fertig. Hör auf!«

Ich grinse und gebe seinen Schaft frei. Ganz kurz lecke ich noch mal darüber. Dann öffne ich die Beine und sage: »Meine Muschi ist nicht mehr bereit, noch länger zu warten. Komm schon, gib ihn mir! Ich will ihn ganz ... ganz tief in mir drin!«

»Nichts lieber als das«, sagt Peter und nimmt seinen steifen, prallen Schaft in die Hand, der vor Feuchtigkeit glänzt. Er setzt seinen Schwanz an den Eingang und ich dränge mich ihm entgegen. Kann es kaum erwarten, ihn in mir zu spüren. Doch Peter reizt mich bis aufs Äußerste. Er steckt ihn nur ein kleines Stück rein, umfasst ihn immer noch mit der Hand. Dann entzieht er ihn mir wieder. Ich stöhne wie wild. Plötzlich stößt er ihn mir ganz tief hinein. Er hält inne und ich spüre in mir das leichte Zittern seines Schwanzes. Ich spüre, dass er nicht mehr lange braucht, bis es ihm kommt. Er zieht ihn wieder aus mir heraus, setzt neu an und stößt ihn wieder tief in mich.

Dieses Mal umklammere ich Peter mit meinen Beinen, damit er mir nicht wieder entkommt. Ich wölbe mich ihm entgegen und wir finden unseren Rhythmus. Immer heftiger werden nun die Stöße, immer abgehackter sein Atem. Ich spüre, wie sich mein Unterleib zusammenzieht, im selben Moment, in dem Peter einen leisen Schrei ausstößt. Während er kommt, zieht Peter seinen Schwanz heraus, der mit einem leisen Klatschen auf meinem Bauch landet. Ein kleiner Schwall ergießt sich auf meinen Oberkörper. Dann stößt er plötzlich wieder in mich und erledigt den Rest. Auch danach ist sein Schwanz immer noch hart. Wir sind beide völlig außer Atem. Ich nehme seinen Schwengel in den Mund und lecke ihn sauber. Danach verreibe ich mir genüsslich seinen Samen auf dem Bauch und auf den Brüsten.

Peter lässt sich erschöpft neben mich fallen. »Gott, war das geil ...«

Ich grinse, beuge mich zu ihm und gebe ihm einen Kuss. Ich kuschele mich in seine Armbeuge und genieße einfach nur das Hämmern unserer Herzen. Wäre jetzt der richtige Augenblick, ihm von Tom zu erzählen? Ich versuche es vorsichtig ...

»Schatz? Was würdest du davon halten, unser Liebesleben noch ein klein wenig mehr aufzupeppen?«

Peter blinzelt mich müde an. »Hm? Wie darf ich das jetzt verstehen? Bist du nicht zufrieden?«

»Hm ... doch, schon! Aber ... was würdest du davon halten, vielleicht mal ... zu dritt?«

Plötzlich ist Peter hellwach. Seine Augen glitzern interessiert. »Du meinst...«

Ich lächle und nicke. »Könnte doch mal ganz nett sein, oder? Ein zweiter Mann ... Stell dir mal vor, was wir alles miteinander anstellen könnten.«

»Das darf ich mir gar nicht vorstellen«, sagt er. »Sonst vernasche ich dich gleich auf der Stelle wieder ...«

Ich räkele mich in den zerwühlten Laken. »Kein Problem, mein Lieber. Tu, was immer du willst.«

Er beugt sich über mich, küsst mich, hält dann inne und sieht mich an. »Aber nur, wenn wir das dann auch mal mit einer zweiten Frau ausprobieren.«

Ich grinse und sage: »Kein Problem, Schatz ...«

Ein Mann genügt mir nicht – Geschichte 3

Ich bin total aufgedreht. Mein Magen schlägt vor Aufregung regelrecht Purzelbäume, denn heute ist es soweit: Wir haben Tom zum Abendessen eingeladen. Peter will ihn endlich kennenlernen. Seit ich ihm von Tom erzählt habe – er war mir Gott sei Dank überhaupt nicht böse, seine Geilheit wurde höchstens noch mehr von meinen kleinen amourösen Abenteuern angestachelt – hat er darauf bestanden, ihn kennenzulernen.

Obwohl Peter keinerlei Anzeichen von Eifersucht gezeigt hat, habe ich doch ein klein wenig Angst vor dem Treffen. Ich schwanke zwischen Nervenkitzel und Vorfreude auf das Unbekannte. Es ist immerhin ein Unterschied, sich von erotischen Abenteuern antörnen zu lassen oder persönlich auf den Typen zu treffen, der es seit Monaten mit der eigenen Frau treibt ...

Pünktlich steht das Abendessen auf dem festlich gedeckten Tisch, der Champagner perlt in den Kelchen und viele Kerzen verströmen ihr weiches Licht. Ich habe nur ein paar leichte Happen zubereitet, schließlich wollen wir den geilsten Sex miteinander haben, den es gibt, und uns nicht die Bäuche vollhauen.

Als es an der Tür klingelt, durchfährt mich ein Stromstoß. Es ist soweit. Peter öffnet an meiner Stelle und als die beiden Männer, die unterschiedlicher nicht sein könnten, das Wohnzimmer betreten, habe ich das Gefühl, als würden sich die beiden schon seit Ewigkeiten kennen. Völlig ungezwungen und locker plaudern sie miteinander.

»Schau, Schatz, Tom hat eine Flasche Schampus mitgebracht.« Er lacht. »An Alkohol soll es heute Abend nicht fehlen.«

Tom drückt mir einen Kuss auf die Wange und hält mich ein Stück von sich. »Wow! Schwarzer Latex und Seidenstrümpfe ... Peter, du bist zu beneiden!«

Peter lacht und sagt: »Ich weiß ... aber heute Abend dürfen wir uns diesen Leckerbissen nach Herzenslust teilen.« Peter, blond, groß und gut gebaut, und Tom, schwarze Locken, grüne Augen und muskulös ... Mein Bauch kribbelt jetzt schon und nur mit Mühe schaffe ich es, nicht gleich über die beiden herzufallen.

Während des Essens ruht Peters Hand immer wieder unter dem Tisch auf meinem Oberschenkel. Es fühlt sich toll an, diese zarte Berührung durch die halterlosen Seidenstrümpfe. Hin und wieder findet seine Hand wie zufällig ihren Weg in mein Höschen. Ich rutsche bereits unruhig hin und her, während sich die beiden Männer unterhalten, als wären wir auf einer Tupperparty. Nun berührt unter dem Tisch auch noch Tom mit seinem nackten Fuß – die Sandalen hat er gleich zu Beginn ausgezogen – meine Beine, fährt sanft an der Innenseite meiner Oberschenkel hoch und um ein Haar hätte sich sein Weg mit Peters Hand gekreuzt.

»Könnten wir nicht langsam mal rübergehen?« Mit gequältem Blick drehe ich den Kopf in Richtung Schlafzimmer, wo ich schon allerlei vorbereitet habe.

Peter grinst Tom breit an. »Ich glaube, da vergeht schon jemand vor Lust ...«

Er nimmt mich an der Hand und Tom folgt uns ins Schlafzimmer. Das weiche, gedimmte Licht und der Kerzenschein schimmern auf den Seidenlaken. Peter küsst mich sanft. Mein Mund öffnet sich automatisch und unsere Zungen spielen miteinander. Ich spüre von hinten kräftige Hände, die mich streicheln. Sie gleiten meinen Nacken hinunter, weiter an meiner Wirbelsäule entlang bis zu meinem Po. Mein Innerstes ist bereits am Kochen und meine Muschi juckt wie verrückt. Toms Hände gehen weiter auf Wanderschaft, meine Beine entlang und an der Innenseite wieder hoch. Er schiebt meinen eng anliegenden Latexrock leicht hoch und schiebt mein Höschen zur Seite. Seine Finger spielen zärtlich mit meinem Kitzler, was mir ein raues Stöhnen entlockt. Ich knete währenddessen Peters Schwanz, der schon steif und prall ist.

»Achtung«, warnt Toms Stimme von hinten. Er schiebt mir mein Kleid über den Kopf und ich stehe nur noch in

Höschen und BH zwischen den beiden Männern. Peter sieht mich lüstern an. »Leg dich aufs Bett«, befiehlt er. Dann sieht er Tom an. »Was meinst du ... sollen wir ein bisschen mit ihr spielen?« Tom grinst und nickt.

Ich lege mich wie befohlen aufs Bett und plötzlich zaubert Peter von irgendwoher ein Paar Handschellen herbei. Weiß der Teufel, wann ihm diese Idee gekommen ist ...

Eins, zwei, schließen sich die Handschellen um meine Handgelenke. »Schließ die Augen«, sagt Peter. Ein weiches Tuch legt sich über meine Augen. Er bindet es mir hinter dem Kopf zusammen. Nun bin ich den beiden Männern hilflos ausgeliefert. Sie können mit mir machen, was sie wollen. Und das tun sie dann auch ...

Jemand küsst mich. Es ist Peter. Dann spüre ich eine weitere Zunge, die an mir abwärtsgleitet. Ich spreize die Beine und die Zunge umkreist meinen Kitzler. Taucht dann immer wieder in meine heiße Spalte ein. Tief und tiefer. »Gott ... nicht so heftig, sonst kommt´s mir gleich«, stöhne ich. Ich höre ein raues Lachen.

Plötzlich spüre ich einen steifen Schwanz an meinem Mund. Ich habe gar nicht mitgekriegt, dass Peter sich ausgezogen hat! Gierig öffne ich den Mund und sauge heftig an seinem Schwanz. Ein paar Lustperlen schmecke ich auf meiner Zunge.

Zwei Finger tauchen tief in meine Möse ein. Währenddessen zuckt eine Zunge über meinen Kitzler. Eine Hand hebt meinen Po leicht an. Dann spreizt sie meine Arschbacken und ein nasser Finger gleitet in meinen Anus. Vor Wonne ramme ich mir Peters Schwanz tief in den Mund, umspiele mit der Zunge die Eichel.

»Lass uns mal tauschen«, sagt Tom und Peter entzieht mir seinen Schwanz. Tom setzt sich rücklings über mich, sodass ich seinen Schwanz mitsamt den Hoden vor meinem Gesicht spüre. Ich schnappe mit dem Mund nach seinen Eiern, sauge eines vorsichtig in meinen Mund. Tom revanchiert sich bei mir, indem er meine Brüste knetet. Er nimmt meine Nippel in den Mund und zieht leicht daran. Ein scharfer, lustvoller Schmerz durchfährt mich. Doch bevor ich auch nur einen Laut von mir geben kann, spüre ich einen harten Schwanz an meiner Pforte. Er stößt leicht in mich, entzieht sich mir aber gleich wieder. Es ist unendlich quälend und am liebsten würde ich schreien vor Lust. Doch in diesem Moment steckt mir Tom seinen Schwanz in den Mund. Nun werde ich oben und unten gleichzeitig gefickt. Ich frage mich, warum wir das nicht schon viel eher gemacht haben, dieses Gefühl ist einfach göttlich.

Peter stößt nun tiefer und heftiger in mich und ich merke, dass ich meinen Orgasmus nicht mehr lange hinauszögern kann. In sanften Wellen zieht sich mein Unterkörper zusammen, meine Vagina pocht. »Gott, mir kommt´s!«, schreie ich und Peter vögelt mich ohne Gnade. Im selben Moment ergießt sich Tom in meinen Mund. Ich schlucke und schlucke, doch ein Teil von Toms Saft läuft mir den Hals hinunter. Tom verreibt ihn auf meinen Brüsten. Sein Schwanz ist noch hart und pocht.

»Gib´s ihr, Peter, gib´s ihr! Ich schau euch zu, das macht mich wieder geil ... Ich löse dich gleich ab.«

Peter lässt sich anspornen und stößt immer weiter in mich hinein. Ich spüre, dass auch er gleich kommen wird. Ich habe das Gefühl, als würde mein Orgasmus gar nicht verebben. Immer noch durchströmen mich heftige Wellen der Lust. Bevor Peter jedoch kommt, zieht er seinen Schwanz heraus. »Nicht so schnell«, keucht er. »Ich habe da eine Idee ...« Er bindet das Tuch los und löst meine Fesseln. »Ich schlage vor, nun arbeitest du auch mal ein bisschen ...« Ich bin gespannt, was er vorhat. Heute Abend scheint mein Mann voller Überraschungen zu stecken.

»Willst du auch mal?«, fragt er Tom. Tom hat seinen Schwanz selbst bearbeitet, während er zugeschaut hat, wie Peter mich vögelt. Er ist schon wieder steif und bereit.

Tom legt sich aufs Bett. »Komm her, steig auf mich.« Das lasse ich mir nicht zweimal sagen. Ich klettere rüber und lasse mich auf ihn sinken. Ganz tief nehme ich seinen steifen Schaft in mir auf. Peter schaut genau zu. Sein Schwengel glänzt feucht, seine Eichel ist prall. Dann kniet er sich hinter mich und während ich Toms Schwanz in mir habe und mich langsam, ganz langsam auf und nieder bewege, knetet er von hinten meine Brüste. Ich spüre, wie er seinen Schwanz gegen meinen Hintern presst.

Peter lässt nun meine Brüste los, befeuchtet seine Finger und dringt sanft von hinten in mich ein, während Toms Schwanz sich in mir bewegt.

»So, Tom, jetzt beweg dich nur langsam, hörst du? Immer schön vorsichtig. Jetzt kriegt Natalie das volle Programm.« Er stößt mit seiner Eichel gegen meinen Anus. Ich könnte schreien vor Lust, allein bei der Vorstellung, dass ich nun gleich zwei Schwänze in mir haben werde. Ich spiele mit meinen Fingern an meinem Kitzler herum und entspanne mich, um Peter das Eindringen zu erleichtern. Ganz langsam schiebt sich die Eichel in meinen Po. Tom gleitet ein klein wenig aus mir heraus, um Platz zu machen. Mit jedem Zentimeter, den Tom aus mir herausgleitet, schiebt Peter seinen Schwanz ein klein wenig weiter hinein. Ich werde fast wahnsinnig vor Lust. Die beiden Männer finden ihr Tempo, wechseln sich ab. Während Peter von hinten sanft in mich hineinstößt, zieht sich Tom zurück und wenn Peter seinen Schwanz herauszieht, stößt Tom tief in meine Muschi hinein. Ich schreie. Ich explodiere. Es kommt mir mit einer Heftigkeit, die mich fast ohnmächtig werden lässt. Ich höre Peters Stöhnen, das nun immer lauter wird, und auch Tom ist kurz davor, erneut zu kommen.

»Jetzt!«, schreie ich. »Gott, spritzt ab, mir kommt´s ...« Und Tom ergießt sich in meine Möse, während Peter auf meinen Arsch spritzt. In heftigen Zuckungen peitscht sein Schwanz über meine Pobacken ...

Wir sind völlig erschöpft, total ausgelaugt, und fallen nebeneinander in die Laken.

»Wow, das war das Beste, das ich je erlebt habe«, sagt Tom.

»Ich auch«, pflichtet ihm Peter bei.

Ich japse immer noch nach Luft, mein Herz pumpt und meine Haut glänzt vor Schweiß und Samen. »Wahnsinn«, sage ich. »Das war der absolute Hammer!«

An diesem Abend beschließen wir, dass das mit Sicherheit nicht unser letztes gemeinsames Abenteuer gewesen ist ...

Ein Mann genügt mir nicht – Geschichte 4

Heute habe ich keinen Geschäftstermin. Ich habe mir den seltenen Luxus gegönnt und mir einen freien Tag genommen. Ich bin mit Tom im Park verabredet und kann mir daher Klamotten anziehen, in denen ich mich so richtig wohlfühle: Schwarze Nylons – halterlos natürlich – einen kurzen Ledermini, sonst nichts drunter. Hochhackige Pumps und eine geschnürte Wildlederbluse, die die Ansätze meiner wohlgeformten Brüste freilässt. Ich freue mich schon auf meine Verabredung, denn mit Tom wird es nie langweilig. Immer lässt er sich etwas Neues einfallen. Peter habe ich heute allerdings nichts davon erzählt. Nicht, weil er eifersüchtig wäre, aber ich möchte Tom auch mal wieder für mich allein genießen. Außerdem profitiert er nur davon, wenn ich mit Tom geilen Sex hatte, dann bin ich meistens so aufgegeilt, dass ich zu Hause gleich noch mal so richtig rangenommen werden will.

Im Park angekommen, sehe ich mich um. Drüben auf dem Spielplatz toben ein paar Kinder und auf einer der verwitterten Holzbänke sitzt ein älteres Paar und füttert die Schwäne, die majestätisch auf dem Wasser ihre Runden ziehen.

Ich frage mich, wo Tom steckt. Ich laufe den schmalen Weg ein Stück weiter, weg von den Kindern, und entdecke einen weiteren, schmalen Weg, der von dichten Büschen gesäumt ist. Keine fünfzig Meter weiter erschrecke ich zu Tode, als hinter mir jemand aus dem Gebüsch springt. Unwillkürlich wehre ich mich, als mich von hinten ein starker Arm umfängt und sich eine Hand über meinen Mund legt.

»Kein Mucks, sonst passiert was«, höre ich eine raue Stimme und eine Hand knetet brutal meine Brust. Ich muss kurz prusten, denn ich weiß, dass es Tom ist. Doch mein Lachen geht schnell in ein Keuchen über, als ich seine harte Männlichkeit spüre, die er fest gegen meinen Po drückt.

»Wow!«, sage ich. »Du bist schon bereit.«

Tom lässt mich los, dreht mich zu sich um und lächelt mich breit an. »So scharf wie du heute mal wieder aussiehst ... Den Mann, der bei deinem Anblick nicht sofort einen Ständer kriegt, will ich sehen!« Seine Hand fährt unter meine Bluse und liebkost meine Brust. Ich stöhne rau und spüre, wie meine Brustwarzen hart werden. Tom beugt sich vor und hebt meine Brust ein wenig an. Dann umkreist er gekonnt mit der Zunge meine Brustwarze. Zuerst die eine, dann die andere. Mal knetet er meine Brüste, mal streichelt er zärtlich darüber. Mein Atem geht stoßweise und mein Herz schlägt so laut, dass ich glaube, er kann es hören. Mit einer Hand streichelt er mir den Schenkel entlang bis unter den Rock.

»Du hast ja nichts drunter, du Luder!«, sagt er und grinst.

Ich zucke mit den Schultern. »Ich will es dir nicht unnötig schwermachen.« Sein Finger gleitet in meine Spalte, spielt kurz mit meinem Kitzler und verschwindet dann in meiner feuchten Muschi.

»Was, wenn uns jemand überrascht?«, frage ich keuchend. »Wir sind hier schließlich in einem öffentlichen Park.«

Er unterbricht sein Spiel, schaut kurz auf und sagt: »Keine Sorge, ich kenne da ein Plätzchen, da dürften wir ungestört sein. Komm mit!«

Er nimmt mich an der Hand und ein paar Meter weiter sehe ich eine Bank, die vom Gebüsch fast völlig verborgen ist. Dort angekommen, öffne ich Toms Jeans, worauf mir sofort sein harter Schwengel entgegenschnellt. Ich drücke ihn auf die Bank und als er bequem sitzt, knie ich vor ihm nieder. Sein prachtvolles Stück glänzt ein bisschen und als ich seine Eichel sanft mit dem Mund umschließe und zärtlich daran sauge, schließt er stöhnend die Augen.

»Gott, das ist so gut ... ja, mach weiter so ...«

Seine Geilheit spornt mich an. Ich nehme seinen Schwanz ganz in den Mund. Mit der Hand verwöhne ich seine Eier. Ich knete sie sanft, während ich seinen Schaft mit dem Mund und der anderen Hand wichse. Plötzlich stößt er mich sanft von sich.

»Hör auf, das geht zu schnell. Du willst doch auch noch was davon haben. Komm, setz dich auf mich. Mach ganz langsam, lass dir Zeit!«

Ich raffe meinen Rock und setze mich auf Toms Schoß. Noch darf er aber nicht in mich stoßen. Er packt mit beiden Händen meine Pobacken und knetet sie fest. Ich liebe es, wenn er meinen Po auf diese Weise anfasst! Dann beginnt er mit einer Hand meinen Kitzler zu reiben. Immer wieder taucht ein

Finger in meine Möse ein, nur um sich gleich darauf wieder zurückzuziehen.

»Ich will deinen Schwanz in mir spüren«, sage ich rau.

Tom spreizt mit den Fingern meine Schamlippen auseinander und ich nehme seinen steifen Schaft in die Hand und führe ihn zum Eingang meiner Pforte. Sie ist inzwischen ganz nass und die Eichel gleitet fast von selbst in mich hinein. Ich lasse mein Becken kreisen. Ich bestimme das Tempo und wie tief er in mich eindringen darf. Ich treibe ihn fast in den Wahnsinn, denn ich lasse mich ganz langsam auf ihn nieder. Immer weiter und immer tiefer versinkt sein Schwanz in meiner Möse. Er füllt mich nun ganz aus. Dann entziehe ich mich ihm ein ganzes Stück, sodass nur noch die Eichel in mir ist, um mich gleich wieder auf ihn niedersinken zu lassen. Langsam finde ich zu meinem Rhythmus. Währenddessen bearbeite ich mit den Fingern meinen Kitzler, der wie eine reife Knospe zwischen meinen Schamlippen hervorsteht. Tom saugt abwechselnd an meinen Brustwarzen.

Plötzlich höre ich von Weitem Stimmen. Sie kommen langsam näher.

»Psst, da kommt jemand«, flüstere ich. Wir halten inne. Ich spüre Toms Herzschlag unter seinem Hemd und in mir pocht sein Schwanz. Ich nehme jede Zuckung, jede noch so kleine Bewegung wahr und es fällt mir schwer, nicht jetzt schon zu kommen, mich noch zurückzuhalten.

Die Stimmen kommen näher, dann entfernen sie sich wieder. Als sie nicht mehr zu hören sind, kichere ich leise. »Um ein Haar …«, flüstere ich in Toms Ohr.

Er bewegt sich sachte in mir. Ich gehe auf ihn ein und bald haben wir wieder zu unserem Rhythmus gefunden. Meine Bewegungen werden hektischer, ich hebe mein Becken an und lasse mich wieder auf ihm nieder. Tom umfasst mit festem

Druck meine Pobacken, drückt sie zusammen, reißt sie wieder auseinander. Ich spüre seinen Schwanz mit einer Intensität in mir, dass mir fast die Sinne schwinden.

»Gott, stoß mich ... ja, gib ihn mir ganz tief ... schneller!«, feuere ich ihn an.

»Ich kann´s nicht mehr halten«, sagt Tom, »du bist so eng ...«

Ich werfe den Kopf in den Nacken, spüre das Kribbeln, das meinen Unterleib durchzieht. Meine Möse zieht sich zusammen. In dem Moment versteift sich Tom und ich merke, wie es in meiner Muschi heiß wird, wie sein Samen in mich strömt. Er zuckt und zuckt in mir, stößt während seines Orgasmus immer weiter in mich, bis ich mich vor Lust zusammenkrümme. Meine Muschi zieht sich zusammen, mein Kitzler pocht und die Wellen der Lust ebben einfach nicht ab.

Erschöpft lasse ich meinen Kopf an seine Schulter sinken. Minutenlang verharren wir ganz still. Toms Schwanz in mir zuckt ein bisschen und ich genieße das Gefühl, ihn in mir zu haben, noch für einen kurzen Moment.

Irgendwann lösen wir uns voneinander. »War schön, hm?«, fragt er und streicht mir zärtlich eine rote Haarsträhne hinters Ohr. Ich nicke und küsse ihn liebevoll. »Bis bald, mein Lieber. Peter hat übrigens gefragt, ob du mal wieder Lust auf einen Dreier hast. Und übrigens ... er wünscht sich, demnächst mal eine Frau dabei zu haben. Es sei unfair, wenn immer nur ich in den Genuss von zwei Männern komme.«

Tom lacht. »Na dann such dir etwas Hübsches aus. Ich erwarte dann deinen Exklusivbericht.«

Zu Hause angekommen reiße ich mir die Klamotten vom Leib und stelle die Dusche an. Bis Peter von der Arbeit nach Hause kommt, vergehen noch ein paar Stunden, die ich für mich allein habe. Der heiße, starke Wasserstrahl belebt meine Geister. Ich nehme die Brause und halte sie gegen meine

Muschi. Ich spreize ein bisschen meine Schamlippen, damit der harte Strahl überall hinkommt. Aah ... das tut so gut! Ich verteile großzügig Duschgel auf meinem ganzen Körper, die empfindlichen Stellen seife ich besonders gründlich ein. Als ich an den gigantischen Sex denke, den ich mit Tom gehabt habe, merke ich, dass es bei mir schon wieder anfängt zu kribbeln. Meine Hand ist glitschig vom Wasser und dem Duschgel. Ich reibe meinen Kitzler zwischen den Fingern, ziehe ein wenig daran. Dann führe ich mir zuerst einen, dann zwei Finger ein. Mit der anderen Hand halte ich die Brause, die nun meinen Kitzler mit ihrem Strahl massiert. Ein wohliges Gefühl macht sich in meinem Unterleib breit. Bald verlangt mein Körper nach etwas größerem als meinen Fingern. Mein Dildo liegt immer griffbereit in der obersten Schublade des Badeschranks. Auch ihn seife ich erst einmal gründlich ein, damit er schön glitschig ist und sich leicht einführen lässt. Wow! Zusammen mit dem heißen Wasserstrahl ergibt der Dildo eine unbeschreibliche Kombination. Zuerst vorsichtig ansetzen, ein bisschen damit an meinem Eingang herumspielen, bis ich immer geiler werde und mehr will. Er gleitet ein Stück weiter in mich, dann, mit sanftem Druck, noch ein wenig mehr. So lange, bis ich den Dildo fast ganz eingeführt habe. Durch den Druck in meinem Unterleib rutscht mir der Dildo wieder entgegen, kaum dass ich ihn loslasse. Sofort drücke ich ihn wieder hinein. Es dauert keine fünf Minuten, bis ich erneut förmlich explodiere. Ich bearbeite wie wild meinen Kitzler, bis es fast schon wehtut. Dann endlich komme ich wieder zu mir. Ich dusche mich schnell ab und wickle mich in meinen flauschigen Bademantel.

Später öle ich meinen ganzen Körper ein, bis meine Haut seidig glänzt. Nun bin ich bereit für Peter. Wenn er nach Hause kommt, verwöhne ich ihn mit einem leckeren Essen und danach mit etwas anderem ...

Ein Mann genügt mir nicht – Geschichte 5

Peter hat mich an mein Versprechen erinnert, das ich ihm gegeben habe, nachdem wir uns einen Abend lang mit meinem Liebhaber Tom vergnügt hatten. Vor ein paar Tagen meinte er: »Kennst du jemanden?«

Wir hatten uns soeben geliebt und ich wusste zuerst gar nicht, worauf er hinauswollte.

»Na, die Sache mit einer zweiten Frau«, half er mir auf die Sprünge.

Ich musste lachen und schlug ihm spielerisch auf die nackte Brust. »Du kannst aber auch nie genug kriegen, was?«

»Nö!« Er schaute unschuldig aus der Wäsche ...

»Okay. Versprochen ist versprochen«, sagte ich. »Schwebt dir da jemand Bestimmtes vor?«

Peter überlegte kurz. Dann schüttelte er den Kopf. »Könntest du nicht mal Tom fragen, ob er ein nettes Mädchen kennt, das demgegenüber aufgeschlossen ist?«

Tom war gern bereit, uns bei dieser Sache unter die Arme zu greifen. »Die Frau eines Freundes, Mona, ist bisexuell und sie hat mir irgendwann einmal gestanden, dass sie, seit sie verheiratet ist, mal ein heißes Abenteuer vermisst. Ich könnte mir vorstellen, dass sie genau die Richtige für euch wäre.«

Ich bat Tom, mal bei Mona vorzufühlen ... und schwups hatten wir unsere Verabredung. Heute ist es soweit!

Peter ist schon den ganzen Tag geil, er malt sich alle möglichen Varianten aus, wie er uns beide vernaschen will.

Es klingelt an der Tür und vor mir steht eine bildhübsche braunhaarige Frau mit einem frechen Pagenschnitt. Das fein geschnittene Gesicht passt zu den blauen Augen. Ihr Dekolleté gewährt tiefe Einblicke auf ihre wohlgeformten, großen Brüste.

Eine wahre Augenweide! Auch Peter ist ganz angetan von ihr.

Zuerst essen wir eine Kleinigkeit und trinken ein Glas Wein, um uns besser kennenzulernen. Doch schon bald steht fest, dass wir uns gut verstehen.

»Tom hat mir viel von euch erzählt«, gesteht Mona. »Ich muss sagen, ich bin sehr neugierig. Und vor allem hätte ich nicht gedacht, hier auf so eine tolle Frau wie dich, Natalie, zu treffen. Aber du bist auch nicht ohne, Peter!« Sie schaut ihn begehrlich an, lässt ihren Blick über seinen muskulösen Oberkörper wandern.

»Im Schlafzimmer habe ich eine eisgekühlte Flasche Champagner. Was haltet ihr davon, wenn wir mal rübergehen?«, frage ich.

Das Glitzern in Peters Augen kenne ich. Er will zur Sache kommen. Und um ehrlich zu sein, ich auch. Ich will sehen, was Mona zu bieten hat, obwohl ihre wunderschönen Kurven durch das hautenge Kleid nicht zu übersehen sind.

Im Schlafzimmer angekommen, gebe ich Peter einen kleinen Schubs, sodass er das Gleichgewicht verliert und rückwärts auf das breite Bett fällt.

Das Licht der vielen Kerzen, die ich aufgestellt habe, hat etwas sehr Erotisches. Ich schenke uns Champagner ein und stoße mit Mona an. »Kümmern wir uns um den Kerl, hm?« Mona lächelt und nickt.

Gemeinsam entkleiden wir Peter, der alles willenlos mit sich geschehen lässt. Sein praller Schwanz reckt sich uns entgegen, sobald wir ihn von den Shorts befreit haben. Ich werfe Mona die Handschellen zu. »Machen wir den Kerl bewegungsunfähig. Sieh mal, wie der sich freut, wackelt schon mit dem Schwanz.«

Mona kichert und das Eis, sollte es je vorhanden gewesen sein, ist gebrochen. Ab jetzt werden wir Spaß haben. Jede Menge!

Nachdem wir Peter ans Bett gefesselt haben, verbinden wir ihm die Augen. Nun wird er zu rätseln haben, wer wer ist. »Viel Spaß!«, sage ich und genieße das Spiel in vollen Zügen.

Doch erst mal will ich wissen, wie es sich anfühlt, Mona zu küssen. Peter liegt zwischen uns. Ich beuge mich vor und gebe Mona einen sanften Kuss auf den Mund. Sie schließt die Augen und öffnet sich meiner Zunge. Unsere Zungenspitzen bewegen sich federleicht, finden sich, erforschen sich. Ihre Lippen sind weich, so ganz anders als die von Peter. Es ist schön ... wunderschön!

Peter bewegt sich zwischen uns und ich komme wieder zu mir. »Später ...«, raune ich Mona zu. Ihre Augen glänzen vor Begierde. »Du küsst toll!«

Ich reiche Mona das Fläschchen mit dem Massageöl. Gemeinsam beginnen wir, Peter mit den Händen zu bearbeiten. Sein Körper glänzt im Schein der Kerzen.

Wir lecken gleichzeitig seine Brustwarzen. Sie sind vor Erregung ganz steif und Peter zuckt unter unseren Berührungen immer wieder zusammen. Unsere Hände gleiten nach unten. Ich reibe seinen steifen Schaft, während Mona seine Eier krault. Dann arbeiten wir uns mit dem Mund weiter nach unten vor. Ich lecke seine Eichel, Mona den Schaft. Unsere Zungen finden sich, verschlingen sich um Peters Schwanz. Mona nimmt ihn in den Mund. Ich sehe, wie sein Schwanz bis zum Anschlag in ihrem Mund verschwindet. Es sieht so geil aus. Peter stöhnt und windet sich. Als Mona seinen Schwanz freigibt, glänzt er appetitlich. Ich sauge an Peters Eiern und streichle dabei seine muskulösen Oberschenkel. Mona befeuchtet ihre Finger und führt sie in ihre Muschi ein.

Sie spreizt ihre Schamlippen etwas, sodass ich ihren prallen Kitzler sehen kann. Ich reibe mit meinen Fingern darüber, bedeute ihr, näher zu kommen. Während ich Peters Schwanz massiere, lecke ich Monas Kitzler. Sie zieht scharf die Luft ein, als sie meine Zungenspitze spürt.

Sie will unbedingt Peters Schwanz in sich haben. »Nimm ihn dir …«, raune ich ihr zu. Ich setze mich rücklings über Peters Gesicht und halte ihm meine Möse hin. Er schnuppert, wird geil und beginnt damit, mich zu lecken. Als Mona sich auf ihn setzt, lehnt sie sich ein bisschen nach hinten, spreizt mit einer Hand ihre Schamlippen, sodass ich alles genau sehen kann. Ich sehe, wie zuerst die Eichel und dann langsam der ganze Schwanz in ihrer Muschi verschwindet. Was für ein geiler Anblick!

Mona schließt die Augen und reitet sinnlich und langsam. Ihr Atem geht schneller, ihr Gesichtsausdruck ist entrückt. Peters Zunge leistet ganze Arbeit. Sie umkreist meinen Kitzler, stößt immer wieder in meine Spalte und in meine Möse hinein. Als ich klatschnass bin, nimmt Peter seine Hände zu Hilfe.

Seine Finger gleiten in mich hinein. Erst einer, dann ein zweiter. Seine Zunge wandert nach hinten. Sie leckt an meiner Rosette, bis auch sie nass ist. Dann bohrt er mir einen Finger in den Anus. Zwei Finger in der Möse, einer im Arsch … wie göttlich! Und vor mir reitet Mona seinen Schwanz. Ich sehe, dass sie schon einem Orgasmus entgegenreitet, doch das geht mir zu schnell. Ich stupse sie an und bedeute ihr abzusteigen. »Ich will auch!« Wir unterhalten uns nur im Flüsterton, damit Peter nie so genau weiß, in wem er gerade drin ist. Ich tausche den Platz mit Mona. Meine Möse ist so nass, dass Peters Schwanz sofort in mich hineingleitet. Ich spüre ihn ganz tief in mir drin. An Monas entzücktem Gesichtsausdruck kann ich erkennen, wie intensiv sie von Peter geleckt wird. Auch ihr lässt er seine Finger zuteilwerden. Mona stöhnt auf und beugt sich ein wenig nach vorn, um Peter mehr Platz zu machen. Ich greife nach ihren vollen Brüsten und knete sie intensiv. Ich spüre, wie Peter sich versteift.

»Gott, ich komme gleich«, keucht er.

Augenblicklich unterbreche ich meinen Ritt und steige von ihm herunter.

»Ich hab eine Idee«, sage ich. »Wie wär's, wenn du uns beide fickst? Abwechselnd?«

Peter und auch Mona sind sofort einverstanden. Wir lösen die Handschellen und nehmen ihm die Augenbinde ab.

Dann knien wir uns dicht nebeneinander aufs Bett. Peter stößt seinen Schwengel tief in mich hinein, während er Mona mit den Fingern bearbeitet. Dann, nach ein paar kräftigen Stößen, zieht er ihn heraus und gibt ihn Mona. Ein Keuchen verrät, dass sie die harten Stöße genießt. So fickt uns Peter nun beide abwechselnd. Immer und immer wieder. Es ist der blanke Wahnsinn!

Ich reibe nebenbei meinen Kitzler und schon bald zieht sich mein Unterleib heftig zusammen. »Gott, ich komme ... lass ihn jetzt bei mir drin! Fester ... tiefer!« Und Peter stößt zu, bis ein gewaltiger Orgasmus in mir explodiert.

Peter ist noch nicht gekommen, er zieht seinen Schwanz aus mir heraus und lässt ihn wieder in Mona gleiten. Fest stößt er nun in sie hinein und ich schaue zu, während ich mich weiter streichle. Ich sehe in Monas erhitztes Gesicht, ihren entrückten Gesichtsausdruck, dann löst sich ein Schrei von ihren Lippen. Peter krampft sich zusammen und nach ein paar kräftigen Stößen zieht er seinen Schwanz heraus. Ich knie mich zwischen Monas Beine und lecke den Saft auf, der aus ihrer zuckenden Möse herausläuft.

Das macht mich dermaßen scharf, dass ich mehr will. Ich habe meinen Dildo griffbereit neben das Bett gelegt und reiche ihn jetzt Mona. »Gib ihn mir«, fordere ich. Sie lässt sich nicht zweimal bitten und verwöhnt mich mit dem dicken Dildo. Peter sieht uns zu und streichelt seinen nassen

Schwanz, bis er noch einmal richtig hart wird. Mona verwöhnt mich mit der Zunge, umkreist gekonnt meinen Kitzler, der prall zwischen meinen rasierten Schamlippen hervorsteht. Sie gibt mir den Dildo. Mal nur ein bisschen, mal bis zum Anschlag. Gott, sie ist gut! Ich spüre das Kribbeln, sehe wie Peter seinen Schwanz wichst, während er uns zuschaut, und komme ein zweites Mal. Ein gewaltiger Orgasmus schüttelt meinen Körper. Peters Saft spritzt auf meine Brüste und Mona leckt ihn genüsslich auf.

Wir machen eine Pause, trinken Champagner und geilen uns mit immer neuen Variationen aufs Neue auf. Wir treiben es noch einmal zu dritt unter der Dusche, reiben unsere Körper aneinander und Peter verwöhnt uns mit seinem steifen Schwanz, bis wir irgendwann wirklich genug haben.

»Wir müssen uns unbedingt bald mal wieder treffen«, sage ich beim Abschied zu Mona. »Vielleicht ... wenn du magst, zusammen mit Tom? Oder bring doch deinen Mann mit, wenn du ihm auch ein wenig Spaß gönnen möchtest.«

»Oder vielleicht beide, hm?« Sie zwinkert mir verschwörerisch zu.

Freundinnen – Geschichte 1

»Auf uns!« Die Gläser klirren leise, als Jana mit mir auf unseren bevorstehenden Urlaub anstößt. Der Champagner perlt im Sektglas und ich nippe vorsichtig daran. Ich kann es immer noch nicht fassen, dass ich hier im Flugzeug sitze. Und zwar nicht in der Economy-Class, sondern in der Business-Class, in der um uns herum ein paar Geschäftsleute und sogar eine Berühmtheit sitzen, die ich bisher nur im Fernsehen zu Gesicht bekommen habe.

Jana ist die Tochter eines bekannten Unternehmers und sie hat mich, ihre beste Freundin, zu einem Urlaub auf Mallorca eingeladen, wo ihre Eltern eine traumhafte Finca besitzen.

Jana ist lesbisch, was unserer Freundschaft aber keinen Abbruch tut, da ich mit solchen Dingen ganz locker umgehe. Es ist ein ungeschriebenes Gesetz zwischen uns, dass wir unsere sexuellen Vorlieben ausleben, wie es uns gerade in den Sinn kommt. Ich zum Beispiel mag beides: Männer und Frauen.

Nach der Landung werden wir von einem Chauffeur abgeholt. Die Limousine bringt uns an den schönsten Flecken, den ich je in meinem Leben gesehen habe: Die Finca liegt ein wenig abgelegen, jedoch direkt am Meer, das türkisfarbene Wasser leckt an den zerklüfteten Felsen und eine kleine Sandbucht gehört als Privatstrand zum Haus.

Jana zeigt mir mein Zimmer, das in den nächsten zwei Wochen meines sein wird. Vom Balkon aus kann ich den herrlichen Pool mit dem kristallklaren Wasser sehen.

»Und? Gefällt´s dir?« Jana steht hinter mir und legt mir eine Hand auf die Schulter.

»Es ... es ist wunderschön«, sage ich andächtig und drehe mich zu ihr um. Ich drücke ihr ein Küsschen auf die Wange. »Danke, dass ich mitkommen durfte.«

Jana grinst und sagt: »Gern geschehen, Saskia.« Sie streicht mir mit einer liebevollen Geste das blonde Haar aus dem Gesicht. »Ich hätte da eine Idee, wie du dich erkenntlich zeigen könntest«, flüstert sie und plötzlich ist ihr Mund dem meinen ganz nah. In meinem Bauch kribbelt es. Ich merke, dass Jana ausloten will, ob ich bereit bin, mit ihr zum ersten Mal Sex zu haben. Bisher haben wir uns immer nur gegenseitig von unseren Abenteuern erzählt und uns – ehrlich gesagt – auch daran aufgegeilt. Zusammen getrieben haben wir es bis jetzt noch nie. Doch hier ... weit weg von zu Hause, im Zauber des Südens, erscheint mir alles ganz anders. Es fühlt sich richtig an, dass Jana hier vor mir steht. In ihrem knappen Top, den weißen Hotpants, die ihre zart gebräunten, festen Schenkel nicht verbergen. Ihre langen, schwarzen Haare fließen über ihren Rücken. Irgendwie war es von vorneherein klar, dass wir »es« miteinander tun würden, als wir beschlossen hatten, gemeinsam hierherzufliegen.

Ich nehme ihr Gesicht in beide Hände und küsse sie zärtlich auf die vollen Lippen. Sie öffnet sofort ihren Mund. Ihre Zunge umspielt sanft die meine, während ihre Hände an meinem Körper hinabgleiten. Etwas außer Atem lässt Jana kurz darauf von mir ab.

»Du willst es doch auch, oder?«, vergewissert sie sich. Mein Mund ist trocken, ich kann nur nicken. »Mach weiter«, flüstere ich, während sich in meinem Bauch tausend flatternde Schmetterlinge ausbreiten. Ich habe zwar immer davon geträumt, wie es wohl wäre, mit einer Frau zu schlafen, doch bisher hat es sich noch nie ergeben. Dass Frauenhände um so vieles zärtlicher und einfühlsamer sein können als Männerhände, hätte ich nie gedacht.

Jana zieht mich zum breiten Bett und drückt mich sachte darauf nieder. »Schließ die Augen«, befiehlt sie. Die Anspannung und Erwartung lassen mich zittern. Sie streift mir mit einer fließenden Bewegung das T-Shirt über den Kopf. Gleich darauf folgt mein Bikinihöschen und ich liege nackt vor ihr. Auch Jana entledigt sich ihrer Kleidung. Dann beugt sie sich über mich, küsst meinen Hals, leckt mit ihrer Zunge sanft die Kuhle meines Schlüsselbeins, während ihre Hand meine Brust streichelt. Ich wölbe mich ihr entgegen, in meinem Schoß ist bereits ein Feuer entfacht. Ihr Mund folgt ihrer Hand und sie knabbert jetzt zärtlich an meiner harten Brustwarze. Ihre Zunge umkreist spielend abwechselnd meine Knospen, während ihre Hände meine Brüste kneten. Ich stöhne leise auf.

Nun bewegt sich Janas Kopf abwärts. Während ihre Hand auf meiner Brust verweilt, bahnt sich die andere ihren Weg zwischen meine Beine. Um ihr entgegenzukommen, spreize ich meine Beine und mir entfährt ein Seufzer, als ich ihre kühlen Finger an meiner Muschi spüre. Sie nimmt nun ihre andere Hand zu Hilfe und zieht meine Schamlippen auseinander. Ihre Zunge schnellt um meinen Kitzler und ich beginne, mich heftig unter Janas Liebkosungen zu winden. Sie schiebt einen Finger in mein feuchtes Loch, während ihre Zunge meinen Kitzler immer schneller und schneller umkreist.

»Mehr«, stöhne ich und hebe meinen Hintern an. Ein zweiter Finger schiebt sich in meine Muschi. Stoßartige Wellen krampfen meinen Unterleib zusammen.

Plötzlich lässt Jana von mir ab. Verblüfft reiße ich die Augen auf.

»Nicht so schnell«, mahnt sie sachte. »Wir haben alle Zeit der Welt.« Sie öffnet eine kleine Schublade der kleinen Kommode, die neben dem Bett steht. Fachkundig holt sie ein Fläschchen Massageöl und einen Vibrator heraus.

»Streck deine Hand aus«, sagt sie und träufelt das Öl in meine hohle Hand. Sie setzt sich auf mich und reckt mir ihr wunderschön geformtes Hinterteil entgegen. »Reib mich ein«, befiehlt sie. Ihr Hintern und ihre feuchte Möse sind direkt vor meinem Gesicht. Ich recke mich leicht nach vorn und lasse meine Zunge zwischen ihre Schamlippen gleiten. Gleichzeitig verreibe ich das Massageöl großzügig über ihre Pobacken. Mit einer Hand reibe ich ihren Kitzler, mit der anderen spreize ich ihre Pobacken weit, sodass ich ihre Rosette direkt vor mir sehen kann. Ihre Möse zuckt bereits, doch ich werde ihr noch lange keine Erlösung gönnen. Mit meinem glitschigen Zeigefinger fahre ich langsam ihre Spalte entlang, tauche kurz ein in ihre Möse und wandere dann weiter zu ihrer Rosette. Mit sanftem

Druck gleitet mein Finger hinten in sie hinein.

Sie stöhnt laut auf und im selben Moment spüre ich den Vibrator am Eingang meiner Möse. »Gib ihn mir«, japse ich. »Stoß ihn mir rein!« Das lässt sie sich kein zweites Mal sagen. Langsam, unendlich langsam schiebt sie den Vibrator in meine Möse. Sie steckt ihn so tief rein wie nur möglich und lässt ihn drin. Einer ihrer Finger nimmt sich nun meine Rosette vor. Sie steckt mir einen Finger in den Po und während ich laut aufstöhne, bearbeitet sie meinen Kitzler mit der Zunge.

»Gott, Jana ... mir kommt's gleich ...«, flüstere ich. Um sie weiter anzuheizen, kriegt sie nun zwei Finger von mir in die Möse, während ich mit der Zunge ihre Rosette umspiele. Ihre Möse zuckt und ich spüre, dass sie bald kommen wird. Nun stecke ich ihr abwechselnd zwei Finger in die Möse, einen anderen in den Po. Jana stößt mit dem Vibrator immer fester in mich. Ich spüre, wie es mir kommt. Ich will schreien, doch meine Laute kommen nur erstickt. An Janas heftigem Zucken merke ich, dass auch sie soweit ist. Sie zieht meinen Kitzler zwischen die Lippen, während sich mein Unterleib rhythmisch zusammenzieht. »Schneller«, schreit sie und ich stoße meine Finger schneller und tiefer in sie hinein. »Oh Gott ... mir kommt's ...«, schreie nun auch ich. Janas Saft fließt über meine Hand und als ihr gewaltiger Orgasmus abebbt, lasse ich meine Finger in ihr, um nichts davon zu versäumen. Ich lecke ihren Saft auf, reibe ihren geschwollenen Kitzler, bis sie fast wahnsinnig wird vor Lust.

Janas Körper glänzt vor Schweiß, als sie sich völlig außer Atem neben mich legt.

»Ich hab's mir schon oft ausgemalt, wie es mit dir wäre«, gesteht sie. »Aber dass es so geil wird, hätte ich mir nicht träumen lassen.«

Sie stützt sich auf dem Ellbogen ab und streichelt zärtlich meine Brüste. »Wir haben noch volle zwei Wochen miteinander«, sagt sie und lächelt. »Und ich habe noch jede Menge Ideen, was wir noch so alles anstellen könnten ...«

Ich lächle zurück. »Darf ich vorher noch auspacken?« frage ich. Ich bin gespannt, was die nächsten Tage noch für mich bereithalten werden. Ich für meinen Teil bin offen für alles!

FREUNDINNEN – GESCHICHTE 2

Gestern Abend ist es spät geworden. Wir saßen noch lange draußen auf der Terrasse und genossen die Ruhe und den Frieden der nächtlichen Stille. Um uns herum brannten unzählige Kerzen in funkelnden Kelchen und die Grillen zirpten. Eine Margarita folgte der nächsten und irgendwann waren wir beide so angesäuselt, dass keine von uns allein schlafen wollte. Jana kroch zu mir ins Bett und kuschelte sich von hinten an mich. Diese körperliche Nähe war wunderschön, auch ohne Sex zu haben. Es fühlte sich einfach richtig an.

Als ich am Morgen aufwache, ist es dennoch ein komisches Gefühl, in dieser Weise neben einer Frau zu liegen.

Ich stupse sie leicht an. »Aufwachen, Schlafmütze! Es ist schon nach zehn Uhr.« Jana brummelt etwas Unverständliches und dreht sich um.

Also gehe ich allein in die Küche, setze einen Kaffee auf und decke den Tisch auf der Terrasse.

Als ich fertig bin, kommt auch Jana heraus. Ich muss lachen, denn sie sieht total verwuschelt, aber richtig niedlich aus.

Wir frühstücken ausgiebig und da es mittlerweile schon fast dreißig Grad warm ist, schlage ich vor, ein wenig im Pool zu schwimmen. Doch Jana hat noch keine Lust. »Geh du schon mal allein vor, ich komme gleich«, sagt sie und streckt sich. Die Muskeln an ihren Armen treten hervor und wieder einmal bewundere ich Janas wunderschönen, durchtrainierten Körper. Im Gegensatz zu mir muss sie nicht darauf achten, was sie isst.

Der Pool liegt in der Sonne und auf dem Wasser brechen sich die Strahlen. Es glitzert und funkelt, als lägen Tausende kleine Diamanten auf der Wasseroberfläche. Ich lasse mich ins Wasser gleiten. Gott, ist das schön! Doch noch schöner ist es, nackt zu baden. Da wir allein sind, ziehe ich schnell mein Bikinihöschen und das Oberteil aus und werfe alles mit Schwung auf den Rasen. Ich drehe mich auf den Rücken und gebe mich ganz dem Wasser hin. Es ist ein tolles Gefühl, wie es meine Brüste und – jedes Mal, wenn ich meine Beine bewege – sanft meine Muschi umspielt. Die Situation hat etwas sehr Erotisches.

Eine kleine Wasserfontäne trifft mein Gesicht und ich tauche prustend unter. Als ich die Wasseroberfläche durchstoße, sehe ich Jana, die am Rand des Pools sitzt und mich spitzbübisch angrinst. »Na warte«, sage ich und spritze sie mit Wasser voll. Sie quietscht auf. »Hör auf, ich hab mich eben von Kopf bis Fuß eingeölt ...« Ich schwimme zu ihr hin. Nur ihre braun gebrannten Beine lässt sie ins Wasser baumeln. Ich streiche mit meiner nassen Hand über ihren eingeölten Oberschenkel. Sofort überzieht sich Janas Schenkel mit einer leichten Gänsehaut. »War geil mit dir, gestern«, sage ich.

Jana verdreht genießerisch die Augen. »Das kannst du aber laut sagen, man könnte meinen, dass das nicht dein erstes Mal mit einer Frau war.«

Ich lächle leicht und meine Hand streift sachte wieder an ihrem Oberschenkel hoch. Jana hat so ein Glitzern in den Augen. »Willst du mich schon wieder anmachen?«

»Wer weiß ... schließ einfach deine Augen und genieße ...«

Als ich an ihrem Schritt angekommen bin, macht sie bereitwillig die Beine etwas auseinander. Zuerst reibe ich sachte mit den Fingern über ihr Bikinihöschen, um sie richtig scharfzumachen. Doch das genügt ihr nicht. Ich merke, wie sie unruhig hin und her rutscht. Mit der linken Hand schiebe ich ihr Höschen etwas zur Seite, sodass ihre Möse offen vor mir liegt. Mit der rechten Hand spreize ich ihre Schamlippen. Ihre Lustperle ist rosa, feucht und schon dick geschwollen. Ich spüre, wie ich richtig geil werde. Ihre Spalte sieht so einladend und frisch aus, dass ich es mir nicht verkneifen kann, mit der Zunge ihren Kitzler zu umkreisen. Ich fahre ganz sanft und sachte darüber, umkreise ihn schnell und dann wieder langsam. Als ich Janas Stöhnen höre, stoße ich mit der Zunge in sie hinein. Wieder und wieder. Dann widme ich mich wieder ihrem Kitzler. Ich sauge ihn sanft in den Mund, ziehe leicht daran, lasse ihn wieder hinausschnellen, ziehe dann vorsichtig mit den Zähnen daran. Als ich für einen Moment nach oben schaue, sehe ich, wie Jana ihre Brüste knetet. Sie feuchtet ihren Finger mit der Zunge an und reibt damit über ihre Nippel, die schon ganz hart sind. Ich setze mein Zungenspiel mit ihrem Kitzler fort und führe zuerst einen, dann zwei Finger in ihre Möse ein. Sie gleiten ganz leicht hinein, so feucht ist sie schon. Ich höre ihr raues Stöhnen und weiß, dass sie nicht mehr lange braucht, bis sie kommt.

Ich höre abrupt auf. »Saskia, was soll das!«, ruft Jana empört. Ihre Stimme ist ganz heiser vor Lust.

»Nicht so schnell, meine Liebe, ich will auch was davon haben«, sage ich und steige mit einer fließenden Bewegung aus dem Pool. Ich setze mich neben sie, spüre das weiche Gras unter mir. Jana streift sich schnell ihr Höschen und das Oberteil ab. Nun sind wir beide nackt. Ich streichle ihre Brüste. Die Nippel stehen immer noch steif ab. Ich nehme einen in den Mund und sauge daran. Jana stöhnt und biegt ihren Rücken durch.

Sie streicht mir über die Wirbelsäule und landet schließlich auf meinem Po. Ich liebe es, wenn sie meine Pobacken fest knetet, sie immer wieder auseinanderzieht. Gott, das ist ein geiles Gefühl!

Als ich kurz die Augen öffne, erstarre ich vor Schreck. Ein Stück weiter hinten im Garten lehnt ein junger Typ an der Wand des Gartenhäuschens und beobachtet uns. Sein Oberkörper ist nackt, er ist braun gebrannt und die Muskeln treten sehnig hervor. Seine dunklen Augen leuchten. Doch was mir als Erstes auffällt, ist, dass er eine Hand in seinen Boxershorts hat und seinen Schwanz knetet.

»Wer ist denn das?«, flüstere ich Jana ins Ohr. Sie wirft einen kurzen Blick hinüber und sagt: »Das ist Jorge, unser Gärtner. Mist, ich hab ganz vergessen, dass er heute kommen wollte, um den Pool sauber zu machen.« Sie grinst etwas verlegen.

»Der arme Kerl hat vom Zugucken schon einen Steifen«, sage ich belustigt. »So viel ich von hier aus sehe, ist er ein leckeres Kerlchen ...« Ich fahre mir mit der Zungenspitze genießerisch über die Lippen. »Äh ... hättest du etwas dagegen, wenn er bei unserem Spielchen mitmischt? Sei nicht böse, mit einer Frau ist es auch echt geil, aber gegen einen richtigen Schwanz hätte ich nichts einzuwenden.«

»Solange er mich in Ruhe lässt, habe ich kein Problem damit. Ich selbst mag es zwar nicht, aber es törnt mich trotzdem an, wenn ich zuschauen darf, wie es Männer mit Frauen treiben.«

Ein kleiner Wink von mir und Jorge nähert sich uns langsam. Er ist ein bisschen nervös, wahrscheinlich weiß er nicht, ob er gleich eine Abreibung kriegt, die sich gewaschen hat. Der Tochter seines Arbeitgebers beim Sex zuschauen ist eigentlich indiskutabel. Ich finde, er gehört sofort dafür bestraft.

»Zieh deine Shorts runter«, befehle ich streng. Er folgt gehorsam. Mit einem sanften Plopp schnellt sein steifer Schwanz heraus und richtet sich auf. Nicht schlecht, denke ich, als ich den dicken, glatten Schaft vor mir sehe. Auf der blanken Eichel löst sich bereits das erste Tröpfchen. Ich lecke es schnell ab. Bei der Berührung mit meiner Zunge zuckt sein Schwanz vor Erregung. Jorge unterdrückt ein Stöhnen, will Herr der Lage bleiben. *Das kannst du vergessen, mein Lieber,* denke ich. Schnell stülpe ich meine Lippen über die glänzende Eichel und sauge daran. Neben mir höre ich, wie Jana scharf die Luft einzieht. Sie beginnt, meine Brüste zu kneten. Immer wieder reibt sie meine Brustwarzen zwischen zwei Fingern. Ich lege mich hin, damit Jana überall hinkommt. Jorge folgt meiner Bewegung und hält mir seinen Schwanz vors Gesicht. Ich umkreise die Eichel mit meiner Zunge, nehme seinen Schwengel wieder in den Mund und sauge ihn heftig. Inzwischen beschäftigt sich Jana mit meinem Kitzler. Sie leckt mit der Zunge darüber. Immer schneller und schneller. Mein Atem kommt stoßweise, ich bin scharf, fühle mich wie kurz vor dem Explodieren. Ich gebe Jorges Schwanz frei.

»Jana, leg du dich auf den Rücken, komm mach schon. Ich will dich auch verwöhnen. Ich knie mich über dich, dann kannst du weiter mit meinem Kitzler spielen.« Wir machen die 69er-Stellung. Jorge braucht keine weiteren Anweisungen. Er weiß, was er zu tun hat. Während ich Jana mit der Zunge verwöhne und immer wieder abwechselnd mal einen und dann wieder zwei Finger in die Möse stecke, leckt Jana meinen Kitzler. Es ist ein unglaubliches Gefühl! Jorge kniet hinter mir und streichelt mit seinem harten, feuchten Schwanz meinen Hintern. Nun stößt er mit seiner Spitze gegen meine Möse. Er nimmt beide Hände und spreizt meine Schamlippen weit auseinander. So kann er zusehen, was Jana macht. Mit einem leichten Stöhnen von Jorge dringt die Eichel in meine nasse Muschi ein. Er entzieht sie mir jedoch gleich wieder. Ich werde fast wahnsinnig vor Lust. Nun stößt er ein wenig fester zu. Sein Schwanz steckt nun zur Hälfte in mir. Ich spüre, wie er sich langsam in mir bewegt. Unter mir windet sich Jana. Ihre Möse zuckt bereits. Sie braucht nicht mehr lange.

»Jorge, gib ihn mir ganz«, stöhne ich. Er folgt sofort meinem Befehl. Er zieht seinen Schwanz ganz heraus, jedoch nur, um ihn sofort wieder einzuführen. Er gleitet hinein, tiefer und tiefer, während Jana immer schneller meinen Kitzler bearbeitet. Jorge packt mit seinen starken Händen meine Pobacken, spreizt sie auseinander und umspielt mit seinem Finger meinen Anus, während er tief in mich hineinstößt. Jeder Stoß, härter nun, bringt mich an den Rand des Wahnsinns. Unter mir schreit Jana erstickt und ich bearbeite ihre Möse noch schneller. Sie zuckt und windet sich und auch ich spüre einen gewaltigen Orgasmus, der sich in mir ausbreitet. Jorge keucht hinter mir und stößt in mich, bis ich explodiere. Er stößt weiter und weiter, bis mir fast die Sinne schwinden. Kurz darauf zieht er seinen Schwanz heraus und kommt auf meinen Pobacken. Ich spüre, wie mir sein Saft warm am Körper herunterläuft. Als ich den Kopf drehe, sehe ich, wie Jorge auch noch den letzten Rest aus seinem Schwengel pumpt.

Langsam verebbt mein Orgasmus, zurück bleibt ein wohliges Zucken in meinem Bauch. Auch Jana kommt langsam zur Besinnung. Sie öffnet die Augen und lächelt mich an. »Das war der Hammer, Saskia! Am liebsten würde ich gleich noch mal …«

Ich grinse sie an. »Das kannst du haben, aber ich glaube, wir alle können erst mal eine kleine Abkühlung brauchen.« Jorges Körper glänzt vor Schweiß. Er lässt sich als erster in den Pool gleiten und schwimmt mit kräftigen Zügen ein paar Runden. Jana und ich tun es ihm gleich.

Völlig außer Puste lassen wir uns am Poolrand träge treiben. »Wir müssen heute noch einkaufen gehen, sonst verhungern wir«, reißt mich Jana aus meinen Gedanken. Ich blinzle sie müde an. »Okay, ein kleines Mittagsschläfchen, dann fahren wir auf den Markt.«

Jana grinst mich an. »Mmh ... dort gibt es wunderbares, frisches Gemüse. Dann kochen wir heute Abend was zusammen, ja?« Ihr eindeutiger Blick lässt keinen Zweifel daran aufkommen, was mich am Abend erwartet, und erneut überkommt mich vor Vorfreude die Geilheit ...

Freundinnen – Geschichte 3

Nach diesem – im wahrsten Sinne des Wortes – erfüllten Morgen, gönnen wir uns noch ein Mittagsschläfchen, um der größten Hitze des Tages zu entfliehen. Danach duschen wir ausgiebig, seifen uns gegenseitig mit Duschgel ein und machen uns schon wieder heiß für den Abend. Als ich Janas Kitzler sanft streichle und mein Finger seinen Weg in ihre Muschi findet, hält sie jedoch meine Hand fest. »Warte noch ein bisschen, später hab ich etwas für dich auf Lager, das du garantiert noch nie gemacht hast. Spar dir deine Geilheit lieber auf, Saskia«, sagt sie geheimnisvoll.

Da ich wirklich nicht weiß, was mich erwartet, werde ich augenblicklich noch schärfer. Wenn Jana sich in Andeutungen verliert, heißt das immer, dass sie sich etwas ganz Besonderes ausgedacht hat.

Wir ziehen uns luftig an, denn obwohl es schon fast sechs Uhr ist, ist es immer noch sehr warm. Wir rufen uns ein Taxi, das uns zum Markt bringt. Das geschäftige Treiben und die unterschiedlichsten Düfte, die uns dort umfangen, lassen uns in eine ganz andere Welt eintauchen. Wir schlendern an den unzähligen Ständen vorbei und kaufen großzügig frisches Obst ein. Weintrauben, Erdbeeren und Litschis passen wunderbar zu Champagner. Dann zieht Jana mich zu einem Stand, an dem Zucchini, Spargel und vieles mehr an köstlichem Gemüse verkauft wird. Jana nimmt prüfend eine Zucchini in die Hand, legt sie wieder zur Seite und nimmt eine andere. Sie sieht mich an mit diesem lüsternen Blick.

»Was meinst du, passt die?« Ich muss kichern, nicke aber. Ich versuche nicht loszuprusten, denn der Standbetreiber sieht uns schon ganz komisch an. Jana packt ein paar Zucchini, frische Karotten und Spargel in Tüten und lässt sie abwiegen.

»Nun aber ab nach Hause«, sagt sie und ihre Augen glitzern dabei.

Oh Mann ... mein Blick fällt auf das Gemüse und ich werde umgehend so scharf, dass meine Muschi schon ganz feucht ist. Ich kann es kaum erwarten. Jana hat recht: Warum sollen eigentlich immer nur Dildos zum Einsatz kommen, wenn die Natur doch so viel Gutes für uns Frauen bereithält ...

Zu Hause angekommen öffnet Jana eine Flasche Champagner und wir genießen das kalte, prickelnde Getränk, das jedoch nicht das Feuer in meinem Schoß löschen kann. Jana merkt, dass ich unruhig auf meinem Stuhl hin und her rutsche. »So schlimm?«, sagt sie und grinst.

»Hm ...«, antworte ich und streichle mir selbst über die Schenkel, fahre mit meiner Hand in den lockeren Bund meiner kurzen Hose und stöhne leise auf, als ich meinen Kitzler berühre. Er ist schon geschwollen und meine Möse ist feucht.

Jana setzt sich vor mich hin. »Zieh die Hose aus«, befiehlt sie mir. Nichts lieber als das! Ich schlüpfe schnell aus meiner Hose und setze mich wieder in den bequemen Korbsessel. Jana kniet nun vor mir und küsst meine Muschi. Ihre Zunge begehrt fordernd Einlass. Ich öffne meine Schenkel und spreize die Beine weit, damit Jana überall hinkommt. Während sie mich leckt und immer wieder mit ihrer Zunge in mich stößt, reibe ich meine Brustwarzen, die ganz hart sind. Ich knete meine Brüste und genieße Janas flinke Zunge. Als sie mir zwei Finger in die Muschi steckt, recke ich ihr meinen Unterleib entgegen. Mehr! Ich will mehr, will ich stöhnen, doch da nimmt Jana ihre Hand weg. Sie greift nach dem Fläschchen mit dem Massageöl, gießt etwas davon in ihre Hand und reibt meine Möse und meinen Anus damit ein. Plötzlich hält sie eine der Zucchini in der Hand. Sie dringt vorsichtig damit in meine Muschi ein. Ich öffne mich und werde fast verrückt vor Geilheit. Immer tiefer gleitet das grüne Gemüse in mich hinein, bis es fast gänzlich in mir verschwindet. Dann greift Jana nach einer Karotte. Sie hat genau die richtige Form … Zuerst leckt sie ausgiebig meinen Kitzler, dann spüre ich, wie die Spitze der Karotte in meinen Anus stößt. Ganz leicht nur, aber ich könnte jetzt schon kommen.

»Gib sie mir«, stöhne ich. »Gott, stoß sie mir hinein!« Doch Jana ist unerbittlich. Sie treibt ihr Spiel auf die Spitze. Sie lässt die Zucchini langsam wieder herausgleiten, im selben Moment spreizt sie meine Arschbacken auseinander und schiebt die Karotte in meinen Anus. Als die Karotte tief genug in mir steckt, leckt Jana wieder meinen Kitzler. Dann nimmt sie die Zucchini und schiebt sie in meine Möse. Nun werde ich von vorn und von hinten gefickt. Ich spüre, dass ich meinen Orgasmus nicht mehr hinauszögern kann. Während ich vor Lust explodiere, reibe ich meine Nippel und schreie alles hinaus. Jana macht unerbittlich weiter, bis ich um Gnade flehe.

»Gott, war das geil«, seufze ich, mein Unterleib zuckt immer noch. Ich reibe ein paarmal über meinen geschwollenen Kitzler. »Jetzt bist du dran«, sage ich mit rauer Stimme. »Leg dich hin, ich habe auch eine Überraschung für dich. Bin mal gespannt, ob du auf diese Art und Weise schon einmal verwöhnt worden bist.«

Jana hebt die Augenbrauen, folgt aber wortlos meinem Befehl und legt sich auf die weiche Matte, die am Rand des Pools liegt. Ich nehme ein Kissen, hebe leicht ihr Becken an und lege das Kissen unter ihren Po. Zuerst widme ich mich ausführlich ihren wunderbaren, festen kleinen Brüsten. Ich lecke ihre Nippel, bis sie ganz hart werden. Gleichzeitig findet meine Hand ihren Weg zwischen ihre Schenkel. Ganz leicht gleitet mein Finger in sie hinein. »Saskia, das ... das ist wunderbar, mach weiter«, stöhnt Jana leise.

Ich jedoch stehe auf, hole die Champagnerflasche und die Weintrauben. »Jetzt gibt's einen Nachtisch der besonderen Art«, sage ich. Ich spreize ihre Schamlippen und setze die Champagnerflasche an. Ich lasse das prickelnde Getränk in ihre feuchte Möse laufen. Jana kann kaum still liegen. »Gott, wie das prickelt«, ruft sie. »Das ist ein irre geiles Gefühl ...« Ich stelle die Flasche weg und greife nach den Weintrauben. Genüsslich schiebe ich eine der kleinen Früchte in ihre Möse. Gleich darauf eine zweite und eine dritte. Auf diese Weise fülle ich ihre Muschi. Ihr Kitzler zuckt wie wild und ihr Stöhnen wird lauter. Dann hole ich mir eine Traube nach der anderen wieder. Ich nehme sie mit meinem Mund auf und lasse sie in Janas geöffneten Mund gleiten. »Guten Appetit«, sage ich lächelnd. Ich lecke und sauge den Champagner auf, der in kleinen Rinnsalen aus ihrer Möse läuft. Zum Schluss greife ich mit zwei Fingern in Janas Muschi und hole die restlichen Weintrauben heraus. Inzwischen merke ich, dass Jana schon kurz vor dem Orgasmus ist. Doch so schnell will ich sie nicht erlösen. Ich nehme eine Stange Spargel, tauche sie in den Champagner und führe sie in Janas Anus ein. Dann soll auch sie in den Genuss der Zucchini kommen. Es sieht geil aus, wie der Spargel ein Stück aus ihrem Arsch ragt. Ich werde selbst schon wieder fast verrückt vor Geilheit. Die Zucchini verschwindet Stück für Stück in Janas Möse. Als sie ganz tief drin ist, ziehe ich den Spargel ein Stück heraus und ficke ihren Arsch damit. Die Zucchini zuckt wild in Janas Möse. Der Anblick macht mich so scharf, dass ich mich dazu entschließe, mich kurzerhand rücklings auf Jana zu setzen und ihr meine Möse hinzuhalten. Sofort beginnt sie wie wild ihre Zunge in mich zu stecken. Sie umkreist meinen Kitzler, stößt ihre Finger in mich und ein Prickeln breitet sich in meinem Unterleib aus. Ein paar weitere Stöße mit der Zucchini bringen Jana schreiend zum Höhepunkt. Sie lutscht meinen Kitzler und windet sich unter mir. Ich stoße zu, immer und immer wieder. Bis mich selbst ein zweiter Orgasmus fliegen lässt. Jana saugt mich aus bis zum letzten Zucken. Sie bäumt sich unter mir auf, ihre Möse ist klatschnass. Als ich spüre, dass ihr Orgasmus langsam verebbt, ziehe ich die Zucchini aus ihrer Möse und den Spargel aus ihrem Anus und lecke ihren Saft auf, der nach Möse und Champagner schmeckt.

Dann lege ich mich erschöpft neben sie. Sie greift nach meiner Hand, zieht sie an ihre Lippen und saugt zärtlich an meinen Fingern. »Saskia, das war das Göttlichste, das ich je erlebt habe. Wie bist du auf die Idee mit den Weintrauben gekommen?«

Ich grinse breit. »Hab ich mal in einem Film gesehen. Das hat mich so angemacht, dass ich das schon immer mal ausprobieren wollte. Ich muss gestehen ... es war auch für mich der absolute Hammer!«

Jana lächelt leicht. »Wozu brauchen wir eigentlich noch Männer, wenn wir all die wunderbaren Dinge der Natur zur Verfügung haben?«

»Naja, also ich für meinen Teil habe ab und zu gegen einen richtigen Schwanz nichts einzuwenden. Apropos ... wann kommt Jorge das nächste Mal, um den Pool sauberzumachen?«

FREUNDINNEN – GESCHICHTE 4

Am nächsten Tag gönnen wir uns einen ausgiebigen Tag am Strand, wie ganz normale Touristen. Natürlich haben wir uns, bevor wir die Finca verlassen haben, gegenseitig gründlich mit Sonnenöl eingeölt. Dass die Sache mit der Einölerei wieder ausgeufert ist, brauche ich nicht zu erwähnen. Es war aber auch einfach zu geil, Janas glitschige Hände auf meinem ganzen Körper zu spüren. Meine Brüste hat sie ganz besonders sorgfältig eingeölt und als ich mich umdrehen musste und mein Rücken und mein Po dran waren, geriet ihre Hand immer wieder ganz zufällig zwischen meine Arschbacken und rutschte dann weiter nach vorn in meine Spalte. Selbst mein Kitzler, an den garantiert kein Sonnenlicht hinkommt, wurde eingeölt. Immer wieder verschwand einer ihrer Finger in meiner Muschi. Es dauerte nicht lange und ich saß mit gespreizten Beinen auf der Kommode und bot meine offene Möse dar. Jana reizte meinen Kitzler so lange, bis ich – kaum dass sie den Vibrator aus der Schublade geholt und in meine Muschi eingeführt hatte – laut stöhnend kam. Es ist viel zu schnell gegangen, aber wir haben ja noch den ganzen Tag vor uns.

Am Strand angekommen, stürzen wir uns in die Brandung. Die Gischt spritzt in unsere Gesichter und wir tauchen lachend und glücklich in die kühle Flut. Nachdem wir uns an die kühlende Nässe gewöhnt haben, schwimmen wir ein paar Runden. Danach lassen wir uns von den Wellen an den Strand treiben. Jana liegt bäuchlings im Wasser und beobachtet mit zusammengekniffenen Augen die wenigen Touristen, die faul in der Sonne liegen.

Der Stringtanga zeigt mehr von ihrem runden, knackigen Po, als er verbirgt. Unter Wasser, sodass niemand es sieht, knete ich ihre Pobacken. Mit der Hand fahre ich sachte über ihre Spalte. Durch den dünnen Stoff des Tangas spüre ich alle Konturen – ihren Kitzler, der leicht zuckt, und ihre Schamlippen, die bereits leicht geschwollen sind.

Blitzschnell schiebe ich das schmale Stückchen Stoff zur Seite. Unwillkürlich spreizt Jana die Beine ein bisschen und schließt genießerisch die Augen, als ich zuerst mit einem, dann mit zwei Fingern in ihr Innerstes eintauche. Sie ist warm und weich und fühlt sich so scharf an!

Ich würde sie gern mit der Zunge verwöhnen, aber das wäre wohl zu auffällig. So begnüge ich mich damit, immer wieder mit den Fingern ihren Kitzler zu stimulieren und jedes Mal, wenn sie leicht unter meinen Berührungen zusammenzuckt, stoße ich wieder einen Finger in sie. Es dauert nicht lange, bis Jana sich vor Wonne windet. Ihr leises Stöhnen verrät mir, dass sie kurz davor ist, zu kommen. Deshalb benutze ich geschickt zwei Finger, die ich in ihrer Muschi lasse, und den Mittelfinger, mit dem ich gleichzeitig ihren Kitzler streichle. Ihre Möse zuckt und ihre Pobacken verkrampfen sich, als es ihr kommt. Danach liegen wir kichernd nebeneinander im kristallklaren Wasser. Niemand hat mitbekommen, was da gerade vor der Nase der unwissenden Touristen abgelaufen ist.

Wir sonnen uns bis zum späten Nachmittag. Erst als die Sonne untergeht, machen wir uns hungrig auf den Rückweg.

Zu Hause angekommen beschließen wir, ein leichtes Abendessen zuzubereiten. Da es immer noch sehr heiß ist, lassen wir einfach unsere Bikinis an.

»Ich schneide die Zwiebeln«, sagt Jana. »Könntest du schon mal die Zucchini und die Karotten klein schneiden?«

Klar doch, gern! Ich grinse, als ich das Gemüse aus dem Kühlschrank hole. Zuerst schnippele ich brav, wie geheißen, eine Zucchini in schmale Streifen. Doch als ich die zweite in der Hand halte, komme ich schon wieder auf gar nicht so dumme Gedanken. Jana sieht in ihrem knappen, weißen Bikini, der ihre gebräunte Haut betont, und ihrem Knackpo aber auch zu lecker aus. Ihre langen, schwarzen Haare fallen ihr bis auf den Rücken.

Ich trete hinter sie und beginne damit, ihren Rücken zu streicheln. Am Po angelangt, spiele ich mit der Zucchini ein bisschen an ihr herum. Sie kneift kurz die Beine zusammen.

»Puh, ist das herrlich kühl! Tut gut, so aufgeheizt, wie ich bin.« Ich ziehe ihr Höschen etwas nach unten und dränge das Gemüse mit sanftem Druck zwischen ihre Beine, bis sie diese freiwillig ein bisschen auseinanderspreizt. »So kommen wir nie zu unserem Abendessen«, meint sie halbherzig, drängt mir aber ihren Unterleib entgegen und stöhnt leicht auf, als ich mit den Fingern von hinten ihre Schamlippen öffne. Ich gehe in die Hocke, um besser sehen zu können. Ihre Spalte glänzt schon feucht. Ich halte meine Hand hoch. »Gieß mal ein bisschen Öl drauf ...«

Da sie auf die Schnelle nichts anderes zur Verfügung hat, träufelt sie Olivenöl auf meine Hand. Ich verreibe das Öl schnell zwischen ihren Beinen. Mit einer Hand halte ich ihre Schamlippen auseinander und mit der anderen stoße ich die Zucchini leicht an ihren Eingang. Janas Stöhnen verrät mir, wie scharf sie ist. Ich verstärke den Druck und die Zucchini gleitet wie von selbst ein Stück in Janas Möse. Ich werde von dem Anblick total scharf. Langsam lasse ich das grüne Gemüse wieder herausgleiten, nur um es gleich darauf wieder – ein bisschen tiefer diesmal – in Janas Muschi einzutauchen. Ich bewege die Zucchini etwas in ihr hin und her und beschere ihr damit höchste Wonnen.

»Wenn du so weitermachst, komme ich schon bald«, sagt Jana rau, als es plötzlich an der Tür klopft. Ehe wir etwas sagen können, streckt Jorge den Kopf herein. Als er sieht, was wir machen, grinst er. »Seid ihr schon wieder dabei?«

»Frag nicht so blöd«, sage ich. »Du kommst genau zur richtigen Zeit. Ich bin so geil, ich könnte jetzt deinen Schwanz brauchen.«

Jorge lässt sich das nicht zweimal sagen. Schnell schlüpft er aus seiner Jeans. Als er sich seiner Shorts entledigt, sehe ich, dass sein Schwanz schon fast steif ist. Ein klein wenig muss ich noch nachhelfen.

»Sorry, Jana ... du musst noch ein bisschen warten«, sage ich und umschließe Jorges Schaft mit dem Mund. Flink gleitet meine Zunge über seine Eichel. Dann sauge ich an seinem Schaft, bis dieser steif und prall ist.

Ich lasse von Jorge ab und verwöhne Jana, die sich mit dem Oberkörper gegen die Arbeitsplatte lehnt und mir ihr Hinterteil entgegenstreckt, wieder mit der Zucchini. Es ist ein geiler Anblick, wie sie in ihrer Möse verschwindet.

Jorge bemüht sich erst gar nicht, mir mein Bikinihöschen auszuziehen. Mit einer flinken Bewegung schiebt er den Stoff zur Seite. Er zieht meine Pobacken und meine Schamlippen auseinander und Sekunden später spüre ich seine Zunge, die meinen Kitzler und meine Spalte leckt. Aber er hält sich nicht lange damit auf. Kurz darauf spüre ich seinen Schwanz am Eingang meiner Pforte.

Zentimeter um Zentimeter schiebt sich sein steifer Schwengel in meine Möse. Unter leichtem Druck lasse ich gleichzeitig die Zucchini in Jana hineingleiten.

Jorge stöhnt auf, dringt nun ganz in mich ein. Er knetet fest meine Brüste und stößt immer heftiger in mich. Meine Finger spielen mit Janas prallem Kitzler. Sie lässt ihr Becken kreisen, genießt das Gefühl der kühlen Zucchini in sich. Ich lecke ihren rosigen Anus. Als sie leicht zusammenzuckt, führe ich einen Finger in ihren Po ein.

Jorges Schwanz bringt mich fast um den Verstand. Mit gleichmäßigen Stößen treibt er mich zu einem gewaltigen Orgasmus. In meiner Ekstase stoße ich gleichzeitig die Zucchini in Janas Möse und meinen Finger in ihren Arsch. Auch Jana verkrampft sich nun. Ihre rauen Schreie treiben meinen Höhepunkt in ungeahnte Dimensionen.

Hinter mir höre ich Jorge stöhnen. Er stößt zweimal hart in mich, verkrampft sich und zieht seinen Schwengel heraus, als er abspritzt. Er verströmt seinen Saft auf meinem Po und verreibt ihn auf mir. Mit der Hand holt er auch noch die letzten Tropfen aus sich heraus. Ich spüre seinen zuckenden Schwanz auf meinen Arschbacken. Ich lasse die Zucchini aus Jana herausgleiten und lecke den Saft von ihrer noch zuckenden Muschi.

Dann drehe ich mich um und widme mich ausführlich Jorges Schwanz. Ich lecke die letzten Tröpfchen von der Eichel. Beim Anblick des immer noch steifen Schwengels werde ich schon wieder scharf. Jorge, der meinen Blick richtig deutet, sagt: »Nachher ... erst brauche ich eine Dusche.«

Jana, die sich wieder dem Kochen zugewandt hat, als sei nichts geschehen, grinst, als sie sieht, dass ich mich zu Jorge ins Badezimmer schleiche. Sobald ich das Wasser rauschen höre, ziehe ich schnell meinen Bikini aus und schlüpfe zu ihm unter die Dusche. Ich nehme ihm das Duschgel ab und seife ihn gründlich ein. Seinen schlüpfrigen Schwanz knete ich sanft mit den Händen. Der muskulöse Spanier schließt die Augen und überlässt mir seinen Körper. Ich gehe in die Knie und sauge an seinem Schwanz, bis er wieder ganz hart ist.

Dann lasse ich von ihm ab und drehe mich zur Wand. Unter dem warmen Wasserstrahl stehend, halte ich ihm einladen mein Hinterteil hin. Gleich darauf spüre ich, wie sein Schwanz in mich eindringt. Kurze, heftige Stöße bringen mich zu einem weiteren Höhepunkt. Ich lasse meine Finger um meinen Kitzler kreisen und massiere meine Schamlippen. Dann greife ich ein Stück weiter nach hinten zwischen meine Beine nach seinem Schwanz. Ich drücke sanft ein bisschen zu, spüre mit meiner Hand, wie er in mich eindringt, und das bringt mich fast zur Raserei. Jorges Bewegungen werden hektischer, ich weiß, dass er sich nicht mehr lange zurückhalten kann. Ich umfasse mit der Hand seine Hoden und knete sie sanft. Mit einem rauen Aufschrei kommt Jorge in mir. Er stößt seinen Schwanz tief in mich hinein und verharrt so, ohne sich zu bewegen. Ich spüre einzig sein Zucken in mir, während sich mein Unterleib zusammenkrampft und ein gewaltiger Orgasmus durch mich hindurchschießt.

Danach sind wir alle erschöpft, aber zutiefst befriedigt. Als ich in die Küche zurückkomme, ist das Essen fast fertig. Jana hat für drei Personen gedeckt und schon kurze Zeit später sitzen wir alle um den Tisch und lassen uns das wohlverdiente Essen schmecken.

Freundinnen – Geschichte 5

Die erste Hälfte unseres traumhaften Mallorca-Urlaubs ist vorbei. Dabei kommt es mir so vor, als wären wir seit Ewigkeiten hier, so viel habe ich mit Jana schon erlebt. Dieser Urlaub sprengt alles, was ich bisher an geballter Erotik genießen durfte. Jana beschert mir Wonnen, von denen ich bisher noch nicht mal zu träumen gewagt habe.

»Tja, Lesben sind halt doch nicht so langweilig, wie allgemein immer so vermutet wird, hm?«, lachte sie gestern Abend nach unserem ausgiebigen Liebesspiel, in das sich auch Jorge, der zufällig vorbeikam, eingemischt hatte.

Ich musste ihr uneingeschränkt recht geben. Natürlich ... welche Frau hat heutzutage nicht heimlich einen Vibrator in irgendeiner Schublade versteckt? Welche Frau hat noch nie irgendwann in ihrem Leben ein Gemüse zweckentfremdet und es sich in die Muschi geschoben, wenn sie sich allein wähnte?

Aber Jana weiß mit diesen Dingen zu spielen wie keine andere, das muss ich neidlos zugeben.

Gestern Abend hatten wir uns noch kurzfristig dazu entschlossen, ein wenig auszugehen. Man kann ja nicht zwei Wochen lang nur Sex haben. Dachte ich ...

Zuerst tanzten wir ausgelassen in einer Diskothek und tranken Cocktails wie andere Mineralwasser. Recht angeheitert landeten wir schließlich irgendwann in einer kleinen, gemütlichen Bar. Nach ein paar weiteren Drinks machte mich Jana auf ein Mädchen aufmerksam, das gelangweilt am Tresen stand und die gierigen Blicke der anwesenden Männer ignorierte. Sie war eine Schönheit. Irgendein Mix aus Asiatin und Spanierin. Die langen, glänzenden schwarzen Haare fielen ihr bis auf die Schultern und ihre mandelförmigen Augen verliehen ihrem schmalen Gesicht etwas Exotisches.

»Wow, die wär was für mich«, raunte mir Jana ins Ohr.

»Vergiss es, die ist nicht lesbisch«, sagte ich lachend.

Doch Jana hatte ihre Beute fest im Visier. »Wetten, dass?«, sagte sie grinsend und stand auf. Schon auf halbem Weg zu dem Mädchen hatte Jana Blickkontakt aufgenommen. Innerhalb weniger Minuten waren die beiden in ein lebhaftes Gespräch verwickelt und weitere fünf Minuten später saß die Kleine dann an unserem Tisch.

»Saskia, das ist Theresa«, stellte uns Jana vor und bestellte eine weitere Runde Cocktails. Wir waren eine lustige Runde, kicherten wie alberne Teenager. Theresa wirkte wesentlich jünger als sie tatsächlich war. Ich hätte sie niemals auf zwanzig geschätzt.

Ich beobachtete, wie Jana immer wieder ihren Arm um Theresa legte und ab und zu landete ihre Hand wie zufällig auf Theresas nacktem Oberschenkel. Sie hatte Hotpants an, die nur wenig von ihren goldgebräunten Beinen verdeckten. Theresa schien die Berührungen zu genießen und meine Augen wurden groß, als sie sich irgendwann zu Jana beugte und ihr einen sanften Kuss auf den Mund gab. Jana öffnete leicht den Mund und ihre Zunge leckte zärtlich an Theresas Lippen. Als diese genießerisch die Augen schloss und die Zärtlichkeit erwiderte, gab es keinen Zweifel mehr: Jana hatte recht behalten, die Kleine war ein paar erotischen Stunden nicht abgeneigt.

Kurz darauf fragte mich Jana, ob es mir etwas ausmachen würde, wenn Theresa heute Nacht bei uns schliefe. »Du sollst es auch nicht bereuen«, flüsterte sie mir zu.

Wir nahmen ein Taxi und fuhren zurück in die Villa. Jana zauberte eine eisgekühlte Flasche Champagner hervor und zündete in ihrem Schlafzimmer zahlreiche Kerzen an.

Ich wollte mich eben diskret in mein Zimmer zurückziehen, da sagte Theresa: »Wollen wir nicht zu dritt …?«

Ich wechselte einen schnellen Blick mit Jana, war mir nicht sicher, ob sie nicht lieber mit Theresa allein sein wollte. Aber sie grinste nur und nickte. »Gern … wenn du nicht zu müde bist?«

Theresa stand vor mir und küsste mich federleicht auf den Mund. Als ihre Zunge ihren Weg in meinen Mund fand, breitete sich ein Prickeln in mir aus. Ich erwiderte ihren Kuss und als sie mit den Händen über meine Schultern streichelte und den Träger meines Tops zur Seite streifte, spürte ich, wie meine Muschi bereits auf sie reagierte. Ich seufzte auf, als meine Brüste blank lagen, Theresa meine steifen Brustwarzen küsste und sie mit der Zunge leckte.

»Leg dich aufs Bett«, sagte Jana zu mir. »Wir verwöhnen dich zu zweit, was hältst du davon? Schließ einfach die Augen und genieße es ...«

Ich legte mich hin und ließ zu, dass die beiden mich gemeinsam entkleideten. Zum Schluss streiften sie mir das Höschen über die Schenkel. Der seidige Stoff glitt über meine Beine, meine Füße und schließlich lag ich völlig nackt da. Plötzlich spürte ich auf meinem ganzen Körper Hände. Sie waren einfach überall. Jana hatte das Fläschchen mit dem Massageöl geholt und nun wurde ich zärtlich am ganzen Körper eingeölt und sanft massiert. Glitschige Finger spielten und zupften an meinen Brustwarzen, kneteten meine Brüste, während sich weitere Hände ihren Weg zwischen meine Beine bahnten. Das Kribbeln in meinem Bauch verstärkte sich, meine Muschi pulsierte vor Vorfreude auf das, was noch kommen sollte.

Kräftige Hände hoben mit einem Ruck meinen Po an, dann spürte ich die feuchte Wärme eines Mundes zwischen meinen Beinen. Eine Zunge bohrte sich zwischen meine Schamlippen, Lippen knabberten sanft an meinem Kitzler. Als ein Finger in meine feuchte Spalte eindrang, keuchte ich auf vor Lust.

Plötzlich löste sich Theresa von meinen Brüsten und wandte sich ebenfalls meinem Schoß zu. »Lass mich auch mal ...«, sagte sie mit rauer Stimme.

Sie setzte sich rücklings auf mich und beugte sich vor, sodass ich ihren knackigen Po vor mir hatte und ihre geöffneten Schamlippen sehen konnte. Ich nahm die Einladung gern an. Mit den Händen spreizte ich ihre Pobacken, sodass ich mit der Zunge ihre feuchte Möse verwöhnen konnte. Als ich ihre Zunge an meinem Kitzler spürte, zuckte ich kurz zusammen. Sie hatte es echt drauf, mich mit der Zunge zu verwöhnen. Ich steckte ihr einen Finger in die Möse, während ich ihren Kitzler leckte. Ihre rosafarbene Rosette zuckte, als ich sie ebenfalls mit der Zunge berührte.

Plötzlich spürte ich, wie etwas in mich eindrang. Jana hatte eines ihrer Lieblingsspielzeuge geholt: Einen gebogenen Dildo, der auf einer Seite groß und dick, auf der anderen dünner war. Das dicke Ende glitt langsam Stück für Stück in meine Möse. Als der Dildo zur Hälfte in meiner Muschi war, stieß das dünnere Ende gegen meinen Anus. Ich stöhnte auf, spürte Theresas Zunge, die wild meinen Kitzler umkreiste. Langsam glitt auch der kleinere Dildo in meinen Po. Theresa unterdrückte ein Keuchen, als ich ihr zwei Finger in die Muschi stieß und mit einem weiteren an ihrem Anus herumspielte. Ihre Rosette zuckte, sie wollte mehr. Langsam schob ich meinen Finger in ihren Anus. Jana stieß den Dildo immer tiefer in mich.

Mittlerweile hatte ich drei Finger in Theresas Muschi gebohrt. Mit der freien Hand rieb ich ihren Kitzler, bis dieser zu zucken anfing. Ihre Möse verkrampfte sich, als sie kam. Je heftiger sie sich verkrampfte, umso wilder saugte sie an meinem Kitzler.

»Gott, ich komme gleich«, stöhnte ich. Jana stieß fester zu. Der Dildo war fast bis zum Anschlag in meiner Muschi und in meinem Arsch. Mit kreisenden Bewegungen brachte mich Jana gnadenlos zu einem gigantischen Höhepunkt. Theresa saugte und leckte an meinem Kitzler, bis ich um Gnade flehte.

Als sich mein Herzschlag wieder ein wenig beruhigt hatte, schob ich Theresa sanft von mir herunter. »Jetzt ist Jana dran«, sagte ich noch außer Atem.

Jana ließ sich das nicht zweimal sagen. Sie legte sich aufs Bett und spreizte ihre Beine weit. Ihre nasse Spalte klaffte auf, ihr Kitzler war bereits dick geschwollen. Sie war so scharf, wollte nur noch Erlösung. Theresa kniete sich auf sie und hob mit den Händen ihren Po an, sodass ich freie Fahrt hatte. Während Theresa Janas prallen Kitzler leckte, schob ich den Dildo langsam in Janas Muschi. Sie drängte sich dem Pfahl entgegen, wollte mehr, aber ich ließ sie leiden. Ich entzog ihr den Dildo wieder und stieß stattdessen an ihre Rosette. Theresas Finger nahmen schnell den Platz des Dildos ein. Ich übte sanften Druck auf den Dildo aus und langsam gab Janas Muskel nach. Der Dildo verschwand ein Stück in ihrem Po. Als er bis zur Hälfte verschwunden war, ließ ich ihn wieder herausgleiten und stieß ihn in ihre weit geöffnete Möse. Mit sanften, kreisenden Bewegungen schob ich ihn ganz hinein. Jana zuckte und wand sich unter unseren Berührungen und als sie soweit war, schob ich den kleineren Dildo in ihren Anus. Mit beiden Dildos fickte ich sie nun in Arsch und Muschi, während Theresa wie wild Janas Kitzler leckte. Janas Schreien nach zu urteilen war ihr Orgasmus gigantisch.

Nachdem wir alle drei befriedigt waren, legten wir eine kleine Pause ein und alberten ein wenig herum.

Später gingen wir zu dritt unter die Dusche, schäumten uns gegenseitig üppig mit dem schlüpfrigen Duschgel ein. Unsere Hände waren überall. Ich glitt zwischen Theresas Beine, strich über ihren Kitzler und drang mit den Fingern in sie ein, während Jana meine Brüste knetete.

Als wir wieder so richtig scharf waren, trieben wir es ein weiteres Mal. Dieses Mal kam Jana auf die Idee, eine Schale mit Weintrauben zu holen. Da ich wusste, was sie vorhatte, legte ich mich auf eine der Matratzen am Boden und hob mein Becken an. Theresa bekam große Augen, als sie sah, was Jana mit den Weintrauben machte. Auch sie führte ein paar der Früchte in meine Muschi ein. Dann nahm Jana die Champagnerflasche und ließ die eisgekühlte, prickelnde Flüssigkeit in mich hineinlaufen. Als nichts mehr hineinpasste, schlürften die beiden abwechselnd den Champagner aus meiner Möse und nahmen die Weintrauben mit dem Mund auf. Immer wieder ließ Jana den kribbelnden Champagner über meinen

Kitzler laufen. Die Hitze der Münder, die Kühle des Champagners, die Weintrauben, die ich tief in mir spürte, die Finger, die gierig danach suchten ... lange hielt ich das nicht aus. In warmen Wellen überkam mich ein Orgasmus, der mich in ungeahnte Höhen trieb.

Danach beobachtete ich träge und zufrieden, wie Jana und Theresa es sich noch einmal gegenseitig besorgten.

Wow ... das konnte man einen gelungenen Abend und eine noch gelungenere Nacht nennen!

Hausfrauen: Heiss, süss & sexy – Geschichte 1

Kathrin M., 28 Jahre, aus München:

Nach der Geburt meiner kleinen Tochter Lea wurde bei uns das Geld knapp. Ich konnte meinen Beruf als Krankenschwester wegen der Schichten nicht mehr ausüben und irgendwann musste ich mir etwas einfallen lassen. Eine Freundin brachte mich schließlich auf die Idee, über das Internet sexuelle Dienste anzubieten.

Sie weiß, dass ich, was Sexspielchen anbetrifft, absolut für alles offen bin, und da ich mir meine schlanke Figur und einen straffen Bauch durch viel Sport erhalten habe, ist es für mich kein Problem, mich vor der Kamera auszuziehen. Mein Problem ist vielmehr Jürgen, mein Mann, der nichts davon ahnt, wie ich mein Geld verdiene. Ihm habe ich etwas von einem gut bezahlten Job bei einem Auktionshaus erzählt, um ihm den Geldeingang zu erklären. Er gab sich damit zufrieden und so kam es, dass ich mich regelmäßig – sobald er morgens das Haus verlässt – vor der Kamera für wildfremde Männer ausziehe und ihnen ihre sexuellen Wünsche aller Art erfülle.

Zu Jürgens großer Freude habe ich mir im Laufe der Zeit traumhafte Reizwäsche, aber auch Kostüme, wie zum Beispiel das einer Krankenschwester, zugelegt. Wenn er wüsste, wie vielen Männern ich damit ebenfalls viel Freude bereite, wäre er vermutlich nicht mehr so begeistert davon ...

Heute habe ich mich eingeloggt und mein erster Kunde ist ein Stammkunde, der auf meine Verkleidung als Krankenschwester steht. Ich habe mir also mein Kostüm bereits angezogen. Meinen eng anliegenden, weißen Kittel habe ich nur bis zur Mitte meiner Brüste zugeknöpft. Durch den weißen Spitzen-BH, den ich darunter trage, werden meine üppigen Brüste angehoben und kommen besonders gut zur Geltung. Unter meinem Kittel trage ich halterlose weiße Strümpfe und sonst nichts. Nun knie ich auf meinem breiten Bett und halte meine Brüste in die Kamera.

Georg, mein Kunde, signalisiert mir, dass er auf meine Brüste steht.

»Magst du mal dran lecken?«, frage ich ihn keck und halte meine Brüste direkt vor die Kamera. Ich habe den BH ein wenig zur Seite geschoben und reibe mir mit den Fingerkuppen, die ich mit meinem Schmollmund befeuchtet habe, über die Nippel. Sie stehen hart und glänzend hervor. Noch einmal befeuchte ich meine Finger mit Spucke und verreibe sie auf meinen Brüsten. Ah ... es ist ein wohliges Gefühl ... am liebsten würde ich sofort weitermachen, aber Georg mag es, wenn er meine Brüste lange und ausgiebig ansehen kann.

Langsam öffne ich Knopf für Knopf an meinem Schwesternkittel. Ich lasse ihn aufreizend langsam von meinen Schultern gleiten. Meine langen, blonden Haare habe ich hochgesteckt und ein Häubchen mit Klammern darin befestigt. Nun löse ich die Haarnadeln, setze mein Häubchen ab und lasse meine langen Haare mit einer schwungvollen Geste über die Schultern fallen. Die Locken glänzen und umrahmen mein schmales Gesicht.

Ich streichle meinen ganzen Körper. Keine Stelle lasse ich aus! Meine Hand gleitet zwischen meine Beine und liebkost den glatt rasierten Venushügel.

»Zeig mir deine Muschi!« Die grünen Buchstaben flimmern über den Monitor.

Ich lächle aufreizend und präsentiere Georg meine Muschi, indem ich mit der linken Hand meine Schamlippen spreize. Feucht und glänzend liegt nun meine geöffnete Spalte vor ihm. Ich feuchte die Finger meiner rechten Hand an und streiche damit sachte über meine rosafarbene Knospe, lasse meine Finger in meine Spalte gleiten ...

»Ich halte meinen Schwanz in der Hand, er ist schon ganz hart«, kommt es von Georg. Die Vorstellung, wie er sich vor dem Monitor selbst befriedigt, törnt mich unglaublich an. Ich bin so scharf, dass ich am liebsten jetzt schon explodieren würde. Doch ich muss mich noch ein wenig gedulden.

Flink tippe ich auf der Tastatur: »Soll ich anstelle deines Schwanzes einen Dildo nehmen?«

Umgehend erhalte ich die Antwort: »Ja, aber mach langsam!«

Lächelnd suche ich in meiner Schublade nach einem passenden Dildo. Er ist nicht zu groß und nicht zu klein. Genau richtig! Es ist einer dieser Dildos, die eigentlich zwei in einem sind. Das zweite, schmalere Ende stimuliert wunderbar den Anus.

Ich halte noch einmal auffordernd meine Brüste in die Kamera und zupfe an meinen harten Knospen. Dann lehne ich mich etwas zurück gegen die weichen Kissen und verreibe genüsslich etwas Gleitgel an meinem Eingang. Kurz lasse ich einen Finger in meine Muschi gleiten, dann bewege ich den Finger in kreisenden Bewegungen um meinen Anus, um auch diesen feucht und glitschig zu machen.

Während ich mit einer Hand meinen Kitzler stimuliere und die Schamlippen auseinanderspreize, beginne ich mit der anderen Hand langsam den Dildo in meine Muschi einzuführen. Als er zur Hälfte in meiner Möse verschwunden ist, sehe ich auf dem Bildschirm: »Das ist so geil ... rutsch ein Stückchen näher, damit ich jede Einzelheit sehen kann. Deine Muschi sieht so eng aus! Ich fühle, wie mein steifer Schwanz in dich hineingleitet ...«

Lächelnd rutsche ich ein Stückchen näher zur Kamera und spreize meine Beine etwas weiter. Nun sollte Georg nichts mehr entgehen.

Den Dildo lasse ich wieder aus meiner Muschi hinausgleiten, schiebe ihn aber gleich darauf wieder ein Stück weiter hinein. Nun berührt der kleinere Dildo meinen Anus. Ich übe sanften Druck aus, spüre einen kurzen Widerstand, dann gleitet er langsam in meinen Arsch. Ich schiebe nun beide Dildos so weit hinein, dass nur noch jeweils ein kleines Stück davon zu sehen ist. Ich spreize meine Arschbacken und rutsche noch ein Stück näher zur Kamera.

»Gott, bist du geil ... ich spritz gleich ab ... Ich stoß ihn dir tiefer rein, noch tiefer ... ich fick dich, bis du um Gnade schreist!«

Ich streichle meinen Kitzler nun schneller, bin so scharf, dass ich platzen könnte. Die Dildos lasse ich ein bisschen aus mir herausgleiten, schiebe sie jedoch sofort wieder noch weiter in mich hinein. Mein Innerstes kribbelt, zieht sich zusammen ... Ich stöhne laut auf, als es mir kommt. Ich winde mich vor Lust und höre dabei nicht auf, mich selbst zu streicheln. In einem wilden Stakkato hämmere ich den Dildo in mich hinein, um meine Lust noch weiter zu steigern. Die Vorstellung, dass Georg sich gleichzeitig befriedigt, dass es ihm genau in diesem Moment heftig kommt, steigert meinen Rausch ins Unermessliche. Ich stelle mir vor, wie sein Samen über mich spritzt, wie er sich warm auf meinem Bauch, auf meinen Brüsten anfühlt …

Mit den letzten Zuckungen lasse ich den Dildo aus mir herausgleiten. Ich tauche mit den Fingern in meine Muschi und lecke den Saft ab, der aus mir herausrinnt.

Meine geschwollene Knospe quetsche ich sanft zwischen zwei Fingern, dann massiere ich wohlig meine Schamlippen.

»Liebkose und lecke noch einmal meine Brüste«, schreibe ich und halte sie mit den harten Nippeln vor die Kamera.

»Mmmh … du schmeckst gut«, kommt fast umgehend zurück. »Ich konnte eben deinen Saft förmlich riechen. Ich habe meinen harten Schaft bis zum Anschlag in dich hineingestoßen. Immer wieder, bis es dir kam …«

»Und wie es mir kam«, bestätige ich. »Wie gern hätte ich deinen Schwanz wirklich in mir gespürt …«

Georg verabschiedet sich von mir. Seine Frau kommt bald nach Hause und wenn sie wüsste, dass er sich mit mir vergnügt hat, wäre die Hölle los. »Bis bald«, schreibt er. »Es war richtig geil mit dir!«

Hausfrauen: Heiss, süss und sexy – Geschichte 2

Julia C., 31 Jahre, aus Heilbronn:

Mein Mann verlässt jeden Morgen um Punkt sieben Uhr das Haus. Ich bringe gegen acht Uhr unsere Tochter Marie in den Kindergarten, danach erledige ich meine Einkäufe und den Haushalt, bis ich die Kleine gegen halb eins wieder abhole. Bis dahin kann ich mir meine Zeit einteilen, wie ich will.

Mit meinem Mann Ronnie habe ich regelmäßig Sex, auch so richtig scharfen Sex, mit Fesselspielen und in allerlei erdenklichen Varianten. Manchmal meint er, ich sei sexsüchtig, was aber Quatsch ist. Ich bin lediglich eine Frau im besten Alter und weiß, was ich will. Nur, weil ich Mami und Hausfrau bin, heißt das noch lange nicht, dass ich nun meine Bedürfnisse zurückstelle.

Vor einigen Wochen hatte ich mit Ronnie mal wieder einen netten kleinen Quickie morgens im Bad. Ich zwängte mich blitzschnell zu ihm in die enge Duschkabine, nahm ihm das Duschgel aus der Hand und begann, ihn einzuschäumen. Überall. Sein Glied war schlüpfrig in meiner Hand und es benötigte nur einige, geübte Handgriffe, bis es zur vollen Größe anschwoll.

»Was ist mit Marie?«, wandte Ronnie halbherzig ein und keuchte auf, als ich seine Hoden zärtlich kraulte.

»Die schläft noch ...«, murmelte ich. Ich war damit beschäftigt, mit der anderen Hand meinen Kitzler zu streicheln, um selbst in Fahrt zu kommen. Als ich mich genug angetörnt hatte, drehte ich mich um und hielt ihm auffordernd mein Hinterteil hin. Ronnie ließ sich nicht lange bitten. Er drang von hinten in mich ein und begann mich mit rhythmischen Stößen zu ficken. Er stieß tief in mich hinein und sein Keuchen verriet mir, dass er nicht lange brauchen würde. Also gab ich Gas und bearbeitete meinen Kitzler schneller. Als Ronnie sich kurz darauf verkrampfte, hielt ich ganz still, um die Zuckungen seines Schwanzes in mir zu spüren. Mein Orgasmus war heftig und gnadenlos ...

Als Ronnie das Haus verlassen hatte, blieb mir nur wenig Zeit, bis ich Marie wecken musste. Ich richtete das Frühstück für die Kleine und ging danach noch einmal ins Bad. Aus einer Schublade entnahm ich zwei miteinander verbundene Liebeskugeln. Ich liebe es, mich auch tagsüber zu stimulieren, und wenn die Leute wüssten, was ich oft so mit mir herumtrage, könnten sie meinen zufriedenen Gesichtsausdruck verstehen.

Ich verrieb ein wenig Gleitgel am Eingang meiner Muschi und führte langsam die zwei Liebeskugeln ein. Ganz kurz stimulierte ich noch meinen Kitzler, genoss das prickelnde Gefühl, dann kleidete ich mich an und weckte mein kleines Mädchen.

Nachdem ich Marie in den Kindergarten gebracht hatte, erledigte ich noch ein paar Einkäufe. Es war ein herrliches Gefühl, die zwei Kugeln tief in mir zu spüren, wie sie aneinander rieben und immer wieder meinen G-Punkt stimulierten. Ich musste mich beherrschen, um nicht mit der Hand zwischen meine Beine zu greifen und nach der Schnur zu tasten, meinen Kitzler zu berühren ...

Als ich zu Hause ankam und die prallen Einkaufstüten zum Haus trug, sah ich einen jungen Mann vor der Tür stehen, der einen Katalog in der Hand hielt.

»Sind Sie Frau C.?«, fragte er freundlich.

»Die bin ich. Kann ich Ihnen helfen?« Ich stellte die Tüten auf dem Boden ab.

»Ich wollte unsere Firma vorstellen. Wir sind neu hier im Gebiet und bieten süßes Gebäck und Brotaufstriche zu günstigen Preisen an. Hätten Sie ein paar Minuten Zeit für mich? Ich habe auch einige Kostproben für Sie dabei.«

Der Typ war süß. Viel zu jung für mich, höchstens fünfundzwanzig. Aber er war charmant, gut gebaut – das sah ich mit geübtem Kennerblick – und er hatte ein umwerfendes Lächeln.

»Tut mir leid, wir kaufen bestimmt nichts«, sagte ich bedauernd.

»Fühlen Sie sich zu nichts verpflichtet«, sagte er. »Wenn Sie nur fünf Minuten Zeit hätten ... Ich habe hier einige Produkte, die ich Ihnen gern zum Probieren dalassen möchte.« Sein Blick wanderte über meinen Körper. Bei jedem anderen Mann hätte ich das als unverschämt empfunden, doch er machte mir ein Kompliment, das jede Frau gern hört. »So hübsche Kundschaft habe ich selten …« Er grinste ein wenig verlegen.

»Okay, fünf Minuten …«, gab ich schließlich nach und schloss die Tür auf. Galant schnappte er sich beide Einkaufstüten und trug sie für mich in die Küche.

Seinen Koffer, den er sich mühelos unter den Arm geklemmt hatte, stellte er auf den Tresen und öffnete ihn. »Ich habe für Sie und Ihre Familie eine Kostprobe unseres Gebäcks mitgebracht und hier …« – er stellte ein Glas daneben – »das ist der eigens für unsere Firma gefertigte Honig. Für Sie heute kostenlos. Möchten Sie mal probieren?« Er öffnete das Glas und ich tauchte einen Finger in die goldgelbe zähe Masse.

»Mmmh … lecker«, sagte ich, nachdem ich mir den Finger genüsslich abgeleckt hatte.

Ich hatte mich auf den Tresen gesetzt und rutschte nun unruhig hin und her, weil die Liebeskugeln meine Muschi reizten und mich nach Erleichterung drängten. Ob er wohl drauf anspringen würde?

Inzwischen war mir alles egal. Sollte er geschockt sein und schreiend aus meinem Haus rennen … Was soll's, dachte ich mir, ich würde ihn sowieso nie wiedersehen.

»Wie sich der Honig wohl auf der Haut anfühlt«, lockte ich. Der Kerl bekam große Augen.

»Äh … ich … ich weiß nicht … sicher gut, denke ich …«, stotterte er.

»Magst du es mal ausprobieren?«, lockte ich und hob mein T-Shirt an. Meine runden Brüste hüpften ihm entgegen, denn auf einen BH hatte ich heute verzichtet.

Der junge Mann war zwar immer noch irritiert, aber als ich einen begehrlichen Blick auf den Honig warf, wurde er mutig. Er tauchte zwei Finger tief in das Honigglas ein und rieb vorsichtig meine Nippel mit der zähen Masse ein.

»Mmmh ... das fühlt sich verdammt gut an ... Probier mal, wie´s schmeckt.«

Er leckte den Honig gründlich von meinen Nippeln, saugte leicht daran und sah mich dann fragend an.

Ich war inzwischen so scharf, dass ich unbedingt mehr wollte. »Kannst du das auch woanders machen?«, fragte ich und rutschte unruhig auf dem Tresen hin und her. Ich registrierte zufrieden, dass seine Hose sich vorn ausbeulte.

Er zog mir mit einem Ruck das Shirt über den Kopf und nestelte dann nervös an meinem Reißverschluss herum. Ich hob kurz den Po an, damit er mir die Jeans abstreifen konnte. Nun hatte ich nur noch mein Höschen an. Ich spreizte auffordernd die Beine. Er rieb vorsichtig mit den Fingern über den seidigen Stoff, spürte meine geschwollene Knospe und als ich laut aufstöhnte, schob er kurzerhand mein Höschen zur Seite, tauchte seine Finger wiederum in den Honig und rieb gründlich meinen Kitzler damit ein. Er begann, meine Knospe abzulecken, saugte sanft daran und als ich mich ihm entgegendrängte, spreizte er meine Schamlippen und wollte einen Finger einführen. Doch dann stutzte er, als er auf eine Schnur stieß.

»Hast du ... hast du etwa deine ...«, fragte er entsetzt.

Ich prustete los und sagte kichernd. »Zieh mal dran ... es ist nicht das, was du denkst.«

Ich lehnte mich etwas zurück und hielt mit den Fingern meine Schamlippen auseinander.

Unter sanftem Zug flutschte die erste Liebeskugel aus meiner Möse. Ich hörte den jungen Mann keuchen. Ich vermutete, dass er sowas zum ersten Mal sah.

Ich massierte meinen Kitzler. »Da kommt noch was, mach weiter ...«, ermunterte ich ihn. Kurz darauf erschien die zweite Kugel.

»Schade, nun bin ich ganz leer«, sagte ich grinsend.

Er träufelte mir noch einmal Honig über den Kitzler und über den Eingang meiner Muschi. Gleich darauf leckte er alles gründlich sauber und tauchte zuerst einen, dann einen zweiten Finger in mich. Ich spürte, wie seine Finger sich in mir bewegten.

»Gib mir deinen Schwanz«, keuchte ich. Ich wollte endlich richtig ausgefüllt werden.

Der Kerl zog mit einem Ruck seine Hose über die Pobacken und ein erstaunlich dicker Schwengel schnellte mir entgegen. Wow! Ich konnte es gar nicht erwarten, ihn in mir zu spüren.

Zuerst massierte er kurz seinen Schwanz und brachte ihn dann in Position. Er spreizte meine Schamlippen, spielte gekonnt mit meinem Kitzler, dann stieß er mit seinem steifen Schaft mehrmals sachte gegen meinen Eingang. Meine Möse war ganz schlüpfrig vom Honig, vermischt mit meinem Saft und seinem Speichel. Seine Eichel drang schnell in mich ein und nach ein paar wenigen Stößen spürte ich ihn immer tiefer in mir.

Der Kerl starrte wie gebannt auf seinen Schwanz, der in meiner Möse verschwand.

»Gott ... mach fester«, schrie ich. Die vorsichtigen Stöße machten mich halb wahnsinnig.

Sofort stieß er heftiger und schneller zu. Er pumpte seinen Schwanz in mich hinein, während ich meinen Kitzler wie wild bearbeitete. Ich spürte das Prickeln, das sich in meinem ganzen Körper ausbreitete, mein Kitzler schwoll an und plötzlich zog sich mein Innerstes zusammen, als ein gewaltiger Orgasmus über mir zusammenschlug.

»Mir kommt´s ... mach schneller!«, keuchte ich. Der Typ entzog mir kurz seinen Schwanz, nur um ihn dann umso tiefer in mich hineinzustoßen. Er füllte mich ganz aus und kam gleich darauf in wilden Zuckungen. Zweimal stieß er noch in mich hinein, zog dann seinen nassen Schwanz heraus und ergoss den Rest seines Samens zwischen meine Schenkel und über meinen Venushügel. Der Saft lief warm an mir herab und ich verrieb ihn mit den Händen.

»Und nun sei so gut und räum die Liebeskugeln wieder auf ...«, sagte ich lächelnd und spreizte auffordernd meine Schamlippen.

Mit unglaublicher Sanftheit führte der junge Kerl mir die Liebeskugeln ein, strich noch einmal über meinen Kitzler und küsste meine heiße Möse.

Als er den Reißverschluss seiner Hose zumachte, sagte er grinsend: »So macht der Job richtig Spaß ...«

»Ich glaube ... so schlecht ist die Ware deiner Firma gar nicht ...«, sagte ich süffisant. »Lass mir doch den Katalog mal da, wenn ich Bedarf habe, rufe ich an. Aber ich bestelle nur etwas, wenn du es mir bringst ...«

»Ich denke, das lässt sich einrichten«, sagte er und verabschiedete sich.

Seitdem ist mein Vorratsschrank immer gut gefüllt und meinen Lieben schmeckt das Zeug vorzüglich!

Hausfrauen: Heiss, süss und sexy – Geschichte 3

Lisa K., 35 Jahre, aus Hamburg:

Vor einiger Zeit gab meine beste Freundin Tina eine sterbenslangweilige Tupperparty. Dabei kam mir die Idee, selbst eine Party zu schmeißen, allerdings würde ich nicht Tupper anbieten, sondern heiße Dessous. Übers Internet fand ich schnell Silke, die solche Veranstaltungen organisiert.

»Haben Sie auch Sexspielzeug?«, wollte ich wissen, als ich Silke anrief, um einen Termin zu vereinbaren.

»Selbstverständlich«, meinte sie. »Ich bringe einfach mal ein paar nette Sachen mit.«

Ein Termin war schnell gefunden, doch als ich meinen Freundinnen sagte, um welche Art von Party es sich handelte, waren nur drei bereit, überhaupt zu kommen. Um ehrlich zu sein ... für so bieder hätte ich sie gar nicht gehalten.

Als ich meinem Mann Steffen sagte, wozu ich meine Freundinnen eingeladen hatte, verzog er sich freiwillig für den Abend ins Fitnessstudio. »Allein als Mann unter so vielen Frauen und dann auch noch in Dessous ... Ich glaube, damit wäre selbst ich ein wenig überfordert«, sagte er grinsend. Aber ich glaube, ein wenig neugierig war er doch auch. »Kauf dir was Hübsches. Wenn ich nach Hause komme, können wir es gleich ausprobieren ...« Im Gegensatz zu anderen Männern ist Steffen keineswegs prüde, sondern immer offen für Neues.

Gegen zwanzig Uhr kam Silke. Sie brachte eine große Reisetasche und einen etwas kleineren Koffer mit. Fast zeitgleich mit ihr trafen Tina und Svenja ein.

»Moni hat einen Rückzieher gemacht«, meinte Tina.

Ich war ein bisschen enttäuscht, dass wir nun nur zu dritt sein würden, sagte aber: »Dann vergnügen wir uns halt allein. Ich habe eben einen Blick auf die Sachen geworfen, die Silke mitgebracht hat. Ich glaube, da ist wirklich für jeden Geschmack etwas dabei.«

Im Wohnzimmer hatte ich Kerzen aufgestellt und das Licht gedimmt, um eine stimmungsvolle Atmosphäre zu schaffen. In den Sektkelchen perlte bereits der eisgekühlte Champagner und wir alle tranken erst einmal unser erstes Glas leer, um locker zu werden. Schließlich gibt »frau« nicht alle Tage eine Party dieser Art.

Silke begann mit der Vorführung der Dessous. »Probiert sie ruhig einmal an«, ermunterte sie uns. Unter großem Gekicher verschwand eine nach der anderen von uns und zog sich im Schlafzimmer um. Ich entschied mich für eine cremefarbene Korsage mit Strumpfhaltern, die meine Brüste keck hervorstehen ließ, dazu passende Strümpfe und einen Seidenslip.

Tina erschien in einer zartrosafarbenen Kombination, die hervorragend zu ihren schwarzen, langen Haaren passte.

Und Svenja, die ihre hellblonden Haare in einem frechen Kurzhaarschnitt trug, kam in halterlosen, schwarzen Strümpfen, einem dazu passenden Tanga und einem Spitzenbüstenhalter ins Wohnzimmer.

»Ihr seht richtig scharf aus«, sagte Silke lobend. »Wenn euch so eure Männer sehen könnten, würden sie euch sofort ins Bett zerren.«

Da wir inzwischen schon bei unserem zweiten Glas Champagner gelandet waren, war die Stimmung entsprechend ausgelassen. »Zeig uns mal, was du an Sexspielzeug dabeihast«, forderten wir.

Unter großem Gejohle öffnete Silke den Koffer. Da lagen Dutzende von Dildos in allen erdenklichen Größen, Formen und Farben sowie Liebeskugeln, Handschellen und Penisringe. »Mit so einem Ding könnt ihr den Orgasmus eurer Männer hinauszögern und euren Spaß mit ihnen verlängern«, erklärte Silke.

Ein Dildo aus Glas, der geheimnisvoll glitzerte, hatte es mir besonders angetan. Ich hielt ihn abwägend in der Hand.

»Ist der nicht ein bisschen groß?«, meinte Tina ehrfürchtig. Sie hatte sich einen Vibrator ausgesucht, der nun sachte in ihrer Hand vibrierte.

Svenja hielt prüfend Liebeskugeln in der Hand. »Warum sind die verschieden groß?«, wollte sie wissen.

»Die größere ist für die Vagina und die kleinere kann man, wenn man möchte, anal einführen, damit empfindest du doppelt so viel Lust.«

Tina ließ den surrenden Vibrator über meinen nackten Arm tanzen. Es kribbelte ganz schön und als ich mir vorstellte, wie er sich in mir anfühlen würde, begann ich unruhig auf der Couch hin und her zu rutschen, weil meine Muschi anfing zu kribbeln. »Fühlt sich gut an«, sagte ich. Tina grinste und bewegte den Vibrator über meine Brüste, verharrte an den Brustwarzen und lächelte, als sie hart wurden. »Scheint zu funktionieren«, sagte sie.

Silke unterbrach unser Spiel. »Ich möchte euch ja den Spaß nicht verderben, aber ihr könnt nur ausprobieren, was ihr auch kauft. Denkt an die Hygiene!«

Ich grinste Tina und Svenja an. »Also ich für meinen Teil habe mich bereits entschieden. Ich nehme auf jeden Fall den Glasdildo. Der fühlt sich bestimmt wunderbar glatt und kühl an. Was ist mit euch?«

Meine Freundinnen nickten. »Wir kaufen auch, was wir uns ausgesucht haben.«

Ich entschied mich noch für eine Tube Gleitgel und einen kleineren Analdildo.

Wir verständigten uns mit Blicken und konnten Silke gar nicht schnell genug loskriegen, um endlich unter uns zu sein.

Ich sah erwartungsvoll in die Runde. »Und? Probieren wir die Sachen gleich aus? Wer ist mit von der Partie?«

Tina machte ohne große Worte dort weiter, wo sie vorhin aufgehört hatte. Sie streichelte meinen ganzen Körper mit dem vibrierenden Teil. Ich bebte vor Lust, als sie mir damit an den Innenseiten meiner Oberschenkel entlangstrich. Ich spreizte meine Beine ein bisschen, damit sie überall hinkam. Den vibrierenden Dildo auf dem kühlen Seidenstoff meines

Höschens zu spüren, war unglaublich scharf und sexy. Svenjas Atem ging schneller, als sie uns zusah. Ich sah, wie ihre Hand zwischen ihre Beine glitt und sie sich dort unten streichelte. Mit der anderen Hand massierte sie zärtlich meine Brüste. Als ich mich ihr entgegenwölbte, leckte sie mit der Zunge über meine Brustwarzen, die steif hervorstanden.

Tina schob mein Höschen zur Seite. Sie spreizte meine Schamlippen und ließ den Vibrator über meinen Kitzler kreisen. Es war ein wahnsinnig geiles Gefühl! Langsam führte sie ihn an meiner Spalte entlang und verharrte kurz am Eingang meiner Möse. Ich protestierte, als sie den Vibrator plötzlich wegnahm.

»Schsch ...«, machte sie leise. »Ich will nur ein wenig Gleitgel auftragen, du kriegst ihn ja gleich wieder.«

Sie verteilte das Gel großzügig auf meinem Kitzler und am Eingang meiner Möse. Gleich darauf begann sie erneut, mich mit dem Vibrator zu streicheln. Er vibrierte auf und um meinen Kitzler, bis ich es fast nicht mehr aushielt. Ich wollte ihn endlich in mir spüren! Svenja leckte und massierte immer noch meine Brüste. Ein Stöhnen entrang sich meiner Kehle, als ich fühlte, wie der Vibrator in mich hineinglitt. Unter kreisenden Bewegungen glitt er immer tiefer und als er fast ganz in meiner Muschi war, begann Tina damit, meinen Kitzler sanft mit der Zunge zu lecken. Sie umkreiste ihn mal langsam und genüsslich, dann schnellte ihre Zunge wieder schnell und hart über ihn.

Ich sah, dass sich Svenja immer fester und schneller streichelte, und beschloss, auch ihr Vergnügen zu bereiten.

»Setz dich über mich«, sagte ich. »Möchtest du, dass ich die Liebeskugeln an dir ausprobiere?«

Das ließ sie sich nicht zweimal sagen. Ich legte mich so auf die Couch, dass Svenja sich auf mich setzen konnte und ich ihre Muschi direkt über meinem Gesicht hatte. Tina gab mir etwas Gleitgel auf die Hand. Ich rieb damit Svenjas Spalte und ihren Anus ein. Zuerst stimulierte ich ihren Kitzler, bis sie laut aufstöhnte.

Es war ein irres Gefühl, den kreisenden Vibrator tief in mir zu spüren und gleichzeitig Svenjas Muschi über mir zu sehen. Ich schob die größere Liebeskugel langsam in ihre Öffnung, bis sie ganz in ihr verschwunden war. Nun hielt ich noch die kleinere Kugel in der Hand. Ich spreizte Svenjas Pobacken und während ich unter sanftem Druck die kleinere Liebeskugel in ihren Anus einführte, bearbeitete ich ihren Kitzler. Svenjas Möse zuckte unter meinen Berührungen und ihr Kitzler stand prall hervor. Ich saugte ein wenig daran.

Als Svenja beide Liebeskugeln in sich hatte, stieg sie von mir herab. »Tina soll auch verwöhnt werden«, sagte sie. »Darf ich deinen Glasdildo an ihr ausprobieren?«

Als sie aufstand, bewegte sie ihr Becken hin und her und ich konnte sehen, wie viel Lust ihr die Liebeskugeln bescherten. Sie war zum Platzen geil.

Den Glasdildo in der Hand trat sie hinter Tina. Sie verteilte etwas Gleitgel in Tinas Spalte. Mit dem kühlen Glasdildo fuhr sie zwischen Tinas Pobacken, dann weiter nach vorn, bis der Dildo an Tinas Eingang war. Er glitt ganz leicht in ihre Muschi.

»Gott, ist das geil!«, stöhnte Tina auf. »So glatt und so kühl ... und so groß! Stoß ihn tiefer in mich hinein ...«

Gleichzeitig kreiste der Vibrator in mir. Mal kribbelte er am Eingang meiner Muschi, mal zog ihn Tina heraus und spielte damit an meinem Kitzler herum, dann stieß sie ihn wieder in mich hinein.

Ich spürte, wie sich meine Muskulatur anspannte, wie das Kribbeln immer stärker wurde, und als es mir kam und die Wogen der Lust über mir zusammenschlugen, schrie ich laut auf.

Tina hörte nicht auf, bis meine Schreie in ein Wimmern übergingen. Dann leckte sie meine Spalte und meinen Kitzler, bis die Zuckungen nachließen. Erst dann ließ sie sich fallen und genoss Svenjas Behandlung in vollen Zügen.

Ich stand mit zitternden Knien auf. Nun war Svenja an der Reihe. Ich kniete mich hinter sie, spreizte ihre Pobacken und zog leicht an der Schnur. Mit dem Vibrator, der mir so viel Lust gespendet hatte, bearbeitete ich ihren Kitzler, bis sie vor Wonne zuckte. Gleichzeitig zog ich die Liebeskugel aus ihrem Anus. Unter Svenjas Stöhnen entfernte ich auch die Kugel aus ihrer Muschi. Dann führte ich den vibrierenden Dildo ein. Svenja drängte mir ihr Hinterteil entgegen. »Ich will ihn auch hinten spüren, bitte …« Ich nahm ein wenig Gleitgel und rieb ihren Anus damit ein, um das Eindringen des Vibrators leichter zu machen. Ich stieß ein paarmal gegen ihren engen Eingang und als er schließlich nachgab, rutschte der Vibrator ganz leicht in Svenjas Po.

Um sie auszufüllen, führte ich vorn wieder die Liebeskugel ein. Dann massierte ich Svenjas Anus von innen mit dem vibrierenden Dildo.

Es dauerte nicht lange, bis sie sich verkrampfte. Sie stöhnte laut, während es ihr heftig kam. Auch Tina war so weit: Sie bäumte sich auf, während Svenja den Glasdildo immer wieder in sie hineinstieß.

Das Bild machte mich so scharf, dass ich schon wieder unendlich geil wurde und am liebsten gleich noch einmal von vorn begonnen hätte. Doch ein Blick auf die Uhr sagte mir, dass Steffen schon bald nach Hause kommen würde. Ich hatte keine Ahnung, was er dazu gesagt hätte, uns alle spielend mit Vibratoren und Dildos vorzufinden. Außerdem hatte ich ihm versprochen, alles was ich gekauft hatte, mit ihm zusammen auszuprobieren. Später würde ich bestimmt noch einmal voll auf meine Kosten kommen …

Hausfrauen: Heiss, süss und sexy – Geschichte 4

Franka B., 35 Jahre, aus Rottweil:

»Einen schönen Tag wünsche ich dir und sag Anna und Nicole viele Grüße von mir.« Der Abschiedskuss meines Mannes Benjamin fällt etwas feucht aus und riecht nach dem Aftershave, das er immer verwendet.

»Mach ich!«, sage ich und verkneife mir ein Grinsen, denn Benny hat keine Ahnung, wie schön mein Tag werden wird. Ich habe Anna und Nicole, meine besten Freundinnen, zum Kaffeekränzchen eingeladen, doch dieses Kaffeekränzchen wird etwas anders ausfallen als die, die man normalerweise so kennt ...

Nachdem auch Miri und Timmy ihre Schulranzen gepackt und das Haus verlassen haben, räume ich noch schnell das Frühstücksgeschirr in die Spülmaschine.

Danach gehe ich unter die Dusche, lege etwas Parfüm auf und richte im Wohnzimmer, wo im Kamin schon munter ein Feuer prasselt, alles für den Besuch meiner Freundinnen her.

Die Sektgläser habe ich auf den kleinen Beistelltisch gestellt, die Kerzen sind angezündet und verströmen ihr weiches Licht. Liebevoll streiche ich über das glatte Material meines Lieblingsvibrators. Die Liebeskugeln liegen daneben, genauso wie das Massageöl. Alles steht bereit ...

Es klingelt. Anna ist wie immer überpünktlich. Auf dem Arm trägt sie ein Paket mit Kuchen. »Bin noch schnell beim Konditor vorbeigeflitzt«, sagt sie und küsst mich leicht auf die Wange. »Für später ...«, fügt sie grinsend hinzu.

Kurz darauf kommt auch Nicole. Wie immer abgehetzt und auf die letzte Minute. »Sorry ... Paul hat mal wieder rumgezickt. Bis ich den immer im Kindergarten abgeliefert habe ...«

Sie zieht die Nase kraus und sieht entzückend aus mit ihrem blonden Pagenschnitt und den blauen Augen.

Anna, deren lange schwarze Haare glänzen, bringt den Sekt aus der Küche und schenkt uns ein. »Dann lasst uns erst mal anstoßen«, sagt sie. »Auf uns!«

Nicole nestelt in ihrer Tasche herum und fördert aus deren Tiefen zwei Dildos hervor. Einer ist recht groß, der andere ist ein Analdildo. Allein schon beim Gedanken daran, was wir gleich tun werden, spüre ich das altbekannte Kribbeln zwischen meinen Beinen. Wenn unsere Männer wüssten, was wir während unserer Treffen schon so alles erlebt haben ...

Anna entledigt sich als Erste ihrer Kleidung. Nur noch im Slip steht sie nun vor uns. Während ich ebenfalls aus meiner Jeans schlüpfe, sehe ich zu, wie Anna Nicoles Bluse aufknöpft. Sie lässt sich viel Zeit damit. Sie streicht mit den Fingerkuppen über Nicoles Brustwarzen, die sich hart und deutlich unter dem dünnen Stoff ihres BHs abzeichnen. Ich helfe mit, Nicole zu entkleiden. Dann streife ich ihre Jeans ab, fahre mit meinen Fingern die Konturen ihres knackigen Pos nach, beuge mich ein wenig vor und küsse den Stoff ihres Slips. Ich spüre die Hitze ihres Schoßes an meinem Mund.

Ich fasse mir zwischen die Beine, stimuliere ein wenig meinen Kitzler, der bereits vor Erregung pocht. Anna ist schon heiß, ihr Atem geht schneller. Ungeduldig zerrt sie an Nicoles BH und wirft ihn achtlos ins Eck. Nicoles pralle Brüste stehen hervor, ihre Brustwarzen sind hart. Anna leckt darüber, was Nicole ein Stöhnen entlockt. Ich streife Nicoles Slip ab. Nun steht sie völlig nackt zwischen Anna und mir.

»Leg dich auf die Kissen«, sage ich. Vor dem Kamin habe ich weiche Kissen auf den Boden gelegt. So haben wir es schön warm und kuschelig. Der Feuerschein taucht Nicoles schönen, straffen Körper in ein weiches Licht, als sie sich auf die Kissen legt.

Ich träufle ein wenig Massageöl auf meine Hände und beginne, Nicoles Brüste und die Innenseite ihrer Schenkel einzuölen. Bereitwillig spreizt sie die Beine. Ich halte ihre Schamlippen auseinander, lasse ein wenig Öl über ihren Venushügel tropfen und sehe zu, wie es in ihre Spalte rinnt und von dort aus weiter zu ihrem Anus. Dann verreibe ich alles sorgfältig und spiele ein wenig mit ihrer Knospe, die rosa glänzend hervorragt.

In meinem Körper brennt ein Feuer. Ich bin so erregt, dass ich unbedingt etwas in meiner Muschi brauche. Anna tauscht den Platz mit mir und beschäftigt sich nun ausgiebig mit Nicoles Muschi.

Ich schlüpfe schnell aus meinem Slip, reiche Nicole die Liebeskugeln und setze mich mit gespreizten Beinen über sie. »Wow ... du bist ja schon richtig feucht«, sagt sie staunend. Trotzdem setzt sie ihre Zunge gekonnt ein und befeuchtet meine Muschi. Ich spreize meine Schamlippen, damit sie überall gut rankommt. Ihre flinke Zunge umkreist nun meinen Kitzler. Stromstöße jagen durch meinen Körper. Ich spüre, wie Nicole eine der Kugeln in meine Möse einführt. Unter leichtem Druck folgt eine zweite Kugel. Die dritte, etwas kleinere Kugel, spüre ich an meinem Anus. Ich verlagere ein bisschen mein Gewicht und fühle, wie mein Arsch die kleine Kugel aufnimmt. Nicole zieht ein klein wenig an dem Verbindungsstück, ihre Zunge schnellt über meinen Kitzler. Ich werde fast wahnsinnig vor Lust. Als sie dann auch noch einen Finger in meine Muschi einführt und mit den Kugeln in mir spielt, ist es zu spät. In großen Wellen kommt ein Orgasmus über mich. Ich habe das Gefühl, als explodierte mein Unterleib. Nicole lässt erst Gnade walten, als meine Zuckungen verebben.

Erst Nicoles lautes Stöhnen lässt mich wieder zu mir kommen. Ich klettere von ihr herunter und sehe, dass Anna dabei ist, ihr den großen Dildo einzuführen. Das Ding ist so groß, dass sie behutsam und langsam vorgehen muss. Während sie das große Teil langsam Stück für Stück in Nicoles Möse schiebt, bearbeitet sie gleichzeitig ihren Kitzler.

Es wird Zeit, dass auch Anna verwöhnt wird. Ich knie mich hinter sie. »Bück dich ein bisschen nach vorn«, sage ich.

Ich spreize ein wenig ihre Pobacken und träufle das Massageöl auf ihre Spalte. Dann verreibe ich die ölige Flüssigkeit, bis der Anus und die Muschi feucht glänzen. Die Liebeskugeln, die ich immer noch in mir trage, geben mir ein geiles Gefühl. Ich nehme den Vibrator, der auf dem Tischchen liegt, und führe ihn unter langsam kreisenden Bewegungen in Annas Möse ein. Erst, als er fast ganz in ihr verschwunden ist, schalte ich ihn ein und sehe, wie er sanft zu vibrieren beginnt. Die Art, wie sie mir ihr Hinterteil entgegenstreckt, zeigt mir, dass sie mehr will. Ich nehme den schmaleren Analdildo und spiele damit ein bisschen an Annas Schließmuskel herum. Während sie mir ihren Po entgegenreckt, lasse ich den Vibrator ein kleines Stück aus ihrer Muschi herausgleiten und übe gleichzeitig mit dem Analdildo Druck auf ihren Anus aus. Ganz leicht gleitet der Dildo ein Stückchen in ihren Po. Unter sanftem Druck führe ich ihn ein Stück weiter ein. Dann schiebe ich gleichzeitig den Vibrator wieder in ihre Muschi. Beide Teile stecken nun tief in ihr. Vorn der vibrierende Dildo und hinten der schmale Analdildo.

Ich spüre, wie mein Kitzler anschwillt, und presse die Beine zusammen, um die Liebeskugeln intensiver in mir zu spüren. Mit langsamen Bewegungen stoße ich den Vibrator in Annas feuchte Muschi.

Nicole stößt einen spitzen Schrei aus, als Anna den großen Dildo fast ganz in ihr versenkt hat und nun ihren Kitzler immer schneller mit der Zunge umkreist. Ich spüre, dass Anna auch kurz vor dem Höhepunkt ist, und stoße heftiger zu. Als Anna ihre Muskulatur anspannt, entschlüpft mir der Analdildo fast. Schnell schiebe ich ihn ihr wieder tiefer in den Po und stoße mit dem Vibrator heftiger zu. Ein Keuchen entringt sich ihr. Ihr Unterleib zuckt und windet sich, als es ihr heftig kommt. Ich presse rhythmisch die Beine zusammen und spanne die Muskulatur meiner Muschi an. Bald spüre ich, wie sich ein zweiter Orgasmus ankündigt. Schnell ziehe ich die Liebeskugeln aus meiner Muschi heraus und stoße mir den Vibrator, der ganz warm und nass von Annas Liebessaft ist, in die Möse. Das vibrierende Teil verschafft mir höchste Wonnen. Ich streichle meinen Kitzler, bis auch die letzten Wogen meines Orgasmus verebbt sind. Der Analdildo gleitet aus Annas Po heraus. Ihre Spalte zuckt noch und ich lecke mit meiner Zunge ihren Liebessaft auf. Dann kümmere mich intensiv um ihre geschwollene Knospe, bis auch Anna fertig ist.

Nicole liegt schwer atmend mit halb geöffnetem Mund da, mit der Hand hält sie den großen Dildo in sich, damit er nicht herausrutschen kann. Sie stößt ihn mit kleinen Bewegungen in ihre Muschi, verkrampft sich und kommt ein zweites Mal.

Nach fast einer Stunde sind wir alle drei ausgepowert und völlig außer Atem.

Anna schlüpft in ihr Höschen, Nicole knöpft sich sittsam die Bluse zu.

»Puh, ich glaube, die Torte, die ich mitgebracht habe, haben wir uns nun redlich verdient«, sagt Anna breit grinsend. Mit noch etwas wackeligen Beinen gehe ich in die Küche und setze einen Kaffee auf. In gut zwei Stunden kommen die Kinder aus der Schule nach Hause. Bis dahin muss das Essen auf dem Tisch stehen.

»Bis nächste Woche dann«, verabschiede ich meine Freundinnen schließlich. Ich freue mich bereits auf unser nächstes »Kaffeekränzchen« ...

Im Swingerclub – Geschichte 1

Mein Name ist Verena und ich führe einen Swingerclub. Nicht einen dieser zahlreichen Clubs, die nur des Geldes wegen betrieben werden. Nein, ich verbinde meine Leidenschaft für Gruppensex mit der Möglichkeit, meinen Voyeurismus auszuleben und nebenbei auch noch etwas dabei zu verdienen.

Es ist ein kleiner Club, den ich mit Liebe zum Detail entworfen habe. Zu mir kommen nur ausgesuchte Paare oder Singles. Noch nie habe ich Werbung gemacht, alles läuft per Mund-zu-Mund-Propaganda, und über einen Mangel an Buchungen habe ich mich bisher noch nicht beklagen können.

Für heute haben sich zwei junge Paare angemeldet. An der kleinen Bar poliert Irina, eine wunderschöne Russin mit mandelförmigen Augen, die Weingläser und Sektkelche. Sie ist spürbar nervös, das kann ich am leichten Zittern ihrer Hände beobachten. Für sie wird der heutige Abend der erste dieser Art sein.

»Bleib ganz cool«, mahne ich liebevoll. »Hier gilt das Motto: ›Nichts muss, alles kann‹. Ich habe dich für die Bar eingestellt, um meine Gäste mit Getränken und deiner netten Gesellschaft zu verwöhnen. Wenn dich das bunte Treiben hier nicht anmacht, musst du dich nicht verpflichtet fühlen, mitzumachen. Okay?«

Irina nickt erleichtert und lächelt. »Danke, dass du mir diese Chance gibst, Verena. Was hätte ich nur ohne dich gemacht?«

Irina kam vor etwas über einem Jahr nach Deutschland und sprach zu der Zeit kein Wort Deutsch. Sie hat nur eine begrenzte Aufenthaltsgenehmigung und ist dankbar für diesen – wenn auch etwas außergewöhnlichen – Job. Nun ja, wir werden sehen ...

Gegen neunzehn Uhr trudeln die ersten Gäste ein. Ich

begrüße sie mit einem Wangenküsschen. »Tina ... gut siehst du aus!« Ich halte die Blondine ein Stückchen von mir weg. Das knallenge Latexkleid schmiegt sich an ihre Kurven wie eine zweite Haut. Die halterlosen Strümpfe und die High Heels, die sie dazu trägt, lassen erahnen, was für Köstlichkeiten darunter verborgen sind. Frank, ihr Mann, hingegen hat eine enge Jeans an – man könnte den Eindruck gewinnen, er wäre als unbeteiligter Zuschauer hier. Doch da täuscht man sich gewaltig, wie er in der Vergangenheit mehrfach bewiesen hat. Sein muskulöser Oberkörper steckt in einem engen T-Shirt, seinen starken Armen sieht man die regelmäßigen Fitnessstudiobesuche an.

Tina blickt Irina interessiert an. »Neu hier?«, fragt sie neugierig, doch ich weiß, was hinter dieser Frage steckt: »Willst du mit uns ficken?« Tina ist bisexuell und findet schöne Frauen genauso interessant wie gut gebaute Männer. Frank findet das ganz normal, er liebt es, seiner Frau bei der Liebe mit einer anderen attraktiven Frau zuzuschauen.

Als Gere und Tessa auftauchen, ist Irina bereits in ein intensives Gespräch mit Tina und Frank verwickelt. Ihr Lachen dringt zu mir herüber und immer wieder erklingen die Sektkelche.

Gere ist ein ganz besonderer Leckerbissen. Seine Mutter ist Deutsche, sein Vater stammt aus Ghana. Herausgekommen ist ein breitschultriger Afroeuropäer mit schmalen Hüften und einer Haut wie Milchkaffee. Jedes Mal, wenn ich diesen Mann in Aktion sehe, das Spiel seiner Muskeln und seinen konzentrierten Gesichtsausdruck, hält mich nichts mehr. Früher oder später mische ich immer mit!

Frank blickt sich um. »Wir haben uns mit Manuel, meinem Arbeitskollegen, hier verabredet. Es ist dir doch recht, oder? Er wollte unbedingt mal sehen, wie das hier so abläuft.«

»Kein Problem«, sage ich. Wenn Frank sich für Manuel verbürgt, habe ich kein Problem, dass er hier mitmischt. Als es an der Tür klingelt und ich öffne, bereue ich keine Sekunde, Frank erlaubt zu haben, seinen Kollegen mitzubringen. Manuel ist Spanier mit einer hünenhaften Statur und hellbraunen, halblangen Haaren. Seine Augen sind von einem strahlenden Blau, sodass ich auf der Stelle Herzklopfen und weiche Knie bekomme. Was für ein Gewinn für meine kleine Runde!

Ich drücke Manuel zur Begrüßung ein Glas Sekt in die Hand und stoße mit ihm an. »Zum Lockerwerden«, sage ich lächelnd. Die anderen sind inzwischen bei ihrem zweiten Glas angelangt.

Frank und Tina haben sich schon Appetit geholt, die beiden umarmen und küssen sich leidenschaftlich. Franks Hand ist unter Tinas Kleid verschwunden und so, wie sie ihr Becken kreisen lässt, haben seine Finger bereits ihren Weg in ihre Muschi gefunden.

»Ist unser Zimmer hergerichtet?«, fragt Frank mit heiserer Stimme.

»Aber ja doch«, sage ich lächelnd. »Ihr« Zimmer ist ein Raum, der abgedunkelt ist, aber durch zahlreiche Kerzen in ein warmes Licht getaucht wird. Türen gibt es keine, dafür zahlreiche Fensterchen, durch die sich ein Beobachter Lust holen kann.

Frank steht auf und nimmt Tina an der Hand. »Dann lass uns mal keine Zeit verschwenden«, sagt er und grinst in die Runde.

»Hast du was dagegen, wenn wir mitkommen?«, fragt Gere lüstern. Man sieht ihm an, dass ihn Tina mit ihren drallen Kurven anmacht. Doch auch Tessa wird nicht zu kurz kommen, dafür werden die Männer schon sorgen.

Während die vier verschwinden, trinke ich mit Manuel und

Irina den Sekt aus. Nach einer Weile wird Manuel unruhig. »Sollen wir mal schauen, was die anderen so treiben?«, frage ich ihn.

»Na klar, deshalb bin ich doch hier«, sagt der Hüne. Als ich vor ihm herlaufe, spüre ich seine Blicke in meinem Rücken. Das Kribbeln kriecht mir von der Wirbelsäule aufwärts in den Nacken. Ich stelle mir vor, wie seine Pranken meinen nackten Körper liebkosen ...

Wir stellen uns außerhalb des Raumes an ein Fenster und schauen dem bunten Treiben auf dem überbreiten französischen Bett zu.

Tina hat sich ihres Kleides entledigt und trägt nur noch ihre halterlosen Strümpfe und die High Heels. Sie liegt auf dem Rücken und Gere sitzt auf ihr, sein Schwanz ist zwischen Tinas üppigen Brüsten eingeklemmt. Er fickt ihre Brüste und jedes Mal, wenn seine Eichel vorn herausschaut, wird sie von Tinas flinker Zunge in Empfang genommen. Sie leckt über die Eichel und saugt seinen Liebessaft auf. Gere hat die Augen geschlossen und den Kopf in den Nacken geworfen. Seine muskulösen Arme und sein Oberkörper glänzen vor Schweiß.

Frank verwöhnt währenddessen Tessa. Er knetet ihre Brüste, saugt an den Brustwarzen, bis sie steif und prall hervorstehen. Sein Schwanz steht erigiert steil nach oben. Tessa nimmt ihn in den Mund und saugt daran. Sie umkreist ihn mit der Zunge, worauf ihr Franks Schwanz kurz entgleitet. Sofort saugt sie ihn wieder in ihren Mund. Bis zum Anschlag. Frank entfährt ein Seufzer.

»Ich will einen Schwanz«, stöhnt Tina.

Frank löst sich von Tessa und kniet zwischen Tinas weit gespreizte Beine, während Gere immer noch zwischen Tinas Brüsten sitzt. Sein Schwanz ist feucht von ihrem Speichel, die Eichel glänzt appetitlich im Kerzenschein.

»Tessa, komm setz dich über mich, dann verwöhne ich dich auch«, sagt Tina.

Tessa lässt sich das nicht zweimal sagen. Sie bringt sich über Tinas Kopf in Position. Sie sitzt nun Gere gegenüber. Die beiden verständigen sich ohne Worte. Gere nimmt Tessas Brüste in die Hände und beginnt sie zu kneten. Währenddessen umspielt seine Zunge die ihre. Tina bahnt sich derweil mit ihrer Zunge den Weg zwischen Tessas Schamlippen, findet ihren Kitzler und umkreist ihn blitzschnell. Tina ist eine wahre Künstlerin mit der Zunge. Immer wieder stößt sie sie in Tessas Muschi. Mit den Händen hält sie sich zeitgleich die Brüste zusammen, damit ihr Geres Schwanz nicht entgleitet.

Es ist ein äußerst anregendes Bild, wie nun Frank seinen Schwanz am Eingang von Tinas Möse platziert. Vorsichtig stößt er ein, zweimal an ihre feuchte Pforte. Mit jedem Stoß öffnet sie sich ein wenig mehr und kurz darauf schiebt er seinen Schwanz ganz hinein. Dann beginnt er mit sanften Stößen, Tina zu ficken. Immer wieder entzieht er Tina seinen nassen Schaft, nur um ihn dann umso tiefer wieder hineinzustoßen.

Tinas kleine spitze Schreie erregen Manuel immer mehr. Ich kann sein leises Keuchen neben mir hören. Manuel hat seinen Schwengel aus der Hose geholt und hält ihn nun in der Hand. Er knetet ihn leicht, schiebt die Vorhaut vor und zurück. Ich kann meine Augen nicht von ihm abwenden. Auch ich bin schon nass zwischen den Beinen, so sehr erregt mich das, was in dem Raum vor sich geht.

Ich gehe in die Knie und übernehme Manuels steifen Schwanz. Es ist mir ein Vergnügen, ihn mit der Zunge und dem Mund zu verwöhnen. Die ersten Liebeströpfchen lösen sich von seiner Eichel. Doch bevor ich ihn zu weit reize, lasse ich von ihm ab. Schließlich will ich ja auch noch etwas davon haben.

Ich komme wieder hoch, stütze meine Ellbogen auf dem Fensterbrett ab und halte Manuel auffordernd meinen Hintern hin. Er sieht, dass ich unter meinem kurzen Kleid kein Höschen trage, und begreift schnell, was ich von ihm will. Nachdem er hinter mich getreten ist, fährt er mit seiner Hand über meine Pobacken und knetet sie kurz, dann verschwinden seine Finger in meiner Spalte. »Du bist ja schon ganz nass«, sagt er mit rauer Stimme.

»Und du bist schon ganz steif«, kontere ich grinsend.

Manuel steht hinter mir und so können wir beide beobachten, was weiterhin in dem Raum vor uns geschieht. Frank fickt Tina mit kräftigen Stößen, während Tessa von Tina geleckt wird. Gere bewegt sich immer schneller zwischen Tinas Brüsten.

Als Manuel zwei Finger in mich steckt und sie in mir bewegt, durchfährt mich ein Stromstoß. Mein Kitzler ist prall und ich reibe mit meinen angefeuchteten Fingern darüber. Nachdem Manuel seine Finger wieder aus meiner Muschi genommen hat, spüre ich seine Eichel an meiner Möse. Ich recke ihm meinen Hintern noch weiter entgegen und nehme seinen Schwanz in mich auf. Tiefer und immer tiefer gleitet er in mich hinein und es fällt mir schwer, nicht gleich zu explodieren.

Drinnen stößt Tina mehrere Schreie aus, sie kommt mit einem gewaltigen Orgasmus. Frank stößt immer weiter in sie hinein, bis auch er in ihr kommt.

»Schneller«, keuche ich und Manuel stößt schneller und tiefer in mich hinein. Währenddessen explodiert Gere zwischen Tinas Brüsten. Sein Samen ergießt sich über sie, läuft ihr Schlüsselbein bis zum Hals hinauf. Tessa windet sich ekstatisch über Tinas Gesicht. Inzwischen hat sie ihr zwei Finger in die Muschi geschoben und saugt mit dem Mund an ihrem Kitzler, bis auch Tessa in Krämpfen kommt.

Ich gebe Gas, bearbeite meinen Kitzler und als Manuel hinter mir keucht »Ich komme gleich ...«, ist es auch bei mir soweit. Wir kommen gemeinsam, ich spüre die Zuckungen seines Schwanzes tief in mir. Ich spanne meine Muskeln an und behalte ihn in mir, bis auch die letzte Zuckung meiner Muschi verebbt ist. Erst dann lasse ich Manuels Schwanz aus mir hinausgleiten.

Als ich mich umdrehe, sehe ich Irina schräg hinter uns stehen. Sie hat alles beobachtet. Ihre rechte Hand ist in ihrem Höschen verschwunden und so wie es aussieht, ist auch sie zu ihrem Orgasmus gekommen.

»Na? Immer noch so schüchtern?«, frage ich sie lächelnd. Irina wird leicht rot, doch sie antwortet: »Der Abend hat ja erst angefangen ... bei der nächsten Runde will ich mit von der Partie sein.«

Ich muss mir ein Grinsen verkneifen, doch ich werde ihr diesen Wunsch natürlich sehr gern erfüllen ...

Im Swingerclub – Geschichte 2

Eine weitere Runde Sekt belebt wieder unsere Geister. Ich bin immer noch scharf und so wie es aussieht, haben meine Gäste auch noch lange nicht genug.

»Du entschuldigst«, sage ich zu Tessa und greife Gere an sein Geschlecht. Halb steif und noch feucht steht er von ihm ab. Äußerst lecker!

»Wer hat Lust, mit mir in den Whirlpool zu steigen?«, frage ich. Gere setzt sich augenblicklich in Bewegung und auch Manuel folgt mir. In dem großen Badezimmer ist in der Mitte des Raumes, der in maritimen Pastelltönen gehalten ist, ein Whirlpool in den Boden eingelassen. Außen herum liegen mehrere weiche Polster, die zum Verweilen oder zum Zuschauen einladen. Ich habe in weiser Voraussicht bereits warmes Wasser eingelassen. Der duftende Badeschaum glitzert auf der Wasseroberfläche. Nachdem ich meinen Kimono abgelegt habe, lasse ich mich genüsslich ins warme Wasser gleiten. Herrlich! Ich lege meinen Kopf an eines der Nackenkissen und schließe die Augen. Neben mir spüre ich eine Bewegung. Gere steigt als Erster zu mir in den Pool. Der weiße Badeschaum auf seiner blanken Brust ist wunderschön anzusehen. Seine Haut hat etwa die Farbe von Kaffee mit Sahne. Ich drehe mich zu ihm und küsse seine Brustwarzen, umspiele sie mit meiner Zunge. Gere stöhnt leicht auf. Als ich auf ihn rutsche, beginnt er sofort, meine Pobacken mit beiden Händen zu kneten.

Plötzlich sind da Hände, die mich von hinten umfangen. Manuel hat sich hinter mich gesetzt und streichelt meine Brüste. Gekonnt zwickt er leicht in meine Brustwarzen, nur um sie gleich darauf zärtlich zu streicheln. Der Mann weiß, was er tut!

Ich spüre, wie ich schon wieder feucht werde, und das warme Nass um mich herum tut sein Übriges dazu.

Als ich die Augen öffne, erblicke ich Tina und Tessa in inniger Umarmung auf einem der Polster. Bei genauerem Hinsehen entdecke ich einen nackten, wohlgeformten Körper mit langen Beinen zwischen ihnen. Irina!

Ich verkneife mir ein Grinsen. Irina wird schon auf ihre Kosten kommen, dafür wird Tina sorgen. Als zuerst Tinas Hand zwischen Irinas Beinen verschwindet und kurz darauf ihr Kopf, höre ich das heftige Stöhnen von Irina. Frank kniet neben den dreien und sieht ihnen zu, während er seinen Schwanz wieder in Form bringt.

Ich habe keine Zeit, länger darüber nachzudenken, was sie dort treiben, denn in diesem Moment hebt Gere mein Becken leicht an. Er ist schon wieder soweit ...

Ich stütze mich mit den Händen am Poolrand ab, spüre Geres harten Schwanz, während mich das warme Wasser umspült, und lasse mich dann ganz langsam auf ihm nieder. Zuerst spüre ich seine Eichel an meiner Muschi. Ich spreize mit einer Hand meine Schamlippen und weise ihm den Weg. Seine Eichel dringt langsam in mich ein. Ein Zittern durchläuft meinen Körper. Ich lasse mich langsam niedersinken und nehme dabei seinen Schwanz ganz in mich auf. Von hinten massiert Manuel meine Brüste und während er sich am Anblick der sich windenden Körper neben sich weidet, drückt sein erigierter Schwanz gegen meinen Po.

»Willst du auch mal?«, keuche ich.

Das lässt er sich nicht zweimal sagen. Gere, ganz Gentleman, entzieht mir sein hartes Glied und sofort tritt Manuel an seine Stelle. Ich recke ihm den Hintern entgegen und sein Schwanz gleitet sofort in mich hinein. Gere ist ein Stückchen hochgerutscht, sodass ich mich nur ein klein wenig bücken muss, um seinen Schwengel in den Mund zu nehmen. Ich umspiele die Eichel mit meiner Zunge, sauge zwischendurch immer wieder heftig an seinem Schaft. Manuel stößt von hinten fest in mich hinein. Er hält mich an der Hüfte fest, sodass ich keinen Millimeter weichen kann.

»Hey Kumpel, so geht das nicht, ich will auch wieder«, sagt Gere mit zusammengebissenen Zähnen. Ich bin ein wenig vorsichtiger, weil ich nicht will, dass er zu schnell kommt.

Als ich den Kopf nach rechts drehe, sehe ich, wie Irina auf allen Vieren kniet und Frank seinen dicken Schwengel von hinten in sie hineinstößt.

Tessa hat aus dem Nebenzimmer, in dem ich meine Liebesspielzeuge aufbewahre, einen Dildo von beachtlicher Größe geholt. Sie spreizt Tinas Schamlippen, spielt an ihrem Kitzler herum und führt den Dildo langsam, Zentimeter für Zentimeter, in Tinas Möse ein. Als der Dildo nur noch ein kleines Stück herausragt, leckt sie ihren prallen Kitzler. Ich könnte schon allein vom Zusehen kommen, doch ich wende mich lieber wieder meinen zwei Männern zu.

Gere nimmt seinen Schwanz in die Hand und drückt ihn an meine Öffnung. Er gleitet ohne jeden Widerstand in mich hinein.

Manuel knetet seinen Schwanz, während er zusieht, wie Gere in mich hineinstößt. Dann drückt er einen Finger leicht in meine Pospalte. Er bohrt etwas tiefer und ich spüre, wie seine Fingerkuppe in meinen Po gleitet. Ich wackle einladend mit dem Hinterteil. Manuel versteht die Aufforderung sofort. Gere zieht sich ein kleines Stück zurück und macht Manuel Platz. Ich versuche mich zu entspannen, doch ich muss keine Angst davor haben, dass es wehtun könnte, denn Manuel ist sehr feinfühlig und geht langsam vor. Immer wieder stößt er mit der Eichel gegen meinen Anus, während von vorn Geres Schwanz immer nur ein kleines Stück in mich eindringt. Ganz sanft übt Manuel ein klein wenig mehr Druck aus. Ich spiele an meinem Kitzler herum und werde vor Lust fast wahnsinnig. »Tiefer«, stöhne ich. »Gib ihn mir tiefer ...«

Das lässt Manuel sich nicht zweimal sagen. Mit ein bisschen mehr Druck gleitet sein Schwanz in meinen Arsch hinein. In dem Moment, in dem er ihn wieder herauszieht, stößt Gere von vorn in mich. Ganz tief. Kurz verharren wir in dieser Position, doch dann will Manuel wieder hinein. Er stößt gegen Geres Schwanz, die beiden können sich spüren. So finden sie einen langsamen Rhythmus und wir schaukeln gemeinsam einem gewaltigen Orgasmus entgegen. Manuels Schwanz in meinem Po und Geres Schwanz in meiner Möse. Manuel zieht ihn wieder raus, Gere stößt in mich hinein. Und umgekehrt. Einmal treffen sie sich in der Mitte, ich halte ganz still, genieße das Zucken der beiden Schwänze in mir und will dieses Gefühl endlos durchleben.

Ich sehe Tinas Blick, wie sie uns zuschaut und dabei selbst immer geiler wird. Inzwischen haben die drei ihre Position gewechselt. Tessa hat sich direkt neben Irina gekniet und ihren Po hochgereckt. Sie vögelt Tina immer noch mit dem Dildo, während sie ihr den Kitzler leckt. Frank hat nun die Wahl zwischen zwei Muschis: Irinas und Tessas. Er fickt die beiden nun abwechselnd. Einmal stößt er in Irina hinein, dann entzieht er ihr seinen Schwanz und setzt an Tessas Möse an. Die beiden Frauen wimmern vor Lust und auch mich lässt das Schauspiel nicht kalt.

Immer heftigere Wellen durchlaufen meinen Unterleib. Manuel bewegt sich leicht in mir und Gere zieht seinen Schwanz zurück, damit Manuel mehr Platz hat.

Ich merke, dass Manuel kurz davor ist, zu explodieren. »Zieh ihn rechtzeitig raus«, sage ich. »Ich will deinen Saft auf meinem Arsch spüren.« Als Manuel ihn rauszieht, stößt Gere heftig in mich hinein. Immer tiefer, immer heftiger. Manuels Schwanz zuckt auf meinen Arschbacken und verströmt seinen Saft auf mir. Ich komme. Oh, Gott, ich komme so heftig, dass mir fast die Sinne schwinden, und Gere stößt noch immer zu, obwohl auch er inzwischen gekommen ist.

Nachdem die Wellen langsam verebbt sind, lasse ich Geres Schwanz aus mir herausgleiten und sinke erschöpft ins warme Wasser. Neben uns keuchen Tina, Tessa und Irina immer noch. Frank ist fast unerschöpflich. Nun will auch Tina seinen Schwanz in sich spüren. Sie überlässt den Dildo Tessa, die damit Irina vögelt, bis sie fast besinnungslos ist vor Lust. Frank sinkt zwischen Tinas weit gespreizte Beine und lässt seinen Schwanz in sie gleiten. Bis zum Anschlag. Dann zieht er ihn wieder ganz heraus, umspielt mit seiner Eichel ihre Muschi, ihren Kitzler und erst als sie um Erlösung fleht, stößt er wieder mit aller Kraft in sie hinein. Wieder und wieder. Bis es Tina kommt. In einem gewaltigen Orgasmus explodieren schließlich beide.

Irgendwann lässt das Keuchen und Stöhnen nach. Wir alle sind völlig außer Atem.

Gere hält mit einer Hand eine meiner Brüste umfangen und streichelt den harten Nippel, während sein Gesicht einen entspannten Ausdruck annimmt.

Er greift nach seinem Sektkelch und nimmt einen ordentlichen Schluck. »Das nenne ich einen gelungenen Abend«, sagt er dann zufrieden.

Ich habe im Empfangszimmer einen kleinen Imbiss vorbereitet, denn nach so viel Arbeit ist man schließlich ausgehungert. Gegen später vergnügen wir uns noch ein bisschen miteinander, doch irgendwann sind auch die härtesten Schwänze ausgepumpt. Als wir uns voneinander verabschieden, beschließen wir, das alles demnächst unbedingt zu wiederholen ...

Im Swingerclub – Geschichte 3

Irina ist heute sehr früh dran. Eigentlich beginnt ihr Dienst an der Bar erst um neunzehn Uhr, da die meisten meiner Gäste sowieso bis abends arbeiten. Sie scheint heute irgendwie anders zu sein als sonst – aufgeregter vielleicht. Ihre Wangen sind rot und ihre dunklen, mandelförmigen Augen glänzen.

Bevor ich sie fragen kann, was los ist, platzt sie auch schon heraus: »Verena ... ich hab da gestern jemanden kennengelernt. Wenn es dir recht ist, kommt er ... sie ... gegen später vorbei, um dich zu treffen.«

»Was denn jetzt – ein Er oder eine Sie?«, frage ich erstaunt, weil Irina so verwirrt ist.

»Na ja ... so ganz genau kann man das nicht sagen«, sagt sie und wird ein bisschen rot. Ich wundere mich, denn in meinem

Club gibt es eigentlich nichts, was Irina nicht schon erlebt hätte. Es gibt keine Sexualpraktiken, ob zwischen Weiblein und Männlein oder umgekehrt oder beides, die hier noch nicht ausprobiert wurden. Dachte ich jedenfalls bis jetzt ...

»Ich ... Er heißt Arun und ist ein Thai, den ich gestern in einer Diskothek kennengelernt habe. Weißt du, zuerst war ich hin und weg von dem hübschen Typen und dann ... dann habe ich ihn mit nach Hause genommen. Okay, ich war ein bisschen betrunken, ich geb´s ja zu ... aber als wir dann im Bett landeten, habe ich die Überraschung meines Lebens erlebt. Denn Arun ist beides – Mann und Frau!«

Nun fiel selbst mir der Unterkiefer herunter. »Du meinst ... äh ... so richtig? Mit allem Drum und Dran? Ein Hermaphrodit?«

Irina nickt jetzt begeistert. »Ja! Zuerst war ich schockiert und wusste nicht, wie ich mich verhalten sollte, aber dann ...«, sie beugt sich verschwörerisch vor, »ich sag´s dir, der Sex mit ihm war der geilste, den ich je hatte!«

Sie berichtet mir nun die Einzelheiten ihres erotischen Abenteuers und ich muss gestehen, ich bin wahnsinnig gespannt auf diesen Typen – oder soll ich sagen, auf diese Frau? Ich weiß es nicht. Da Arun ein männlicher Vorname ist, bleibe ich bei der männlichen Bezeichnung.

Ich spüre ein leichtes Kribbeln im Unterleib und wie meine Klitoris anschwillt, denn meine Fantasie schlägt schon wieder Purzelbäume. Ich bin gespannt, was Tina dazu sagt, denn sie ist ja bisexuell und hat sich für heute mit Frank, ihrem Mann angekündigt.

Arun verspätet sich und ich habe schon Angst, dass ich Tina und Frank zu viel versprochen habe; sie sind schon unheimlich neugierig auf ihn. Doch dann taucht er doch noch auf. Ich bin absolut hingerissen von diesem wunderschönen androgynen

Wesen. Er hat einen eher männlichen Körperbau, ist jedoch sehr schmal und feingliedrig. Sein wie in Marmor gemeißeltes Gesicht, die kinnlangen pechschwarzen Haare und die großen dunklen Augen, die er mit Kajal umrandet hat, lassen mich sehnsüchtig aufseufzen. Du lieber Himmel, ich will mir lieber gar nicht vorstellen, wie er ohne diese enge Lederhose und das weiße Hemd aussieht ...

Ich sehe Tinas glutvolle Blicke und beschließe, ihr erst einmal den Vortritt zu lassen, falls Arun sie auch haben will. Aber darum mache ich mir keine Sorgen, denn die beiden verständigen sich bereits mit Blicken.

Irina schenkt eine Runde Champagner aus und wir stoßen erst einmal auf einen wunderschönen, hoffentlich erlebnisreichen Abend an. Ich habe Frank meine Hand auf den Oberschenkel gelegt und beginne, ihn zu streicheln. Er reagiert sofort. Ich sehe, wie sich sein Schwanz unter seiner Latexhose abzeichnet. Ich knete ihn ein bisschen, mal zärtlich und federleicht, dann fester. Als ich sehe, dass er hart wird, wird meine Muschi auf der Stelle feucht. Von mir aus kann´s losgehen ...

Ich nehme Frank bei der Hand und gehe mit ihm ins »Spielzimmer«. »Wenn ihr Lust habt, kommt einfach nach«, sage ich zu den anderen.

Ich will keine Zeit verlieren, denn inzwischen bin ich richtig scharf geworden. Ich nestele an Franks Hose herum, öffne den Reißverschluss und ziehe ihm mit einem Ruck die Hose nach unten. Sofort schnellt mir sein harter Schwengel entgegen. Äußerst lecker sieht er aus! Das T-Shirt hat er sich schon selbst über den Kopf gezogen, nun steht er in seiner ganzen Pracht vor mir. Ich streichle seine breite Brust und knabbere zart und gefühlvoll an seinen Brustwarzen. Sein Stöhnen sagt mir, dass ich es genau richtig mache. Gekonnt öffnet er die Knöpfe meiner Bluse. Er greift in meinen BH und knetet meine Brüste. Mit den Fingerkuppen fährt er kreisend über meine Brustwarzen, die sich steil aufrichten. Ich löse mich von ihm und gehe in die Knie. Nun habe ich sein Prachtstück genau vor meinem Gesicht. Ich liebkose ihn, lecke ihn eifrig ab und als er ein bisschen zuckt, nehme ich ihn in den Mund. Dabei bemühe ich mich, ihn so tief wie möglich aufzunehmen, und kraule ihm gleichzeitig mit der Hand die Hoden. Frank stöhnt wohlig auf und schließt die Augen. Ich blase ihn mit Hingabe, sauge an seiner Eichel, während ich seine Pobacken umklammere. Seine Muskeln sind stahlhart.

Ich kriege kaum mit, dass Tina, Irina und Arun hereinkommen. Als ich wieder aufblicke, sind die drei eben dabei, sich gegenseitig auszuziehen. Arun hat einen wunderschönen Körper. Schlank, schmal ... fast mädchenhaft. Tina zieht ihm die Hose aus und gibt den Blick frei auf einen relativ kleinen Schwanz. Er ist bei Weitem nicht so groß wie Franks, aber er passt zum Körper dieses engelgleichen Wesens. Das Hemd, an dem nun die Knöpfe geöffnet sind, gibt den Blick auf zwei kleine, feste Brüste frei. Ich muss einfach hinsehen, das Bild ist zu faszinierend. Vielleicht irritierend im ersten Moment, aber wunderschön.

»Ich will dich auch verwöhnen, leg dich hin«, sagt Frank. Nichts lieber als das! Meine hochhackigen Pumps und die dunkelvioletten, halterlosen Strümpfe lasse ich an, weil ich weiß, dass Frank darauf abfährt. Ich spreize die Beine und ein wohliger Schauer durchrieselt mich, als Frank meine Spalte mit der Zunge bearbeitet. Er umkreist meinen Kitzler, stößt seine Zunge in meine Möse und führt dann einen Finger ein. Gott, ich bin total scharf. Trotzdem konzentriere ich mich auf das Geschehen neben mir. Durch die Spiegelwand dahinter kann ich jedes einzelne Detail sehen.

Arun hat sich auf die weiche Matratze gelegt und hält die

Augen geschlossen. Irina und Tina verwöhnen ihn mit ihren Mündern. Tina küsst und streichelt die kleinen Brüste, von denen die Brustwarzen steil aufragen. Irina hingegen, die ja gestern schon das Vergnügen hatte, weiß, was zu tun ist. Sie nimmt seinen kleinen Schwanz in den Mund und saugt daran, bis er hart wird. Arun reibt seinen Hintern an der Matratze und wölbt sich Irinas Mund entgegen.

Ich schiebe Frank sanft von mir. »Ich will dich jetzt in mir spüren«, sage ich und gehe auf die Knie. Ich recke ihm meinen Hintern entgegen. Frank befeuchtet noch einmal meine Muschi, damit sein Schwanz leichter in mich gleitet, dann setzt er die Eichel an meine nasse Spalte. Ich keuche auf, als er in mich eindringt. Er gibt ihn mir langsam, immer ein Stück mehr, bis er mich ganz ausfüllt. Dann bewegt er sich ganz sachte in mir. Es ist ein wahnsinnig geiles Gefühl. Vor allem, weil ich dazu noch beobachten kann, was vor mir geschieht. Auch Frank schaut zu, das merke ich an seinem gelegentlichen Stöhnen. Er ist mindestens so geil wie ich.

Plötzlich unterbricht Irina ihr Liebesspiel. Sie verschwindet kurz und ist gleich darauf mit einem der schmaleren Dildos wieder zurück. »Du willst ja richtig verwöhnt werden, nicht wahr?«, sagt sie lächelnd zu Arun.

Auch Tina verändert nun ihre Position. Sie ist offensichtlich so scharf, dass sie es fast nicht mehr aushält. Sie setzt sich auf Arun und hält ihm ihre Möse hin. Ohne dass sie ihn dazu auffordern muss, beginnt er sie zu lecken. Tina stöhnt auf und geilt sich an dem auf, was Irina nun mit Arun macht. Sie hebt den Schwanz ein wenig an und reibt die Spalte darunter mit Massageöl ein. Dann nimmt sie den Dildo und führt ihn ganz langsam in die Scheide des jungen Typen ein. Während sie den Dildo immer weiter in die kleine Möse schiebt, beginnt sie wieder, seinen Schwanz zu lecken. Dann setzt sie sich rücklings auf ihn und führt den Schwanz in ihre Muschi ein. Sie reitet ihn und gleichzeitig fickt sie ihn mit dem Dildo. Es ist ein unbeschreiblich erotisches Bild.

Frank stößt seinen Schwengel von hinten in mich. Fest und immer fester. Ich spüre, dass ihn das Schauspiel völlig verrückt macht vor Geilheit.

Arun hat Tina zwei Finger in die Muschi eingeführt. Sie wiederum bearbeitet mit ihren Fingern ihren Kitzler. Ihr raues Stöhnen sagt mir, dass sie kurz davor ist ...

»Gott, Frank ... fick mich schneller«, fordere ich keuchend. Ich spüre ihn so tief in mir, so wahnsinnig tief ...

Vor mir zuckt Aruns Körper plötzlich. Irina fickt ihn noch heftiger mit dem Dildo und reitet ihn wild, bis er in gewaltigen Zuckungen kommt.

Mein Innerstes verkrampft sich, in stoßartigen Wellen kommt ein gigantischer Orgasmus über mich. »Ich komme ...«, schreie ich. Frank stößt mehrmals kurz hintereinander in mich hinein, dann explodiert auch er. Er zieht seinen Schwanz heraus und lässt ihn über meinen Po zucken, während sich sein Saft auf mir verteilt.

Tina hat noch nicht genug. Sie braucht jetzt einen richtigen Schwanz. Sie steigt von Arun herunter und setzt sich auf Frank. Ohne lange zu fackeln, führt sie seinen immer noch harten Schwengel, der jetzt feucht glänzt, in ihre Möse ein. Sie spreizt ein wenig die Schamlippen, dann lässt sie sich niedersinken und nimmt ihn ganz in sich auf. Mit kreisenden Bewegungen schaukelt sie sich dem Höhepunkt entgegen. Als sie soweit ist, stößt Frank ihr einen Finger in den Anus. Das ist der letzte Funke und Tina kocht über. Ihr Unterleib zuckt ekstatisch. Frank weiß, was seine Frau braucht. Er hält sie so lange fest und stößt immer wieder zu, bis ihre Zuckungen langsam nachlassen. Erst dann ist Tina so richtig befriedigt.

»Das war toll«, sagt Arun, als wir wenig später alle frisch geduscht an der Bar stehen. Irina füllt unsere leeren Kristallkelche mit Champagner auf und tut, als wäre in der letzten Stunde überhaupt nichts geschehen.

»Na, hab ich dir zu viel versprochen?«, flüstert sie und zwinkert mir verschwörerisch zu.

Ich schüttle mit dem Kopf. »Nein, er ist großartig ...« Arun steht bei Tina und Frank und unterhält sich mit ihnen, als würde er sie schon seit Ewigkeiten kennen. Und ich bin mir ganz sicher, dass ich ihn heute nicht zum letzten Mal gesehen habe ...

Im Swingerclub – Geschichte 4

Heute Vormittag erhielt ich einen Anruf von Gere, der mich fragte, ob es okay sei, wenn er zu unserem heutigen Treffen einen Freund mitbringt. Da wir eigentlich gern unter uns sind und mein Club privater Natur ist, ist es ein unausgesprochenes Gesetz, mich zuerst um Erlaubnis zu fragen, bevor jemand Fremde zu einem unserer Treffen mitbringt.

Im Grunde genommen habe ich nichts dagegen, mal etwas Neues, Frisches in unsere Runde aufzunehmen, immerhin hatten wir erst kürzlich viel Spaß mit Manuel und Arun, die eigentlich auch nicht zu unserer festen Runde gehören.

Als aber Gere, der hübsche Afroeuropäer, am Telefon sagte, dass sein Freund Sergej, ein Russe, vielleicht zu Anfang etwas seltsam erscheinen könnte, habe ich schon kurz überlegt, ob so jemand zu uns passt. Dann aber habe ich einfach Geres Intuition vertraut und war den ganzen Tag über sehr gespannt auf Sergej. Zu Recht, wie sich jetzt herausstellt.

Als ich das verabredete Klingelzeichen höre, gehe ich zur Tür und öffne. Vor mir stehen Gere und Tessa. Ein blonder Riese überragt Gere, der auch nicht gerade klein ist, um gut einen Kopf. Als ich die drei hereinbitte, schenkt mir der Russe ein kühles Lächeln, gleich darauf gleicht seine undurchdringliche Miene wieder einer starren Maske. Seltsamer Typ, denke ich und betrachte sein breites Kreuz.

Während Gere und Tessa gleich ein lockeres Gespräch mit Irina, die hinter der Bar steht, beginnen, sitzt Sergej auf einem der Barhocker und starrt ausdruckslos in den Spiegel, der oberhalb der Bar an der Wand befestigt ist. Ich weiß, was er da sieht ...

Denn Tina und Frank sind schon seit einer halben Stunde hier und nachdem sie ihren obligatorischen Champagner an der Bar zu sich genommen haben, haben sie sich in den Raum zurückgezogen, in dem ein Whirlpool in den Boden eingelassen ist. Diesen Raum hat man durch den Spiegel hinter der Bar im Blick. Ich kann sehen, dass Tina gerade Franks harten Schaft in den Mund nimmt und hingebungsvoll an ihm saugt.

Sergej ordert bei Irina einen Whisky und kippt ihn in einem Zug hinunter. Bis jetzt hat er noch kein Wort gesprochen.

»Hey, schau mal, Tina und Frank sind schon mittendrin«, ruft Tessa und nimmt Gere bei der Hand. Die beiden nehmen ihre halb vollen Gläser mit und verschwinden ebenfalls in dem Raum, in dem sich bereits das andere Paar vergnügt.

Es entsteht eine seltsame Stille, die jedoch nicht unangenehm ist. Aus dem Augenwinkel heraus beobachte ich den riesigen Hünen. Seine muskulösen Oberschenkel in den engen Jeans, die kräftigen Pranken, die das leere Glas halten, und sein kantiges Gesicht mit den stahlblauen Augen. Er erinnert mich vom Typ her an Dolph Lundgren, diesen Schauspieler, der immer die harten Kerle spielt. Als im Zimmer hinter uns alle Hüllen fallen, sehe ich kurz seine Kiefermuskeln zucken. Bis jetzt die einzige Regung, die er zeigt. Ungefragt schenke ich ihm Whisky nach, was er mit einem Kopfnicken quittiert.

Ich beobachte die Sehnen an seinen Armen, die hervortreten, als er das Glas hochnimmt. Ich stehe auf harte Kerle. Und dieser hier ist einer davon. Ich stelle mir vor, wie sich seine Hände auf meinem Körper anfühlen, und werde allein beim Gedanken daran feucht.

Ich setze mich neben ihn und schaue ebenfalls in den Spiegel. Tessa liebkost soeben Tinas Brüste. Sie knetet sie und leckt über ihre Brustwarzen. Tina kniet im Whirlpool, das warme Wasser umspielt ihren drallen Körper und während sie sich an den Seiten festhält, dringt Frank von hinten in sie ein. In einem langsamen Rhythmus stößt er immer wieder in sie, er hat es nicht eilig. Währenddessen sieht Gere dem Treiben zu. Er hat sich inzwischen ausgezogen und sein Schwanz ragt steif hervor.

Die Szene macht mich wahnsinnig an, am liebsten würde ich gleich mitmischen, doch neben mir sitzt immer noch Sergej und tut so, als würde ihn das alles kaltlassen. Doch meinem geübten Blick entgeht nicht die Beule, die sich in seiner Hose gebildet hat.

Ich will mit diesem Mann ficken. Um jeden Preis! Ich will wissen, ob er hält, was er durch sein Äußeres, durch seine Coolness verspricht ...

Ganz langsam und aufreizend fahre ich ihm mit den Fingernägeln über den Stoff seiner Jeans. Ich beginne oberhalb des Knies und ende am Oberschenkel, kurz vor der Ausbuchtung. »Macht dich das an?«, frage ich mit heiserer Stimme.

Erst jetzt sieht er mich an. In seinen Augen glimmt ein Funke, der mir verrät, dass auch er geil ist. Ein kurzer Blick, stilles Einverständnis. Wir brauchen nicht zu reden, jeder weiß, was der andere will. Sergej nimmt mich bei der Hand und zieht mich mit sich. Er nimmt Kurs auf einen Raum, in dem wir allein sind. Kaum haben wir den Raum betreten, drängt er mich gegen die Wand. Er küsst mich. Hart und rücksichtslos drängt seine Zunge in meinen Mund, während die harte Männlichkeit durch seine Hose gegen meinen Bauch drückt. Ich erwidere seine wilden Zärtlichkeiten, ertaste harte Muskeln an seinen Oberarmen, die mich fest umfangen. Eine Hand knetet meine Brust, streicht über meine harte Brustwarze. Ein Stöhnen entringt sich mir. Ich nestle an seinem Reißverschluss, weiß, dass er sich nicht mit irgendwelchen Plänkeleien abgeben wird. Kurz löst sich Sergej von mir und öffnet seine Hose. Mit einem Ruck zieht er sie über seinen muskulösen Po. Ich erstarre fast, als mir sein harter Schwengel entgegenschnellt. Proportional stimmt die Größe mit dem Rest des Kerls überein: Er ist riesig! Ich umschließe den steifen Schaft mit der Hand und bewege sie sanft vor und zurück. Sergej schließt die Augen, seine Kiefermuskeln spannen sich an und an den Schläfen treten die Adern blau hervor. Er greift mir unter meinem Lederminirock zwischen die Beine, seine Hand findet den Weg in meinen Slip, verharrt kurz auf meinem Venushügel. Seine Finger tasten nach meiner Spalte, umspielen mit geübtem Griff meinen Kitzler und dringen gleich darauf in mich ein. Ich weiß, er will mich bereitmachen, um ihn in mir aufzunehmen. Obwohl ich inzwischen nass bin, will ich doch vorsorgen und seinen Penis gleitfähiger machen. Mit einer schnellen Bewegung befreie ich mich aus seinem groben Griff und gehe in die Knie. Ich lecke sorgsam über die pralle Eichel, umschließe sie dann mit meinen Lippen und beginne mit dem Saugen. Immer tiefer nehme ich das erigierte, riesige Glied in meinen Mund auf und verteile meinen Speichel auf ihm.

Sergej gibt mir zu verstehen, dass er genug hat. Er zieht mich zu sich hoch, umfasst meinen Po und hebt mich ruckartig mit seinen starken Armen hoch. Mein Rücken findet Halt an der Wand. Mit einer Hand nestelt er meinen Slip zur Seite, sodass er freie Bahn hat. Ich spüre seine harte Eichel an meiner Pforte und wie sie ein Stück weit in mich eindringt. Sergej weiß, dass er langsam machen muss, dass ich mich erst an seine Größe gewöhnen muss. Er bewegt sich ein klein wenig vor und zurück, sodass sein Schwanz mit jeder Bewegung ein kleines bisschen weiter in mich hineingleitet. Ich stöhne auf, es fühlt sich wahnsinnig gut an. Er füllt mich ganz aus, ist jetzt ganz tief in mir drin. Ein bisschen zieht er sich wieder aus mir zurück, nur um gleich darauf mit einem heftigen Ruck in mich zu stoßen.

»Oh Gott ... das ist Wahnsinn ...«, flüstere ich und Sergej stößt noch einmal zu. Hart und unnachgiebig hält er mich fest, stößt immer wieder in mich hinein. Ich spüre, wie sich mein Unterleib zusammenzieht, wie sich der Orgasmus ankündigt. Ich lasse mich fallen, genieße seine harten Stöße. Plötzlich krampft der Hüne sich zusammen. Er wird ganz starr, hält in mir still und ich spüre, wie er sich warm in mir ergießt. Sein Penis zuckt unablässig und verströmt seinen Saft in mir.

Sergej entzieht sich mir und setzt mich auf dem Boden ab. Meine Knie zittern so sehr, dass meine Beine beinahe nachgeben. Ich lehne mich gegen die Wand und sehe ihm zu, wie er vor mir kniet und beinahe sanft meine Schamlippen spreizt. Seine Zunge schnellt gekonnt um meinen Kitzler. Meine Möse ist nass und glitschig und Sergej füllt sie mit seinen schmalen, langen Fingern, während er weiterhin meinen Kitzler umkreist. Mein Unterleib steht in Flammen, der Orgasmus von eben ist noch nicht völlig abgeebbt, da beginnt dieses Kribbeln wieder von vorn. Meine Muschi zieht sich zusammen, ich fühle, wie sich die Finger sachte in mir bewegen, wie die raue Zunge mit meinem Kitzler spielt. Aus halb geschlossenen Augen sehe ich Sergejs breiten Rücken, das Spiel seiner Muskeln und Sehnen. Sein Schwanz ist steif. Immer noch!

Ich tippe ihm auf die Schulter und als er zu mir aufsieht, sage ich: »Leg dich hin.« Er gehorcht mir und ich setze mich auf ihn. Mit den Fingern halte ich meine Schamlippen weit auseinander, sodass er alles sehen kann. Ich lasse mich auf ihm nieder, nehme seinen Schwanz langsam in mir auf und bewege mich auf und ab. Ich lasse meine Hüften kreisen und spüre ihn in mir. Tiefer und tiefer dringt er in mich ein, bis ich ihn ganz in mir aufgenommen habe. Während ich mich langsam auf ihm bewege, stimuliere ich selbst meinen Kitzler. Das Kribbeln in meinem heißen Schoß verstärkt sich. Ich beiße die Zähne zusammen, um meine Lust nicht laut herauszuschreien. Als ich komme, verkrampft sich alles in mir. Der Orgasmus kommt in riesigen Wellen über mich. Auf dem Höhepunkt meiner Lust gräbt Sergej seine Pranken in meine Pobacken und drängt sich mir entgegen. Als er ein zweites Mal kommt, entringt sich auch ihm ein lautes Stöhnen. Ich lasse mich über ihn fallen und behalte ihn so lange in mir drin, bis das Zucken nachlässt. Ich nehme auch noch den letzten Tropfen von ihm in mir auf.

Der Körper unter mir ist von einem Schweißfilm überzogen und ich spüre das heftige Pochen seines Herzens. Ich warte, bis wir beide wieder zu Atem gekommen sind, bevor ich mich von ihm löse.

Als ich Sergej küssen will, beißt er mir mit einer Sanftheit in die Unterlippe, die ich dem Riesen gar nicht zugetraut hätte. Unsere Zungen finden sich und umspielen sich zärtlich. Ich streichle seine glatte Brust, küsse die Brustwarzen und fahre mit den Fingerspitzen den schmalen Streifen seines gekräuselten Haars unterhalb seines Bauchnabels entlang. Mit einem leisen Lachen hält Sergej meine Hand fest. »Lass mir wenigstens eine kurze Atempause …«

»Wie du willst«, sage ich gut gelaunt. »Ich gehe kurz unter die Dusche und schau dann mal, was die anderen so treiben. Wir sehen uns …«

Dass an diesem Abend noch viel passieren wird, steht außer Frage …

Nach einer kurzen Dusche stoße ich an der Theke wieder auf Sergej, der schon wieder ein Glas Whisky vor sich stehen hat. Irina zwinkert mir zu und ich halte grinsend den Daumen hoch. Der seltsame Russe ist schon ein Leckerbissen der ganz besonderen Art. Sein riesiger Schwengel hat mir zweimal hintereinander einen Orgasmus beschert. Aber er sieht so aus, als hätte er sein Potenzial noch lange nicht ausgeschöpft. Er starrt schon wieder in den Spiegel hinter der Bar.

»Willst du mal zu den anderen gehen?«, frage ich.

Er nickt und erhebt sich wortlos. Den Whisky nimmt er einfach mit. Ich bin gespannt, was passieren wird, und folge ihm.

Sergej setzt sich auf den Rand des Whirlpools und beobachtet, wie Tessa Tina küsst. Tina streicht sanft über Tessas Brüste, während Frank von hinten in Tinas Muschi eindringt. Er ist so aufgeheizt, dass es nur wenige Stöße braucht, bis er sich zusammenkrümmt und abspritzt. Er entzieht Tina seinen Schwanz und vergießt den Rest seines Saftes auf ihrem Po. Genüsslich verreibt er seinen Samen auf ihren Pobacken, während er seinen Schwanz in der Hand hält und auch noch die letzten Tropfen aus ihm herausholt.

Sergej beobachtet die Situation und nippt hin und wieder an seinem Whisky. Er sieht Frank fragend an.

»Willst du auch mal? Ich glaube, Tina ist noch nicht soweit, sie könnte noch einen Schwanz vertragen …«

Tina wackelt auffordernd mit dem Po. Inzwischen sitzt Tessa auf dem Rand des Whirlpools und spreizt die Beine. Tina öffnet Tessas Spalte und leckt ihren Kitzler, während sie einen Finger in Tessas Muschi einführt.

Sergej hat sich seiner Jeans entledigt und als Frank und Gere seinen prallen Schwengel sehen, werden ihre Augen groß.

Die Muskeln an Sergejs sehnigen Oberschenkeln treten hervor, als er im Whirlpool hinter Tina Platz nimmt. Mit seinen Pranken verteilt er fast zärtlich den cremigen Schaum über Tinas Po und ihre Muschi. Er hält seinen Schwanz in der Hand, während er mit den Fingern probehalber ein wenig in sie eindringt. Tina stöhnt wohlig auf. Sie lässt kurz von Tessa ab und reibt ihren Kitzler. Sergej platziert seinen steifen Schwanz an Tinas Eingang und stößt leicht dagegen. Sofort drängt sie ihm ihren Hintern entgegen. Sergejs pralle Eichel gleitet in Tinas Möse. Er stößt noch ein wenig fester zu und Tina nimmt ihn Zentimeter für Zentimeter in sich auf.

Das Bild macht mich unheimlich geil. Ich spüre, wie ich feucht werde, und meine Hand gleitet zwischen meine Beine. Ich streichle meinen Kitzler, und als ich sehe, wie Sergej Tina mit langsamen, aber kräftigen Stößen fickt, will ich auch mehr.

Ich gebe Gere ein Zeichen. Auch ihn macht die Szene scharf. Seine Boxershorts sind schon ganz ausgebeult. Schnell entledigt er sich ihrer und tritt hinter mich.

Um alles genau sehen zu können, gehe ich auf die Knie. Gere braucht keine weitere Aufforderung. Er träufelt ein wenig Öl auf seine Hand und reibt mir über die Pobacken, den Anus und meine Muschi. Als ich ganz glitschig bin, spüre ich seinen Schwanz, der ganz langsam in mich eindringt. Er führt nur seine Eichel in mich ein und stößt leicht zu. Das Gefühl macht mich fast wahnsinnig. Ich will mehr, ich will ihn ganz und überall haben!

Inzwischen ist Sergej voll bei der Sache. Er stößt in Tina hinein, die immer wieder laut aufstöhnt. Nun entzieht er ihr seinen harten Schwanz und stößt leicht gegen ihren Anus. Sein riesiger Schwanz dringt nicht so leicht in Tinas Po, Sergej braucht ein wenig Geduld. Er führt vorsichtig erst einen Finger ein, um Tinas Anus ein wenig zu weiten. Als sie sich an das Gefühl gewöhnt hat, versucht er es erneut mit seinem Schwanz. Diesmal gibt Tinas Muskel nach und die Eichel dringt ein Stück in sie ein.

Frank, der alles beobachtet, hat schon wieder einen gewaltigen Ständer. Er steht auf und tippt Gere auf die Schulter. »Lasst mich mal mitmischen«, sagt er.

Da kommt mir eine Idee. »Leg dich hier auf die Matratze«, sage ich zu Gere. Ich setze mich auf ihn, öffne mit der Hand meine Schamlippen und nehme seinen Schwanz in mir auf. Ich lasse mein Becken kreisen und streichle meinen Kitzler. Sergej ist inzwischen ein Stück weiter in Tinas Po eingedrungen. Er stößt vorsichtig und unter leichtem Druck tiefer in sie.

Ich habe Geres Schwanz nun ganz in mir aufgenommen. Frank geht hinter mir auf die Knie und streichelt meinen Po. Er zieht meine Pobacken auseinander und sieht von hinten, wie Geres Schwanz in meiner Muschi verschwindet. Sanft stößt er nun mit seinem steifen Schaft gegen meinen Anus. Ich lasse Geres Schwanz ein Stück aus mir herausgleiten, um Platz für Frank zu schaffen. Seine Eichel stößt in meinen Anus, dann gleitet sein Schwanz ein Stück in mich. Als er ihn mir wieder entzieht, lasse ich mich auf Gere nieder und nehme seinen Schwanz wieder ganz in meine Muschi auf. Beim nächsten Mal stößt wieder Frank in meinen Arsch. Gott, ist das ein geiles Gefühl! Immer im Wechsel spüre ich jetzt zwei Schwänze tief in mir.

Sergej hat seinen Schwanz jetzt zu zwei Drittel in Tinas Po geschoben. Er bewegt sich leicht in ihr. Tinas Stöhnen wird rauer. Sie kann sich kaum noch auf Tessa konzentrieren, die immer geiler wird. Tessa reicht Tina einen Dildo, Tinas Finger reichen ihr nicht mehr. Sie spreizt ihre Schamlippen und reibt mit ihren angefeuchteten Fingern über ihren Kitzler. Tina führt den Dildo in Tessas Muschi ein. Tessas Bewegungen werden hektischer. Sie schiebt ihr Becken vor. »Gib ihn mir«, keucht sie wild. Tina stößt den Dildo tiefer in Tessas Muschi, deren Zuckungen ihr verraten, dass Tessa gleich kommen wird.

Sergejs konzentrierter Gesichtsausdruck und das Spiel der Muskeln an seinen Oberarmen, die Tinas Hintern fest im Griff haben, machen mich unheimlich an. Unter mir stöhnt Gere, dessen Schwanz ich tief in mir spüre.

Sergej zieht seinen Schaft aus Tinas Po und schiebt ihn tief in ihre Möse. Er fickt sie nun mit harten Stößen, während Tina Tessas Muschi mit dem Dildo bearbeitet. Tessa schreit laut auf, als es ihr in heftigen Wellen kommt. Ihre Finger schnellen um ihren Kitzler, die Augen hält sie geschlossen und ihr Mund ist weit geöffnet. Ihr Orgasmus muss gewaltig sein.

Auch ich spüre ein Ziehen im Unterleib. Ein sanftes Kribbeln erfüllt meine Muschi. Ich fühle die zwei Schwänze in mir, wie sie sich in einem langsamen, sanften Rhythmus in mir bewegen.

Sergejs Pobacken verkrampfen sich. Er stößt noch ein paarmal kurz hintereinander in Tina hinein. Tina keucht auf, als Tessa nachhilft und Tinas Kitzler mit der Hand bearbeitet. Ich sehe, wie es auch ihr kommt. Fast zeitgleich mit mir. Meine Muschi zuckt und zieht sich in rhythmischen Wellen zusammen.

Sergej entzieht Tina seinen Schwanz. Als sein Samen aus ihm herausströmt, peitscht sein Schwanz über Tinas Po. Sein warmer Saft verteilt sich über Tina, läuft über ihre Pobacken. Tina zuckt und verkrampft sich, während Tessas Finger nicht aufhören, ihren Kitzler zu streicheln. Sie macht so lange weiter, bis auch die letzten Zuckungen verebbt sind.

Frank stöhnt hinter mir auf. »Gott, ich halte das nicht mehr aus, du bist so eng und ich spüre jede Bewegung von Geres Schwanz in deiner Möse.«

Gere ist so aufgeheizt, dass er nur noch wenige Stöße braucht, bis er explodiert. Er zieht seinen Schwanz aus mir heraus und während Frank seinen Saft auf meinem Po vergießt, sauge ich Geres Samen aus seinem Schwanz. Warm fließt die Flüssigkeit in meinen Mund. Einen Teil davon schlucke ich, während ein bisschen etwas davon meine Mundwinkel und mein Kinn hinuntertropft. Ich fange die Tropfen mit meinen Fingern auf und lecke sie genüsslich ab. »Mmmh ...«, sage ich genießerisch.

Da erst fällt mir auf, dass Irina uns gefolgt ist und alles beobachtet hat. Genießerisch hat sie sich auf eine der Matratzen zurückgezogen und befriedigt sich mit einem Dildo. Ganz langsam führt sie sich den Dildo in ihre Muschi ein, während ihre Finger mit ihrem Kitzler spielen. Tina, die bisexuell ist, geht zu ihr und lässt sich neben ihr nieder. Sie streichelt zärtlich über Irinas Brüste, küsst sanft die harten Brustwarzen und knabbert an ihnen. Dann wandert ihre Hand tiefer und nimmt Irina den Dildo aus der Hand.

»Leg dich hin und schließ die Augen, ich verwöhne dich gern ein wenig!« Dann beugt sie sich hinunter, spreizt leicht Irinas Schamlippen und küsst den Venushügel, die Schamlippen und schließlich findet ihre Zunge den Weg zu Irinas prallem Kitzler. Sie saugt sanft an ihm, fährt dann mit der Zunge die feuchte Spalte entlang und taucht in die nasse Muschi ein. Dann schiebt sie unter leichtem Druck den Dildo hinterher. Sachte und langsam zieht sie den Dildo wieder heraus und schiebt ihn von neuem in Irinas Möse. Irina seufzt wohlig auf. Sie überlässt sich nun ganz Tinas zärtlichem Spiel. Sie wölbt ihren Unterleib dem Spielzeug entgegen und nimmt es tief in sich auf. Tinas Zunge schnellt immer schneller über Irinas Kitzler. Mit jedem Stoß werden Irinas Bewegungen hektischer.

»Mehr ... schieb ihn tiefer rein«, sagt sie rau. Tinas Hand gleitet unter Irinas Po. Mit geübten Bewegungen spreizt sie ein wenig Irinas Pobacken. Ihr Finger stößt ein wenig in Irinas Anus. Dieser Reiz lässt Irina innerhalb kürzester Zeit explodieren. Während sie in heftigen Zuckungen kommt, stößt Tina den Dildo in ihre Muschi, während ihr Finger tiefer und tiefer in Irinas Po versinkt. Erst als Irinas Orgasmus langsam verebbt, entzieht sie ihr den Finger und kurz darauf auch den Dildo. Ihre Zunge umspielt nun Irinas Kitzler langsamer, aber immer noch intensiv. So lange, bis Irina nicht mehr kann, bis auch die letzten Zuckungen verebbt sind.

Völlig außer Atem lösen sich die beiden Frauen voneinander. Gere, der neben mir steht und alles beobachtet hat, hat schon wieder einen Ständer. Tessa nimmt ihn lächelnd bei der Hand. »Komm, lass uns duschen gehen ... mal sehen, ob du danach immer noch kannst.«

Bei einem guten Tropfen Wein lassen wir schließlich diesen Abend ausklingen. Irgendwann muss es auch mal gut sein ...